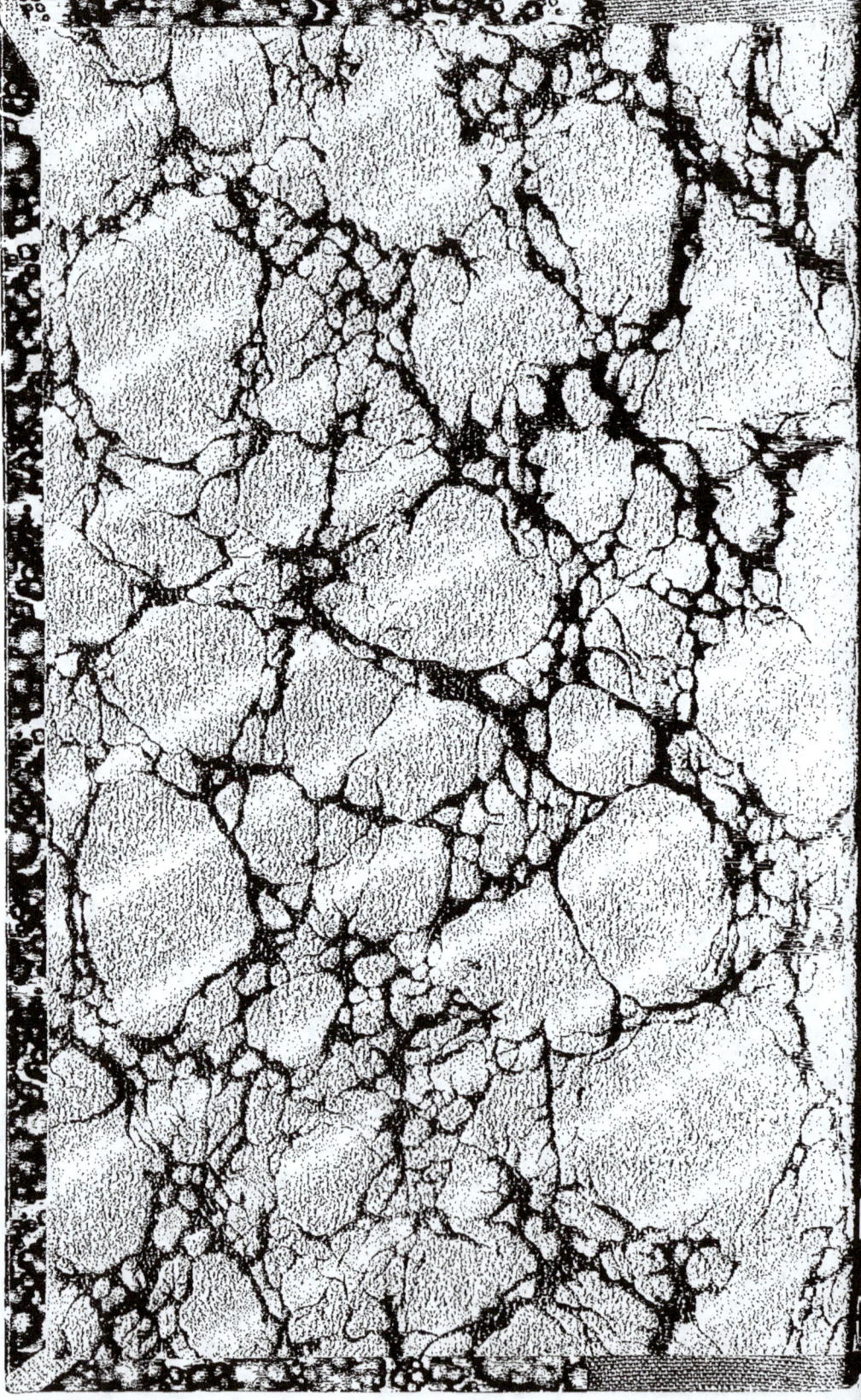

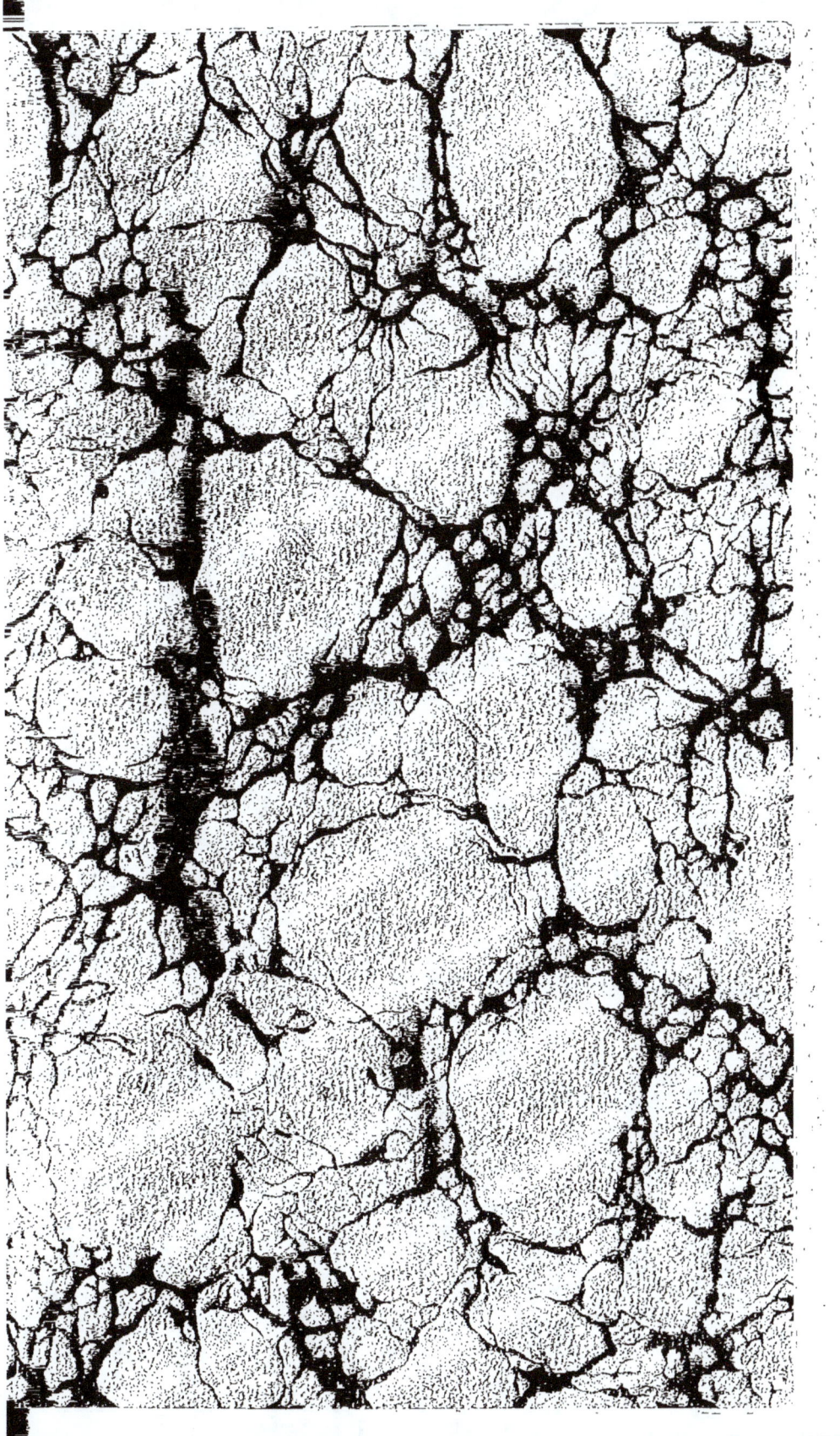

L'ÉCOLIER

ou

RAOUL & VICTOR

PAR

MADAME GUIZOT

Ouvrage couronné par l'Académie française

TOME II

PARIS

LIBRAIRIE ACADÉMIQUE

DIDIER ET Cᵉ, LIBRAIRES-ÉDITEURS

35, QUAI DES AUGUSTINS, 35

ŒUVRES MORALES DE Mᵐᵉ GUIZOT

L'ÉCOLIER

ou

RAOUL ET VICTOR

II

PARIS — IMPRIMERIE ÉMILE MARTINET, RUE MIGNON, 2

Est-ce que tu es muet?

T. 2 page

L'ÉCOLIER

1879

L'ÉCOLIER

OU

RAOUL ET VICTOR

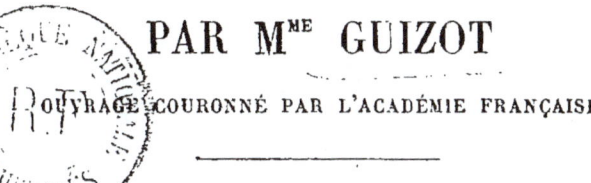

PAR MME GUIZOT

OUVRAGE COURONNÉ PAR L'ACADÉMIE FRANÇAISE

17e Édition

II

PARIS

LIBRAIRIE ACADÉMIQUE

DIDIER ET Cⁱᵉ, LIBRAIRES-ÉDITEURS

35, QUAI DES AUGUSTINS, 35

1879

L'ÉCOLIER

ou

RAOUL ET VICTOR

XVIII

ROSE

Raoul avait achevé sa lecture et en avait été vivement frappé; il venait de voir qu'un homme, né avec un caractère remarquable et une grande activité d'esprit, n'avait pas cru nécessaire, pour l'exercer, d'aller chercher au loin une destinée extraordinaire; sans sortir de la situation modeste où le ciel l'avait placé, sans autre secours que la force de sa volonté et la puissance de sa vertu, cet homme était parvenu à faire des choses vraiment grandes. Raoul soupira, en songeant combien est belle une réputation sans tache. En remettant le manuscrit à M. de Bussières, qui avait témoigné le désir de le parcourir avant de se coucher, il ne put s'empêcher de faire cette réflexion : « Ce que j'ai lu, monsieur le curé, et ce que vous m'avez dit, m'ont donné la conviction que si l'on comprenait bien ses devoirs, on trouverait encore à faire de bonnes actions, dont on ne se doute pas. »

Le curé lui sut gré de cette pensée, et lui répondit avec une gravité pleine de douceur : « Tirez-en, mon fils, une autre instruction, qui vous sera bien nécessaire dans le cours de votre vie : Quels que soient les desseins de Dieu sur vous, vous êtes destiné à entendre beaucoup d'hommes attaquer la religion par leurs discours, beaucoup d'autres la décrier par leurs actions : ne vous laissez troubler ni par les paroles des uns, ni par la conduite des autres. Nous sommes tous sujets à l'erreur ; mais, soyez-en sûr, là où la piété est sincère, il y a de véritables vertus. Vous la reconnaîtrez à ce signe : *La crainte de Dieu est le commencement de la sagesse.* »

Raoul s'inclina involontairement, plein de respect et de reconnaissance ; il aurait donné tout au monde pour ouvrir son âme à cet homme vertueux qui prenait à lui un intérêt si actif et si vrai. Le curé s'apercevait des progrès qu'il faisait à chaque instant dans le cœur et sur la volonté de Raoul ; mais, désirant obtenir sa confiance, il évitait de l'inquiéter par des attaques trop précipitées, attendant le moment favorable et ne perdant pas de vue le but qu'il se proposait.

En ce moment une des femmes de la marquise entra. Elle cherchait une clef que sa maîtresse croyait avoir oubliée dans le salon. Cette femme, d'une figure assez agréable, paraissait avoir environ trente ans ; elle se faisait remarquer surtout par la décence de son maintien. Ne trouvant pas la clef, elle s'a-

dressa au curé avec une timidité affectueuse ; le ton
de bienveillance qui accompagna la réponse du curé
avait quelque chose de paternel. L'air intéressant d'
cette femme fut remarqué de l'intendant.

« C'est une âme choisie, » dit le curé ; « elle m'a
donné, encore enfant, un exemple d'attachement à
ses devoirs, qui l'a rendue à mes yeux véritablement
respectable. » L'intendant ayant marqué le désir
d'en savoir davantage : « Je ne demande pas mieux
que de vous l'apprendre, » ajouta le curé ; « c'est
un trait que j'aime à raconter. »

« Dans le temps de ma réclusion, je n'avais conservé, des domestiques de ma famille, qu'un cuisinier de mon père. Assurément, la cuisine était alors
une partie fort peu importante du service qu'il avait
à remplir auprès de moi ; mais Raymond était actif,
attaché : ce fut lui qui refusa de me quitter, et il me
donna, à cette époque désastreuse, des preuves d'un
dévouement et d'une fidélité rares. Il obtint à juste
titre toute ma confiance, et, quand je fus rentré en
possession de ma fortune, je le chargeai entièrement
de la direction de l'intérieur de ma maison. J'avais
approvisionné et j'avais soin d'entretenir ma cave
de vin sinon recherché, du moins excellent ; car j'a-
vais remarqué que, dans les maladies des pauvres,
presque toutes produites par l'épuisement des forces,
le vin est généralement un des remèdes les plus effi-
caces. Étranger au détail de ma dépense, dont je me
reposais sur Raymond, je n'en connaissais jamais
que les résultats. Je m'aperçus cependant, au bout
de quelque temps, que ma cave se vidait singuliè-

rement vite. J'en parlai à Raymond, qui n'en voulut
pas convenir d'abord ; mais, après quelques calculs
de ma part, il en tomba d'accord et en parut attristé. Rien de plus naturel : ce devait lui être pénible que le soin dont je l'avais chargé me parût
inexactement rempli. Je lui recommandai une surveillance active, je surveillai moi-même un peu plus,
et pendant quelques mois je ne m'aperçus de rien.
Mais bientôt la diminution recommença à devenir
excessive, et je ne pus douter qu'on ne me volât mon
vin. Raymond aussi, quand je lui en parlai, en parut persuadé et plus triste que la première fois. Mes
soupçons tombèrent sur un jeune domestique nommé
Georges ; je me rappelai que Raymond s'étant fait à
la jambe une blessure qui l'avait empêché longtemps de marcher, Georges avait été chargé, pendant ce temps, de descendre à la cave. Je ne savais
pas si la diminution datait de cette époque ; mais je
ne m'en étais pas aperçu auparavant. Raymond, à
qui je fis part de cette observation, m'assura d'un
air assez singulier qu'il ne croyait pas que Georges
fût capable... qu'il y veillerait ;... mais qu'il était
bien persuadé que Georges était un honnête garçon.
De ce moment j'aurais soupçonné Raymond, si cela
m'eût été possible ; mais j'avais en lui autant de
confiance que j'en aurais eu en mon frère. J'attri-
buai son embarras à un autre motif.

« Raymond était demeuré veuf avec cette fille que
vous venez de voir. Rose avait environ quinze ans ;
elle était assez jolie et fort modeste. Élevée très pieu-
sement, d'abord par sa mère, et ensuite par une

ancienne femme de charge à qui Raymond l'avait
confiée à l'époque de la dispersion de ma maison,
elle était revenue chez moi avec cette femme, tombée depuis peu en enfance, et l'avait soignée avec
beaucoup de zèle. Georges m'avait paru fort épris de
cette jeune fille; je crus devoir en avertir Raymond,
et cherchai même quelque moyen d'éloigner Rose.
Malgré tout ce que Raymond m'avait dit de sa fille,
de ses principes, les soins de Georges ne me semblèrent pas sans danger pour elle, d'autant plus que le
jeune homme avait une jolie tournure, qu'il était
adroit et intelligent. Rose, d'ailleurs, paraissait
avoir pris sur son père un empire extraordinaire
pour une enfant de son âge; cette faiblesse de Raymond pouvait favoriser une inclination, qu'augmen-
terait encore l'espoir d'un heureux mariage. Craignant donc que le père ne s'aveuglât sur le compte
de Georges, je me promis, sans en rien dire, d'exercer moi-même une rigoureuse surveillance sur la
conduite de Georges; je fis prendre sur lui et sa famille des renseignements qui ne m'éclairèrent point
sur ce que je voulais savoir; mais j'appris que
Georges était marié dans son pays, ce qu'il m'avait
caché avec le plus grand soin. Comme beaucoup de
jeunes gens à cette époque, Georges, pour éviter la
réquisition, avait fait un mauvais mariage : il avait
épousé sans choix et avec précipitation une femme
plus âgée que lui, et à qui il avait plu par sa jolie
figure; elle lui avait apporté quelque fortune, mais
son détestable caractère l'avait rendu si malheureux, qu'il avait été obligé de la quitter. Personne

n'avait blâmé Georges, qui passait généralement
pour un bon et honnête garçon : on l'avait même
plaint. Mais, comme il arrive toujours, on commençait à murmurer de ce long abandon. Le souvenir des motifs qu'il avait eus pour s'éloigner s'ef-
façait des esprits, et on voyait sa femme dépérir de
chagrin de ne pouvoir plus désoler son mari, qu'elle
aimait à sa manière. Georges ne lui donnait point
de ses nouvelles, et paraissait l'avoir entièrement
oubliée. De ce moment, je n'avais plus à délibérer
sur le parti à prendre à l'égard de Georges. Il y
avait eu dans sa conduite, à l'égard des jeunes filles
du village, et particulièrement à l'égard de Rose,
quelque chose qui blessait les mœurs et la probité,
et je pouvais croire qu'après s'être ainsi relâché sur
un point, il n'était pas resté plus sévère sur les autres; mais, sans rien préjuger de ce que je ne savais
pas, je me contentai de ce que je savais, et je lui si-
gnai son congé.

« Il n'y avait pas cinq minutes qu'il était sorti de
mon cabinet, que j'y vis arriver Rose, rouge, tremblante; son pas était précipité, son maintien raide et
contracté comme celui d'une personne qui réunit
toute son énergie pour un violent effort. Je fus extrêmement surpris : jamais cette jeune fille n'était
entrée chez moi; elle ne m'avait peut-être jamais
adressé trois mots en sa vie, à peine osait-elle lever
les yeux en ma présence. Elle ne les leva pas davantage en ce moment; mais d'une voix étouffée, rapide, entrecoupée : « Monsieur, » me dit-elle, « j'ai
« à vous prier de ne pas renvoyer Georges... « c'est

« un honnête garçon .. soyez-en sûr, monsieur... Il
« ne vous a rien pris... vous ne pouvez pas le ren-
« voyer... vous ne le pouvez pas... ce serait une in-
« justice affreuse. »

« Je n'avais point parlé à Georges de mes soupçons. « Rose, » demandai-je à la jeune fille, « qui
« vous a dit que j'accuse Georges de m'avoir pris
« quelque chose? — Oh! je le sais bien, » répondit-
elle vivement en levant les yeux sur moi d'un air
assuré, « vous croyez qu'il vous prend votre vin,
« mais ce n'est pas lui, monsieur ; vous en pouvez
« être bien certain. — Et qui donc le prend? »

« Rose pâlit, et me regardant d'un air troublé :
« Bon Dieu! monsieur, comment pourrais-je vous
« dire cela?... Le sais-je?... — Eh bien! comment
« voulez-vous que je sois convaincu de la vérité de
« ce que vous avancez? »

« Alors elle se mit à pleurer, et se tordant les
mains : « Mon Dieu, » disait-elle, « que faire? » Son
agitation était si grande, que je ne songeai qu'à la
calmer. Je la fis asseoir près de moi. « Rose, » lui
dis-je, « j'ai eu, pour renvoyer Georges, un tout
« autre motif que celui que vous supposez. Il est
« marié. »

« Rose me regarda d'un air étonné, comme si elle
n'eût pas compris ce que je lui disais; puis elle reprit timidement : « Quel mal, monsieur, y a-t-il à
« cela? » La question me surprit.

« Georges, » repris-je, « m'a trompé en me le
« cachant; je sais d'ailleurs qu'il ne se conduit pas
« avec sa femme comme il le devrait, et puis voyez-

« vous, Rose, pour un homme marié, Georges fait
« trop attention aux jeunes filles. »

« La pauvre Rose devint toute rouge ; pourtant
elle répondit d'un ton piqué, où il n'était pas difficile d'apercevoir quelque trouble : « Oh bien, mon-
« sieur, si c'est pour cela qu'on le renvoie, il peut
« rester ; marié ou non, je vous assure que ses at-
« tentions ne font rien à personne. — Elles me dé-
« plaisent à moi, » repris-je avec un peu de sévérité.
« Alors, monsieur, » dit Rose en se levant et avec
une fermeté qui m'étonna, quoique sa voix parût un
peu altérée, « si c'est bien vraiment pour cela, je puis
« m'en aller, et Georges restera ; un honnête garçon
« ne sera pas puni pour... » elle allait dire *pour un
autre ;* elle se reprit : « pour une faute qu'il n'a pas
« commise. Car, » continua-t-elle d'un ton plein d'a-
gitation, « vous devez certainement croire que c'est
« lui qui a pris votre vin. Eh bien ! monsieur... (et
son visage prenait une teinte d'exaltation, quelques
larmes mouillaient ses paupières) « cela est heureux,
« bien heureux que Georges soit marié ; vous me
« croirez, vous n'avez plus de raison pour n'avoir
« pas foi en mes paroles ; je vous le jure comme si
« Dieu était là (et elle croisait ses mains sur sa poitrine), « Georges est un honnête homme. » En ache-
vant ces mots, elle fondit en larmes. Il était clair
qu'elle avait beaucoup souffert, qu'elle souffrait encore de l'idée que je pouvais soupçonner Georges. Je
tâchai de la consoler, l'assurant que j'étais tout à
fait disposé à la croire ; mais pour les raisons que je
lui avais dites, il fallait que Georges sortît. Je lui

promis en même temps, si je n'apprenais rien de
plus à son désavantage, de m'intéresser à lui et de
lui trouver une place. Elle sortit profondément abat-
tue. Je voyais bien qu'en la pressant de questions,
j'aurais pu profiter de son émotion pour éclaircir,
en partie du moins, ce que je voulais savoir ; mais
je commençais à craindre d'entrevoir un secret qu'il
ne me fût pas permis de lui arracher.

« Comme vous vous en doutez bien, le malheureux Raymond avait cédé à une passion qu'il n'avait
plus la force de vaincre. Après les événements dont
il avait été le témoin dans la révolution, et auxquels
il avait pris part d'une manière très active en s'ex-
posant plus d'une fois pour mon service, l'existence
tranquille que je lui avais assurée lui était devenue
triste et pesante, de même que la vie de terre est
intolérable à un marin qui a passé par les tempêtes.
Il avait eu recours au vin pour retrouver les émotions et le mouvement d'imagination qui lui étaient
nécessaires. Ce besoin une fois contracté, les tentations que lui faisait sans cesse éprouver le soin de
ma cave étaient devenues trop fortes pour lui. Il
pouvait se croire moins coupable qu'un autre : Raymond m'avait aidé de sa bourse autant que de son
courage, et avait reçu de moi le droit d'user, selon
son besoin, de ce qui m'appartenait. Sur tout autre
point, il eût été incapable d'en abuser ; mais déjà
même le vin avait affaibli ses forces morales et intel-
lectuelles, et j'avais remarqué en lui un changement
que j'attribuais à des infirmités précoces. D'ailleurs,
comme je vous l'ai dit, occupé d'études, je commu-

1.

niquais peu avec mes gens, et le soir particulièrement, Raymond disparaissait de bonne heure sans
que je m'en aperçusse ou que je songeasse à lui en
faire un reproche.

« Rose avait promptement remarqué ce désordre.
Sa conscience, naturellement sévère et fortifiée par
une éducation religieuse, avait été révoltée d'une
pareille infidélité; mais elle aimait beaucoup son
père et était pénétrée de l'idée de ses devoirs envers
lui. Lorsque, emportée par sa conscience, elle lui
parla de la faute qu'il commettait, avec toute la
vivacité et même la brusquerie de son âge et de sa
conviction, elle le vit si abattu, si humilié, qu'elle
ne put que s'affliger; elle tâcha d'obtenir, par ses
caresses et ses prières, qu'il renonçât à son habitude. Elle réussit pour quelques jours, mais il re-
tomba bientôt, et les scrupules de Rose, qui croyait
participer à une mauvaise action en ne la révélant
pas, devinrent pour elle une source d'agitation
cruelle. Elle m'a dit bien souvent depuis : « Ah !
« monsieur, si vous aviez été alors ce que vous êtes
« aujourd'hui, vous m'auriez épargné bien du cha-
« grin ! » Je lui demandai un jour si elle aurait en
effet consenti à me dire en confession la faute de son
père. « Oui, certainement, monsieur; car, en l'ap-
« prenant de cette manière-là, vous n'en auriez eu
« que plus de charité pour mon pauvre père. » Plût
à Dieu qu'en effet j'eusse pu contracter avec mon
pauvre Raymond, à qui je devais tant, ce lien de
charité fraternelle ! je suis sûr que je l'aurais ramené
à la vertu. Sa fille ne pouvait rien. Elle avait eu le

désir de s'adresser à un ecclésiastique; mais le
culte n'était pas rétabli ; une nouvelle persécu-
tionavait dispersé les prêtres, et ce n'était que
par hasard et rarement qu'il en passait dans ce
canton.

« Le faible Raymond avait laissé voir à sa fille le
chagrin que lui causaient mes soupçons sur Georges,
et de ce moment un nouveau tourment était venu
se joindre aux scrupules de Rose, la crainte qu'on
n'imputât à d'autres la faute de son père, et l'impossibilité où elle était de décider en elle-même s'il lui
était permis de laisser commettre cette injustice.
Préoccupée de cette idée, elle n'eut pas plutôt appris
que je renvoyais Georges, que, croyant deviner la
cause de sa disgrâce, elle accourut chez moi, comme
je vous l'ai dit, surmontant sa timidité, pour remplir un devoir qu'elle regardait comme indispensable. Elle avait pour Georges un commencement
d'inclination, et ce fut pourtant avec un sentiment
vrai qu'elle me dit : «Tant mieux que Georges soit
« marié ! » Elle s'exaltait par l'idée que les torts de
Georges envers elle étaient en ce moment un moyen
de lui faire rendre justice.

« Malgré ce que je lui avais dit, Rose sortit avec
la conviction que mes soupçons sur Georges étaient
la cause de son renvoi. Elle en parla toute la journée
à son père avec une excessive agitation ; le soir il lui
prit une fièvre violente, et j'ai su depuis que, dans
son délire, elle répétait sans cesse : « Vous avez beau
« dire, je sais bien que c'est pour le vin que mon-
« sieur a renvoyé Georges. » Puis elle reprenait :

« Il faut le lui dire, il faut le lui dire absolument. »
Et son agitation augmentait.

« La fièvre cessa; mais Rose demeura livrée à une
profonde mélancolie. Elle changeait d'une manière
effrayante. Cependant son père, qui l'aimait à la
folie, avait été si troublé de l'état où il l'avait vue,
qu'elle en avait obtenu la promesse de se corriger;
il tint parole pendant quelque temps. Cette circonstance ébranlait mes soupçons. La tristesse de Rose
pouvait tenir au souvenir de Georges. Je la rencon-
trai un jour. « Eh bien! Rose, » lui dis-je, « on ne
« me prend plus mon vin. — Je le sais bien, mon-
« sieur, » répondit-elle en baissant les yeux; et la
pauvre enfant se mit à pleurer. L'idée qu'elle avait
laissé commettre une grande injustice, qu'il était
peut-être en son pouvoir d'empêcher, la poursuivait
sans cesse, et elle voyait que cette nouvelle circonstance éloignait les moyens qu'elle pouvait avoir de
la réparer.

« Enfin un ecclésiastique vint s'établir secrète-
ment dans mon voisinage. Rose le sut la première.
Elle alla le trouver, et revint plus calme; peu à peu
sa santé se rétablit. Cependant elle conservait une
disposition craintive et agitée, suite des perplexités
où elle s'était vue jetée sans guide et sans secours.
Quelque temps après, un ecclésiastique de ma connaissance m'écrivit qu'il était autorisé, sans pouvoir
me dire par qui, à m'assurer que Georges était parfaitement innocent du vol dont je l'avais soupçonné,
qu'il méritait que je m'intéressasse à lui. Il finissait
par me prier de le recommander pour une place de

domestique qu'on lui proposait en ce moment. Je
m'empressai de donner cette recommandation, et
j'en parlai à Rose. Je vis briller aussitôt dans ses
yeux une joie si pure, et je pourrais dire si pieuse,
que j'en fus tout surpris. Au reste, je ne cherchai
plus à découvrir qui pouvait être l'auteur des vols
faits dans ma cave. La disparition, s'il en existait,
n'était presque plus sensible. Raymond craignait sa
fille, et se cachait d'elle. Cependant elle était par-
venue à réveiller sa conscience, et avait obtenu de
lui qu'il s'adressât à l'ecclésiastique qui la dirigeait
elle-même. Ce digne prêtre lui conseilla de fuir l'occasion. Après avoir hésité quelque temps, Raymond,
qui, d'ailleurs, se trouvait mal à l'aise avec moi,
demanda à me quitter pour entrer, en qualité de
cuisinier, chez un ambassadeur étranger. La vie
oisive lui était contraire, me disait-il; il avait besoin
de travailler. Je tâchai de le détourner de cette résolution, et l'engageai à y réfléchir au moins quelques
jours; mais, dans cet intervalle, je reçus une nouvelle lettre de l'ecclésiastique qui m'avait déjà écrit
au sujet de Georges. Il me priait de ne point m'opposer au départ de Raymond; ce départ était, disait-il, nécessaire à son salut. Je compris alors le
motif de cette intervention, et ne résistai plus. J'ai
su depuis que cette lettre m'avait été écrite du consentement de Raymond, qui s'était résigné à me laisser deviner ses torts, n'ayant pas eu le courage de
m'en parler lui-même. Je le forçai, malgré sa répugnance, d'accepter une pension; mais, à chaque
quartier, je recevais comme restitution, par une

main inconnue, le montant des arrérages augmentés
de ce que pouvait lui permettre d'économiser la malheureuse passion à laquelle, malgré son repentir, il
ne pouvait entièrement résister. Mon cœur saignait
de recevoir cette restitution; mais je n'aurais pu la
refuser, sans montrer à mon pauvre Raymond que
je le devinais. J'ai gardé ces petites sommes pour sa
fille.

« Raymond, qui avait toujours été d'une faible
santé, succomba enfin aux excès dont il n'avait pu
perdre l'habitude. Avant de mourir il désira me voir,
et j'ai eu le bonheur d'arriver à temps pour le réconcilier avec lui-même et le convaincre que rien
n'avait altéré mon affection. Rose, tant que vécut
son père, refusa de renouer avec Georges, quoiqu'il
fût devenu veuf et conservât pour elle son ancienne
inclination. « Je savais bien, » m'a-t-elle dit depuis,
« que j'étais obligée de garder le secret de mon
« père; et c'est ce qui me soutenait : mais, qu'est-ce
« que je serais devenue si Georges avait été mon
« mari? » Elle avait compris combien ses devoirs
eussent été difficiles, et elle avait craint de ne pouvoir les remplir. Comme Raymond m'avait tout avoué
avant sa mort, elle me pria de faire savoir à Georges
que je ne conservais aucun soupçon sur son compte.
Georges avait toujours été un honnête garçon : ses
premiers torts il les devait à sa jeunesse et à sa situation : encouragé par moi, il revit Rose, renouvela
ses instances. J'aplanis quelques difficultés. J'écar-
tai de l'esprit de Rose quelques velléités de retraite
religieuse, produites par l'effroi que lui inspiraient

les devoirs du monde, plutôt que par une vocation
véritable. Elle est devenue la femme de Georges;
tous deux sont aujourd'hui à mon service, et les terreurs scrupuleuses qu'elle aurait portées dans sa
retraite, où peut-être elles n'eussent pas été sans
danger pour sa raison, se sont fort atténuées dans
l'activité d'une vie occupée. Mais je n'ai dû ce succès
qu'à mon caractère d'ecclésiastique. Rose est entrée
dans ma maison comme dans un asile où il lui
semblait que devaient sans cesse veiller autour d'elle
les protections dont elle avait besoin.

« Cependant, ajouta le curé, je n'ai point consenti à me charger de la direction de sa conscience,
non plus que de celle d'aucune des personnes de ma
maison. J'aurais beau faire, l'autorité du maître
nuirait toujours à l'autorité divine du ministre. Pour
qu'il nous soit donné de soutenir les intérêts du Ciel,
il faut que nous n'ayons point à nous occuper des
intérêts de la terre. »

Lorsque le curé eut fini, l'histoire de Rose fut
encore quelques moments le sujet de l'entretien.
Mais Raoul n'écoutait plus. Il était fortement préoccupé d'une idée qui l'avait frappé. En demandant à
être entendu en confession, ne pouvait-il pas sans
danger confier sa situation au digne curé? c'était
peut-être le moyen d'empêcher, sans se compromettre, que la marquise ne fût dupe du charlatan;
et pour lui une occasion de renoncer au rôle qu'on
lui faisait jouer, de désavouer toute participation
dans une tromperie qui ne s'était que trop pro-
longée. Raoul ne songeait guère à examiner s'il se

trouvait dans les dispositions qu'exige la religion
pour un acte semblable. Il n'avait jamais réfléchi
que très légèrement sur les devoirs religieux, qu'il
remplissait par éducation et par habitude. En ce
moment, occupé de les faire servir à un but pure-
ment humain, il ne pensait qu'à sortir sans déshonneur, s'il était possible, d'une situation qui avait
déjà coûté plus d'un sacrifice à sa conscience.

La soirée s'avançait ; l'Intrépide, qui avait quitté
le salon depuis longtemps, ne paraissait pas. Raoul
commençait à espérer que la crainte d'être démas-
qué l'avait déterminé à partir, lorsqu'il le vit rentrer au moment où l'on annonçait que le souper était
servi. Il éprouva une sensation désagréable, en songeant qu'il allait voir ce misérable s'asseoir à la table
de la marquise et du digne curé. Le charlatan s'approcha de Raoul et lui dit tout bas : « Ma foi, puisque
vous êtes si pressé de partir, il a bien fallu vous contenter : tout est prêt, ce sera quand vous voudrez. »

Cette nouvelle troubla Raoul : il ne comprenait
plus rien aux intentions du charlatan ; cependant, si
l'Intrépide n'eût ajouté : « Nous pourrons partir après
souper, » il eût peut-être renoncé à son projet et cédé
au désir de mettre un terme sur-le-champ à la fausse
position où il se trouvait. Il se contenta de répondre :
« Nous verrons. » Et il passa dans la salle à manger,
mortifié de voir la marquise prendre le bras de l'Intrépide, à qui elle voulait marquer la plus grande
distinction. Pendant le souper, l'Intrépide mangea
beaucoup et parla peu. Une fois, cependant, il voulut se hasarder à dire quelques mots ; mais le curé

jeta sur lui un regard plein de mépris, qu'il s'empressa pourtant d'adoucir. L'Intrépide ne s'y trompa pas ; il se tut sans avoir achevé sa phrase. Mais Raoul ne put supporter davantage l'idée d'être confondu avec un tel homme.

Au moment où l'on sortit de table, il s'approcha du curé : « Puis-je espérer, monsieur, » lui dit-il à voix basse, « que demain matin vous voudrez bien m'entendre en confession ? — Sur-le-champ, mon enfant, » reprit le curé, dont les yeux se ranimèrent aussitôt du zèle de la charité : « venez. »

Raoul fut un peu étourdi de cet empressement ; il ne s'était pas attendu à une décision si prompte, et il n'avait pas encore assez de caractère pour ne pas reculer quelquefois devant l'exécution d'un projet auquel il se croyait fermement décidé. Il hésita, balbutia : c'était aussi bon, disait-il, pour le lendemain... il ne voulait pas déranger M. le curé... l'église n'était pas ouverte. « Dans l'église ou ici, qu'importe ? » reprit M. de Bussières avec bonté ; « tous lieux sont bons, tous moments sont propices, et il n'y en a jamais un seul à perdre pour ramener une âme dans la droite voie. Venez, mon enfant. »

Incapable de résister, Raoul tout ému le suivit dans son cabinet, où le curé le laissa un instant, tandis qu'il passait dans un petit oratoire pour prier. Il y était à peine que la porte du cabinet s'ouvrit doucement, et Raoul vit entrer l'Intrépide, qui lui dit insolemment, quoiqu'à voix basse : « Ah çà, monsieur Raoul, voulez-vous partir ou non ? Le

cheval est prêt, nous n'avons pas de temps à perdre. »

Blessé de sa grossière indiscrétion, Raoul lui répondit très sèchement qu'il serait temps le lendemain,
et que d'ailleurs il savait très bien que son cheval
n'était pas en état de les emmener le soir même. « Ah !
vraiment ! croyez-vous donc que je n'aie pas su m'en
procurer un autre ? » reprit le charlatan, dont l'in-
solence augmentait à mesure qu'il voyait que Raoul
se préparait à lui résister. « Allons, allons, monsieur
Raoul, dépêchons-nous ; je n'ai pas le loisir d'attendre, il faut aussi que je fasse mes affaires. — Eh bien !
allez-vous-en ; je n'ai que faire que vous m'atten-
diez ; dites-moi seulement si je vous dois quelque
chose. — Ah ! ah ! vous voulez rester ici à présent ?
A la bonne heure, cela m'accommode aussi très
bien. Je me dérangeais pour vous. Je vais retourner
là-bas pour la Saint-Étienne, et je dirai, en passant, à
M. le marquis, qu'il se tienne tranquille, que je vous
ai laissé en bonnes mains. Comme il sera content,
le cher homme ! »

Et le charlatan se frottait les mains en regardant
d'un air malin Raoul, dont le maintien exprimait la
consternation. « Oh çà, » continua-t-il, « n'allez pas
déguerpir, au moins, pour que M. le marquis trouve
ensuite l'oiseau déniché. Mais il y a bon remède à
cela : je m'en vais toucher un petit mot à M. le curé,
afin qu'il sache à qui il a affaire. — Si vous le faites !... » s'écria Raoul, avec une colère d'autant plus
violente qu'il n'osait s'y livrer. — Si je le fais... Ah !
pardieu... »

En ce moment, le curé ouvrit la porte. « Laissez-nous, » dit-il au charlatan d'un ton sévère, « j'ai à m'entretenir avec ce jeune homme. »

Le charlatan ne bougeait pas ; mais les yeux à demi baissés, et fouillant dans ses poches d'un air d'embarras qui lui servait à voiler son effronterie : « Sûrement, monsieur le curé... » dit-il, « je vous respecte infiniment, mais enfin, vous concevez bien... Une personne comme vous doit savoir que je suis chargé de ce jeune homme. C'est à moi à me mêler de sa conduite. »

Le curé le regarda avec une sorte de dégoût. « Laissez-nous ! » répéta-t-il ; et comme l'Intrépide voulait répliquer : « Je ne vous reconnais aucune autorité : je vous retire celle que vous vous êtes arrogée. Et vous ne me démentirez pas, j'en suis sûr, » dit-il à Raoul d'un ton rempli à la fois de douceur et d'autorité.

Si en ce moment Raoul eût aperçu une fenêtre ouverte, il s'y serait précipité pour échapper à la honte qui l'accablait et à celle qui l'attendait encore. Le curé semblait lui demander une réponse. L'Intrépide regardait de l'air d'un homme sûr de son fait ; enfin, prenant un ton dégagé, les yeux fixés sur Raoul, et appuyant sur chacune de ses paroles : « Quant à ce qui est de moi, monsieur le curé, » dit-il, « j'y consens du meilleur de mon cœur ; c'est un bon débarras, et je n'ai plus qu'à vous donner le nom et l'adresse du cher papa, pour que vous remettiez le jeune homme entre ses mains. C'est... — Malheureux ! » s'écrie Raoul, en s'avançant sur lui d'un air menaçant. « Qu'est-ce donc ? » dit le curé, en retenant Raoul, qui paraissait vouloir imposer silence à l'Intrépide. « Pourquoi écarter la main prête à vous secourir ? Y aurait-il là-dessus, » continua-t-il en fixant sur Raoul un œil pénétrant, « quelque secret encore plus honteux que je ne pouvais l'imaginer ? S'il en est ainsi, » reprit-il d'une voix émue, « si la faute est plus grave, un pardon plus large vous est ouvert. Précipitez-vous dans les bras de celui qui ne demande que le repentir. Venez, mon enfant. » Et il lui tendit la main.

Raoul s'inclina, baisa cette main paternelle, et y laissa couler quelques larmes. « Monsieur le curé, excusez-moi... pardonnez-moi... si je ne puis... — Vous le pouvez ! » ajouta vivement le curé en regardant fixement Raoul et retenant sa main, que celui-ci n'osait retirer.

« Non, monsieur le curé, » reprit le charlatan toujours sur le même ton, « il ne le peut pas ; parce que, comme j'ai eu l'honneur de vous le déclarer, monsieur le curé, c'est moi seul qui suis le maître ; il ne peut faire un pas contre ma volonté. Demandez-lui ce qu'il en pense. Je dirai aussi, comme vous : Il est là pour me démentir. »

Raoul, les yeux baissés, succombait sous le poids de la honte et de l'indignation.

« Est-il vrai ? malheureux enfant, » lui demanda le curé d'un ton triste et sévère, « que vous êtes assez engagé avec cet homme pour ne pouvoir vous tirer de ses mains ? Et qui vous en empêcherait ? Quoi de plus humiliant que le joug qu'il vous fait porter en ce moment? Mon enfant, ne soyez pas sourd à ma voix, supportez patiemment la confusion que vous avez peut=être méritée, mais qui vous sera douce, quand vous y verrez le prix du rachat. Dites un seul mot. Dans l'ignorance où vous me laissez, mon caractère ne me permet pas un acte d'autorité qui vous sauverait sans doute. Donnez-moi les moyens de l'accomplir; parlez. — Oui, » reprit le charlatan, le maintien ferme, le regard assuré, le sourire de l'insulte sur les lèvres, « parlez ! »

Raoul, la tête dans ses deux mains, répondit à voix basse et sans oser lever les yeux : « Monsieur le curé, il n'y a rien de honteux... que ma soumission à ce misérable. Ne me retirez pas votre estime, monsieur le curé, ne me la retirez pas, je vous en conjure ! » Levant les yeux et d'un ton un peu ferme : « J'espère un jour vous prouver que je la mérite... Adieu, monsieur le curé. » Et il baisa une seconde fois la main du curé.

« Vous ne vous en irez pas, » reprit vivement celui-ci, cherchant à le retenir, « cela est impossible; je n'y puis consentir. — Il le faut, monsieur le curé, il le faut, » dit Raoul, à qui la crainte rendit en ce moment toute sa fermeté.

Il arracha précipitamment sa main de celle du curé, qui s'écria d'un ton pénétré : « Malheureux enfant ! que le Ciel vous défende et vous accompagne ! »

Raoul, déjà près de la porte, se retourna, joignit les mains comme pour implorer le pardon de cet homme respectable, puis se hâta de sortir. L'Intrépide le suivit; ils traversèrent rapidement le vesti-

bule, et gagnèrent la porte d'entrée, qu'on leur ouvrit sans difficulté. Un sentiment commun leur faisait
hâter le pas. En peu d'instants ils furent arrivés à
l'auberge, où ils trouvèrent le cabriolet de l'Intrépide, attelé d'un cheval frais et vigoureux, qui, par
un chemin uni et pratiqué au fond de la vallée, les
eut bientôt mis hors de toute poursuite.

XIX

NOUVELLES CONNAISSANCES

Poursuivi par la crainte de rester au pouvoir de l'Intrépide, Raoul s'était décidé à regret à monter dans le cabriolet. Mais à peine son premier effroi fut-il calmé, qu'il sentit se réveiller en lui la honte et un chagrin amer; il n'avait pas la force d'exprimer son ressentiment, et gardait le silence. L'Intrépide paraissait lui-même peu empressé de ranimer la conversation; enfin, après s'être livré quelque temps à ses tristes réflexions, Raoul, vaincu par la fatigue et le chagrin, s'endormit d'un profond sommeil.

Il dormait, selon toute apparence, depuis quelque temps, lorsqu'un choc violent le réveilla; le cabriolet était sur le côté, et l'Intrépide, déjà descendu, était à la tête du cheval qui était resté fort tranquille.

« Nous avons versé, » dit l'Intrépide; Raoul sauta à bas du cabriolet, tandis que son compagnon jurait contre une pierre qu'on eût dit placée à dessein, au milieu de la route la plus unie pour faire verser les voyageurs. Raoul voulut l'aider à relever le cabrio-let : « Pas possible, dit-il, » nous avons une sou-

pente de cassée. » Et il se mit, toujours en jurant, à
chercher un bout de corde pour en tenir lieu; mais
il ne trouvait rien, et paraissait dans une grande colère. Raoul lui proposait différents expédients qui
furent rejetés comme impraticables : « Et à cette diable d'heure, personne ne sera éveillé!» disait-il avec
un air d'embarras et d'anxiété. « Il nous faut rester
ici et attendre le jour, qui doit bientôt paraître; nous
pourrons alors obtenir du secours. »

Cette proposition plut à Raoul, que la chute du
cabriolet avait éveillé au plus fort d'un sommeil tel
qu'on le goûte à seize ans, après une nuit passée sans
dormir. En écoutant le charlatan, il sentait ses yeux
se fermer et sa tête tomber sur sa poitrine. Aussi la
chose fut-elle à peine convenue, qu'il s'étendit sur le
revers d'un fossé et se rendormit.

Lorsque Raoul s'éveilla, il faisait jour; il regarda
autour de lui, se frotta les yeux, chercha à se rappeler ce qui lui était arrivé, et pourquoi il se trouvait
seul dans cet endroit. L'accident de la nuit se représentait à lui comme un songe; enfin il rassembla ses
souvenirs. Il supposa d'abord que le charlatan, ayant
trouvé le moyen de relever le cabriolet, s'était rendu
à quelque village pour le faire raccommoder. Cela lui
parut singulier, mais ses idées n'étaient pas encore
bien nettes; il voulut voir l'heure qu'il était à sa
montre, il ne la trouva plus : c'était, avec la chaîne
et les cachets, un objet de douze ou quinze louis.
Cette découverte acheva de réveiller Raoul, et il commença à voir clair. Il mit avec empressement la main
sur la poche où était son argent, il n'y sentit rien;

des quinze francs qu'il avait emportés, il ne lui restait plus que la monnaie de la pièce de cinq francs qu'il avait changée pour acheter du pain, et que par pitié, ou peut-être dans la crainte de l'éveiller, son compagnon avait bien voulu lui laisser. C'était alors tout ce qu'il possédait avec l'habit qu'il portait sur lui.

Il faut rendre justice à Raoul, cet événement le troubla fort peu; il aurait même été presque tenté d'en ressentir de la joie, comme si, après l'indigne association à laquelle il avait eu la faiblesse de consentir, c'eût été pour lui une sorte de réhabilitation. Malheureusement il craignait, et avec trop de raison, de n'avoir pas été la seule victime des fourberies du charlatan. En effet, ce misérable avait profité du moment où le curé était occupé à causer avec l'intendant pour obtenir de la marquise qu'elle lui prêtât un très bon cheval; il lui avait promis de le renvoyer et de faire reprendre le sien. On pense bien qu'il n'en fit rien et qu'il n'eut rien de plus pressé que de s'éloigner du Grandval.

En reportant sa pensée sur tout ce qui s'était passé depuis vingt-quatre heures, Raoul éprouvait un sentiment bien pénible. Il ne pouvait se dissimuler qu'il avait été l'instrument, on pourrait même dire le complice d'une indigne escroquerie. Cette pensée le faisait tressaillir. L'avenir brillant dont il avait coutume de se faire une consolation lui paraissait en ce moment tellement éloigné, qu'il ne le voyait plus qu'à travers un nuage obscur. Il commençait depuis deux jours à porter sur ses actions des jugements

bien plus nets, et en examinant les droits qu'il pouvait avoir acquis à l'estime, il était forcé de s'avouer
que depuis qu'il s'était déterminé à agir sans conseil
et d'après sa propre direction, ils étaient de plus en
plus nuls.

Raoul fut tiré de cette désagréable méditation par
la nécessité de prendre un parti; rien ne lui était
plus difficile, et l'aventure du Grandval augmentait
beaucoup ses embarras. Il n'était pas douteux que son
père ne fît faire des recherches dans tout le pays; et
si le curé du Grandval recevait son signalement, ce
qui était assez vraisemblable, il ne manquerait pas
de mettre sur sa trace; il pouvait même le faire chercher pour son propre compte. Le chemin que Raoul
avait fait la veille n'avait donc nullement contribué à
le mettre en sûreté; il n'avait plus à choisir le mode
de voyager; il était condamné au plus lent et au
moins sûr de tous, marcher à pied; et même, en
suivant cette méthode économique, ce qui lui restait
d'argent lui suffirait à peine pour arriver à sa première destination. Le moindre accident devait épuiser toutes ses ressources, et le jeter dans la plus
cruelle détresse. Ce qu'il y avait de pis, c'est qu'il
n'avait aucun moyen d'échapper au danger d'être
découvert et ramené chez son père dans un état d'humiliation dont la seule pensée lui était intolérable.
La route qui conduisait à Petelange devenait d'ailleurs très dangereuse pour lui, et la direction qu'il
voulait suivre devait être connue de l'Intrépide. Ne
pouvait-on pas poursuivre cet homme, l'atteindre, et
le faire parler?

Raoul était donc presque déterminé à abandonner, du moins pour le moment, son premier projet. Un homme qui passait lui ayant appris qu'il se trouvait dans le département des Vosges, limitrophe de celui où était situé le Grandval, il lui vint à l'idée de tâcher de gagner le Ban-de-la-Roche, pensant que personne ne songerait à l'aller chercher dans ce pays éloigné des grandes routes. Il espérait trouver le moyen de vivre par son travail jusqu'à ce qu'il pût se faire quelque ressource qui le mît en état d'aller plus loin; cet espoir fortifiait le désir qu'il éprouvait depuis la veille de connaître le vertueux pasteur de Waldbach.

Raoul devenait avide du spectacle des mœurs honnêtes, c'était pour lui une sorte de purification de ses propres fautes, et il croyait que sa carrière en serait plus honorée lorsqu'il en pourrait dater le commencement du Ban-de-la-Roche. L'embarras était d'en trouver le chemin. Il ne se souciait pas de faire des questions propres à mettre ensuite sur ses traces, car, heureusement pour lui, il ne possédait pas encore cette habileté qui consiste à amener les autres à vous parler de ce que vous voulez savoir, sans avoir l'air d'y prendre aucun intérêt. Il avait trop à craindre de se trahir avec la première personne qui aurait voulu mettre un peu de soin à découvrir son secret. Aussi redoutait-il plus qu'il ne la cherchait l'occasion d'entrer en conversation avec quelqu'un. Il comprit dans quel isolement se trouve celui qui s'est volontairement privé de ses appuis naturels et de l'espoir d'intéresser par son malheur, puisqu'il en est

lui-même l'auteur, et qu'il peut le faire cesser. Ces
réflexions abattirent pour un moment son courage,
que n'avait point ébranlé la première découverte de
l'événement qui venait de compléter sa détresse; c'est
qu'on n'apprécie pas bien un malheur sans y avoir
réfléchi, et qu'il ne faut pas trop présumer de soi
avant d'avoir examiné les difficultés qu'on aura à
surmonter. Cependant Raoul n'était pas au bout de
ses forces : il les rassembla et résolut de subir au
moins avec courage les chances d'une destinée qu'il
avait si imprudemment livrée au hasard.

Il lui parut plus prudent de gagner quelque endroit peu habité, où il pût demander sa route, sans
craindre qu'on vînt ensuite au même lieu chercher
des informations. Apercevant à l'horizon des bois qui
lui semblèrent assez étendus, il se mit à marcher de
ce côté; ces bois étaient plus éloignés qu'il ne l'avait
cru d'abord, et il commençait à se sentir fatigué. La
moisson de seigle n'était pas encore faite partout.
Vers midi, Raoul entra dans un petit sentier pratiqué
entre deux champs, dont les épis étaient tellement
hauts, qu'ils le cachaient et servaient à le garantir
du soleil; il suivait le sentier depuis quelques instants, quand il crut entendre quelqu'un venir dans
sa direction. Craignant d'être aperçu, il eut l'imprudence d'entrer dans le champ et de s'y blottir jusqu'à
ce qu'on fût éloigné. Dans le mouvement qu'il fit,
une pièce de monnaie tomba de sa poche un peu
déchirée; il la ramassa, et crut devoir compter le
reste de son argent pour voir s'il ne lui en manquait
pas; au même instant il se sentit brutalement saisi

par derrière, avec force injures, accompagnées d'un coup de pied dans les jambes pour le faire relever plus vite. Le premier mouvement de Raoul fut de rendre le coup qu'on lui avait donné; puis il se retourna, et vit, à sa grande confusion, qu'il avait affaire à un garde-champêtre; il n'avait rien à dire; il était en contravention, et le garde, qui l'avait surpris comptant son argent, ne paraissait pas disposé à se relâcher de son devoir gratuitement. Raoul lui offrit dix sous pour qu'il le laissât aller; le garde refusa, et répondit grossièrement qu'il ne se dessaisissait pas d'un coquin pour si peu de chose. Raoul n'était pas en position de se montrer susceptible; il passa par-dessus l'épithète et proposa trente sous: c'était un grand sacrifice, et cependant il les offrit de l'air d'un homme empressé de les faire accepter; mais le garde voyait bien que le jeune homme avait peur, il refusa plus résolûment que la première fois, et commença à le menacer de son procès-verbal, qui coûterait bien autre chose, et de M. le maire, qui saurait bien lui faire avouer quels motifs il pouvait avoir à se cacher dans les blés. Puis, pour l'effrayer davantage, il tira de sa poche un papier qu'il feignit de lire, tout en le regardant, comme s'il le comparait à un signalement. Il n'en fallait pas tant pour achever de tourner la tête à Raoul; il tira tout ce qu'il possédait d'argent, ce qui pouvait bien se monter à quatre livres dix sous, et les offrit au garde en lui disant : « C'est tout ce que j'ai : je suis un honnête jeune homme, je vous le proteste; mais je n'ai ni les moyens de payer un procès-verbal, ni ceux de me

2.

tirer de prison si j'y étais une fois; au nom de Dieu, rendez-moi le service de me laisser! »

Le garde regarda l'argent, puis Raoul; la vue de cette somme, beaucoup plus forte que n'en possédaient la plupart des pauvres diables qu'il avait coutume de rançonner, l'accoutrement de Raoul rapproché de certaines manières, de certaines formes de langage qui ne paraissaient pas appartenir à un jeune homme du commun, tout lui fit croire qu'il avait fait une bien meilleure capture qu'il ne l'avait pensé d'abord : il résolut de tenir la dragée haute, et repoussa Raoul en lui disant : « Il ne s'agit pas de cela, marchons! » Raoul, reprenant alors sa fermeté, puisqu'il ne lui servait de rien de se montrer faible, ne songea plus qu'aux moyens de se tirer de ce mauvais pas. Le garde n'était ni bien fort ni bien jeune; Raoul se dit qu'il ne lui serait pas impossible, lorsqu'ils seraient hors du sentier, de saisir un moment favorable pour s'échapper, espérant qu'une fois libre, il ne serait pas facile de l'atteindre. Il marchait donc silencieux, occupé de son projet, et regardant de temps en temps son conducteur; celui-ci, étonné du calme que montrait son prisonnier après l'avoir vu si agité, commença à craindre de perdre une bonne occasion, et se décida à renouer lui-même la conversation : « Camarade, » lui dit-il, « à l'air dont vous marchez, je vois bien à présent que vous êtes un honnête garçon, vous n'avez pas peur du maire : j'aime à rendre service aux honnêtes gens; si vous voulez me donner dix francs, nous serons quittes. — Je ne les possède pas, » répondit sèchement Raoul.

—Bon! je connais le monde; un quelqu'un qui offre comme ça tout de suite quatre livres dix sous à un garde a bien sûrement sur lui plus de dix francs : vous voyez bien, jeune homme, que ce que vous me dites là n'a pas de vraisemblance. »

Raoul ne répondit rien. Il approchait d'un fossé qui pouvait favoriser son dessein; le fossé était à sa droite, le garde à sa gauche; il ramassa une pierre, et feignit de regarder avec attention quelque chose du côté opposé au fossé; aussitôt qu'il se vit à portée, il lança sa pierre; comme il l'avait prévu, le garde, par un mouvement naturel, tourna la tête du côté vers lequel la pierre avait été lancée. Saisissant l'occasion, Raoul prend son élan, saute le fossé, et se met à courir de toutes ses forces. Le garde voulut le poursuivre; mais embarrassé par son fusil, incapable de sauter le fossé aussi lestement que Raoul, il se vit obligé de prendre le plus long, et perdit beaucoup de terrain. Raoul espérait être bientôt hors d'atteinte, lorsqu'en arrivant auprès d'une haie qu'il se disposait à franchir, il aperçoit un ravin assez profond; il ne se décourage pas, et se met à courir le long du ravin; mais deux hommes paraissent tout à coup devant lui; avertis par les cris du garde, ils se préparent à lui barrer le chemin; Raoul, après un instant de réflexion, s'avance tranquillement vers eux : « Mes amis, quel mal vous ai-je fait? — Ma foi! aucun, » reprit le plus jeune des deux, qui s'adoucit en voyant l'air calme de Raoul; mais c'est Tapin qui crie après vous; j'ai cru que vous lui aviez fait quelque chose. — C'est quelque drôle pris

en contravention, » dit le plus âgé, « et qui n'aura
pas voulu financer. Il faut bien que chacun vive de
son métier; allons, marche! » Et il s'apprêtait à
saisir Raoul avec son vigoureux poignet; mais le
plus jeune retenant le bras de son camarade : Attends
donc, Pascal! » lui dit-il; « voici Tapin qui arrive, et
qui nous expliquera l'affaire. »

Tapin accourait en effet en clochant et en jurant,
parce qu'il s'était froissé le pied contre une pierre.
Raoul attendit qu'il eût parlé pour savoir quel tour
il donnerait à l'affaire.

« Je l'ai pris dans les seigles! » dit Tapin, tout
essoufflé de sa course et rouge de colère. « Et ce
gaillard-là a voulu filer sans payer? » reprit Pascal;
« ah ça, mon garçon, ça mérite correction; outre le
prix raisonnable, tu nous payeras bouteille. — Va
pour la bouteille! » répondit Raoul; « mais il me demandait dix francs! — Sur mon Dieu, est-il possible? » ajouta Pascal, se croisant les bras et regardant le garde en face. « Dis-moi, Tapin, as-tu perdu
la boule? Dix francs pour avoir été dans le seigle!
demander dix francs à une face de poulet de cette
espèce, qui n'a pas quatre brins de moustache sur le
bec, et peut-être pas dix sous dans sa poche! Du
moins si c'était un luron comme moi! » Et en parlant
ainsi il faisait résonner l'argent qu'il avait dans sa
poche. « Ah! il a bien de quoi payer, » reprit Tapin
avec humeur. « Si vous aviez vu la mine qu'il a faite
quand je l'ai pris! — Bah! bah! » dit Pascal, « si on
allait ainsi regarder sous le nez à tout le monde...
Voyons, finissons... Il faut être raisonnable, Tapin!

— Je veux qu'il me paye, ou qu'il vienne avec moi chez le maire. — Eh bien ! je te dis, avec ton maire, que tu n'auras rien ! » reprit Pascal en colère. « Je lui ai proposé dix sous, et suis prêt à les lui donner, » interrompit Raoul. « Dix coups de mouchoir par la face ! » reprit Pascal en montrant le poing. « Écoute, mon garçon, si tu lâches un centime, tu n'es qu'un blanc-bec ! c'est moi qui te le dis. »

Tapin continuait à s'emporter ; mais Pascal criait plus haut que lui. Ils étaient trois contre un ; et Pascal, comme il le disait lui-même, était bien en état de se passer des autres pour rosser Tapin, en sorte que celui-ci s'éloigna, tout en proférant des menaces qui firent comprendre à Raoûl que ses amis improvisés pouvaient bien n'être pas des gens tout à fait irréprochables.

En effet, le plus jeune des deux semblait être inquiet des menaces du garde ; il dit tout bas quelques mots à son camarade, qui lui répondit à demi-voix : « Bah ! bah ! avant qu'il ait imaginé son coup, nous aurons fait le nôtre ; et puis il sait bien ce qui lui en reviendrait ! » Et en même temps il fit le geste d'ajuster avec un fusil. Le jeune homme voulut répliquer ; mais Pascal se mit en colère, et laissa échapper le mot de *conscrit*.

Cette contestation ne laissa pas d'augmenter l'embarras de Raoul. En ce moment Pascal, pour chasser l'humeur et peut-être le souci que lui avaient donnés les observations de son camarade, proposa de payer bouteille. Il n'y avait pas moyen de refuser. Cependant Raoul ne redoutait rien tant que d'être

vu dans un cabaret, et surtout en société avec des
hommes tels que paraissaient être ceux-ci. Il cherchait à esquiver la politesse de Pascal; mais, en attendant, il tâchait de lui faire bonne mine, autant
du moins que le lui permettait son peu d'habitude
de se contenir. Pascal eût facilement démêlé son inquiétude, s'il n'eût pas été plus occupé de parler de
lui - même que d'observer les autres. C'était un
homme d'une taille et d'une force remarquables. A
son langage, à son maintien dégagé, il était aisé de
voir qu'il avait servi; mais, au lieu des habitudes
d'ordre et de soumission à la discipline qui caracté-
risent la plupart des anciens militaires, il paraissait
n'avoir conservé de la vie de soldat qu'un goût décidé pour les actes de violence, et une sorte de franchise dans l'immoralité.

Le camarade de Pascal s'appelait Abel, et quoiqu'il n'eût rien dans son habillement qui appartînt
à l'uniforme militaire, on voyait pourtant qu'il avait
la tournure d'un soldat. Il montrait assez d'attentions pour Raoul, et paraissait désirer lui donner
bonne opinion de son savoir-vivre. Sa figure était
douce, et semblait indiquer un caractère irrésolu; on
voyait qu'il était sous l'influence de Pascal. Celui-ci se
moquait de lui comme d'un jeune homme qui n'avait
pas encore *roulé* le monde. Abel se défendait; mais
il était aisé d'apercevoir que la situation où il se trouvait ne convenait ni à ses goûts ni à ses habitudes.

En chemin, Raoul se hasarda de leur demander
s'il était encore loin d'un village dont on lui avait
parlé, et que l'on désignait sous le nom de Waldbach.

« Waldbach! » s'écria Abel, sur qui ce nom parut faire une forte impression. « Y allez-vous?... y connaîtriez-vous quelqu'un?... y auriez-vous quelques affaires? » demanda-t-il à Raoul avec une agitation inquiète, mêlée d'une sorte de joie. Raoul balbutia. « Si tu y vas, mon garçon, » interrompit Pascal, « tu diras bien des choses de ma part à... — Pascal! » interrompit vivement Abel, « je ne t'en parle plus; ainsi, je t'en prie, laisse-moi tranquille. » Pascal répondit par un éclat de rire, et Raoul n'osa questionner Abel.

Ils arrivèrent au cabaret où Pascal devait les traiter. Ce cabaret était situé sur la grand'route, et paraissait très fréquenté. Cette circonstance acheva de déconcerter Raoul; il était impossible, si on le cherchait, qu'on ne s'adressât pas de préférence dans un lieu placé en évidence comme l'était celui-là. Il ne savait comment prendre congé de ses nouveaux compagnons; pourtant il se décida à se confier à leur discrétion, pensant que la mauvaise opinion qu'il avait d'eux était un motif pour avoir moins à craindre d'en être trahi. Se croyant donc obligé de faire connaître une partie de sa situation, il se promit bien d'en avouer le moins qu'il pourrait.

A quelque distance du cabaret, Raoul s'arrêta, et serrant tour à tour la main de Pascal et celle d'Abel : « Mes amis, » leur dit-il, « je suis forcé de vous dire adieu. Vous m'avez rendu un grand service en empêchant ce coquin de me conduire chez le maire; mais j'ai de fortes raisons pour craindre d'être reconnu; je dois donc éviter d'entrer ici. »

Mais Pascal le retenant : « Ne crains rien, mon garçon ; l'hôte est un brave homme, il en a vu bien d'autres ! — A la bonne heure, mais quelqu'un chez lui peut... — Quand je te dis que cet homme connaît plus de mouchards que le commissaire de police. Dès qu'il en voit entrer un dans sa maison, il vous le dévisage d'un coup d'œil, et tout son monde est averti de se tenir sur ses gardes. Sois tranquille, ce n'est pas chez lui que tu seras vendu. — Mais si quelqu'un de ma connaissance... — C'est un finaud, te dis-je. Il vous découvre un homme sur son signalement, et il les a toujours le premier ; et ça pour rendre service, au moins ! Je parie qu'il a déjà le tien. D'ailleurs, il ne nous mettra pas dans un endroit risquable : sois tranquille, il est aguerri. — Entrez, camarade, » dit Abel ; « il ne vous sera pas fait de mal dans notre société. »

On était près du cabaret, il n'y avait pas à délibérer ; car Pascal n'était pas un homme à supporter patiemment une nouvelle résistance, et il fallait éviter une scène. Raoul se soumit donc. Au lieu de continuer à suivre la grand'route, Pascal, à l'approche de la maison, leur fit faire un détour, et ils entrèrent, par une porte de derrière, dans un jardin qui donnait sur les champs. Ils s'assirent sous une tonnelle ; Pascal se mit à chanter, et le cabaretier arriva. C'était apparemment un signal convenu. Le cabaretier était un gros homme d'une assez mauvaise figure.

« Papa Thibaut, » lui dit Pascal, « auriez-vous par hasard reçu le signalement de ce garçon-là ? »

Raoul frémit de la tête aux pieds ; mais tâchant de déguiser son émotion : « Bon ! » dit-il en riant, « est-ce que vous croyez qu'on aura pris la peine de me faire un signalement, à moi ? — Ça pourrait bien être, » dit le cabaretier en tirant un papier de sa poche et le parcourant les yeux clignés, tandis que Raoul, toujours d'un air de plaisanterie, se tenait droit comme un homme qui veut faire faire son portrait : « Il n'est pas nécessaire de vous tenir si droit, » dit Thibaut, « je n'ai pas besoin de ça... » Et regardant tantôt Raoul, tantôt le papier, il continua : « Oui... cinq pieds trois pouces et demi... yeux grands et noirs... cheveux bruns frisés... dents blanches... veste, etc... linge marqué R. F... Ah ! il est inutile de regarder le linge... En donner avis à Paris, chez M. Duval, rue de... (c'était l'homme d'affaires de M. de Foligny). Eh bien ! est-ce là ce qu'il vous faut ? » Et le cabaretier se mit à ricaner et à dévisager Raoul, qui rougissait et pâlissait tour à tour. Cependant il tâcha de faire bonne contenance, se contenta de répondre négligemment : « Peut-être que oui, peut-être que non. — Tenez, » dit le cabaretier, « vous avez peur que je ne vous vende, n'est-ce pas ? Écoutez, vous pourriez avoir raison. On vous cherche diablement, au moins, et il y aurait de l'argent à gagner, je vois bien ça. Vous n'êtes par un gibier de justice... Quelque enfant de famille qui aura fait des siennes, n'est-ce pas ? Allons, allons, soyez sans crainte ; suffit que vous soyez avec mes pratiques... Monsieur Pascal, quel vin voulez-vous ? — Comme à l'ordinaire, du meilleur ! » dit Pascal.

Thibaut les quitta. Dès que le cabaretier se fut éloigné, Pascal éclata de rire de la bonne plaisanterie qu'il avait faite et de l'inquiétude où il voyait Raoul ; il l'assura qu'il aurait à peine passé deux mois avec eux, qu'il ne penserait plus qu'à se bien divertir. « Quand je vois entrer les happechairs par un côté, je sors par l'autre ; il n'en est pas plus que cela. »

Cette révélation des habitudes de ses compagnons fit sur Raoul une impression qui n'échappa point à Abel. « A entendre Pascal, » dit-il en rougissant un peu, « on croirait que nous passons notre vie à faire des choses... — Nous faisons ce que nous faisons ! » reprit brusquement Pascal ; « nous faisons ce qui nous plaît, et pas autre chose. Chacun est le maître de suivre son goût en ce monde. N'est-ce pas, mon garçon ? » dit-il en s'adressant à Raoul. « Pas toujours, » reprit celui-ci ; et secouant la tête, il faisait allusion en lui-même à la société qu'il avait été obligé de subir depuis deux jours.

« Sans doute, » reprit Abel comme pour répondre à l'idée de Raoul, « la nécessité force quelquefois... — Qui est-ce qui te force ? » interrompit Pascal en colère et se tournant vers lui, les coudes appuyés sur la table. « Qu'est-ce que c'est que la nécessité ? Faire ce qu'on veut, vivre à sa fantaisie, je ne connais pas d'autre nécessité ; c'est la mienne ; tant pis pour ceux qui en ont une autre. Entends-tu ce que je te dis ? tant pis pour eux. — Et pourquoi tant pis ? » reprit Abel, que la colère aussi commençait à gagner. « Veux-tu qu'il ne se passe pas deux minutes sans que je te le fasse comprendre ?... » dit Pascal en se levant et accompagnant cette menace des juremens les plus grossiers et des épithètes les plus injurieuses. «Je n'ai pas peur de toi ! » reprit Abel, se levant à son tour.

Raoul allait se jeter entre eux deux, lorsque Thibaut arriva chargé de trois bouteilles de vin; il était accoutumé à ces sortes de scènes, et avait grand intérêt à les apaiser.

« Tenez, » dit-il, « ce qui ne vous fera pas peur, j'en suis sûr, monsieur Abel, c'est de boire un coup de ce vin-là — Oui, cela vaudra beaucoup mieux, » dit Pascal en se rasseyant; « car ça pourrait devenir du vilain... Pour moi, » continua-t-il en grommelant, « je ne comprends pas que l'on prenne un parti, pour être toujours après cela à renifler. »

A la manière dont Abel se préparait à répondre, Raoul vit bien que c'était entre eux une vieille querelle. Le cabaretier, en parlant d'autre chose, empêcha que la dispute ne recommençât. Pascal se versa coup sur coup deux verres de vin qui lui rendiren sa bonne humeur; et le cabaretier les ayant quittés: « Ah çà, mon garçon, » dit Pascal à Raoul, « tu sais à peu près maintenant de quoi il tourne; c'est que je compte sur toi, au moins! — Quoique vous sachiez plus de mes secrets que je ne sais des vôtres, » répondit Raoul, « je ne crains rien de vous. — Et tu as bien raison. Aussi nous n'en avons pas pour un jour, n'est-ce pas? Te voilà des nôtres! — J'ignore ce que vous pouvez avoir à me proposer, mais je ne puis rien accepter; le but de mon voyage est arrêté. — Et e but de ce voyage, quel est-il? Est-ce que tu veux aller à Waldbach? qu'iras-tu chercher dans ce diable d'endroit-là? il n'y a rien à y faire. — Je ne prétends pas y faire autre chose que d'y travailler, » reprit fièrement Raoul. « Ah! bah! nous verrons tout à l'heure que tu n'en es pas à ton coup d'essai. Ce n'est pas pour rien que tu avais si grand'peur de Tapin! quelque tour d'enfant, un peu d'argent pris au papa! Il y a commencement à tout. »

Raoul rougit, il sentait qu'il n'était pas en position de repousser l'espèce de bonne opinion que Pascal voulait prendre de lui.

« Si vous alliez à Waldbach, » dit Abel les yeux baissés et en réfléchissant, « je crois... peut-être... » Puis se reprenant avec un profond soupir : « Non, je ne pourrais pas vous y recommander. — Je ne sais, » reprit à son tour Raoul embarrassé, « si je me rendrai directement à Waldbach. Ce que je me propose, c'est de gagner un village où je puisse trouver les moyens de vivre de mon travail. — Ah! s'il ne te faut que du travail, nous t'en donnerons, et du rude encore! Nous avons de diables de quarts d'heure à passer, va! Il y en a là-bas qui t'en feront voir de grises. Mais aussi, » ajouta Pascal en frappant de nouveau sur sa poche pour y faire résonner son argent, et en se versant du vin, « vois-tu, c'est aussi vite mangé que gagné. — Je vous remercie, » répondit froidement Raoul, « je ne puis ni ne veux rien changer à mes projets. — Eh! chacun est maître de suivre son goût! » reprit Abel en regardant Pascal. « A la bonne heure, à la bonne heure! » dit celui-ci avec beaucoup d'humeur.

L'air de Pascal devint soucieux, et il paraissait ruminer quelques idées déplaisantes, qui, probablement, allaient produire de nouvelles violences, lorsque Thibaut arriva précipitamment, et lui frappant sur l'épaule, il lui fit signe de regarder par une ouverture de la tonnelle, d'où l'on pouvait apercevoir le grand chemin. A peine Pascal y eut-il jeté les yeux, qu'il s'écria : « Ma foi, il faut fouiner ! » Abel regarda aussi, et devint très pâle. Pascal prit un ton moqueur : « Voilà, » dit-il, « une bonne occasion de rejoindre. » Abel se contenta de lever les épaules et de suivre Pascal, qui s'enfuit en promettant au cabaretier de le payer une autre fois. Celui-ci n'en parut nullement inquiet.

Raoul s'aperçut que ce qui avait mis en fuite ses camarades, c'était la vue d'un officier et de quelques soldats portant l'uniforme de la légion des Vosges, et qui paraissaient conduire des recrues. Il comprit alors qu'Abel et Pascal étaient des déserteurs de cette légion ; et sans savoir précisément quelle était maintenant leur profession, il pouvait sans témérité présumer qu'elle ne devait être ni des plus honorables ni des plus sûres.

Raoul restait à sa place, assez embarrassé, et craignant que le cabaretier, profitant du départ de ses compagnons, ne le fît payer pour tous trois. Il lui demanda timidement s'il lui devait quelque chose. Thibaut parut offensé, et comme s'il eût deviné son embarras, il lui répéta plusieurs fois qu'il ne connaissait que la probité. Puis, s'asseyant en face de lui : « Ah çà ! » lui dit-il en le regardant fixement, « ce n'est

pas tout ? — Qu'y a-t-il de plus ? » demanda Raoul,
inquiet de savoir où en voulait venir Thibaut.
« Voyons, » reprit celui-ci appuyant ses coudes sur
la table, « contez-moi un peu toutes vos petites
affaires. »

En ce moment la figure de Thibaut exprimait celle
d'un coquin qui semblait se demander : Quel parti
pourrai-je tirer de cette aventure? Aussi Raoul, se
levant aussitôt, n'hésita pas à répondre : « Je n'ai
pas le temps en ce moment, il faut que j'aille rejoindre Pascal. — Ah! vraiment! » dit le cabaretier d'un
air mécontent; « vous croyez qu'il s'est amusé à vous
attendre? On ne le reverra peut-être pas de huit jours
dans le pays. — C'est précisément pour cela, » reprit Raoul, « qu'il faut que j'aille le retrouver à l'endroit où nous nous sommes donné rendez-vous. —
Et quel est cet endroit? » demanda le cabaretier en
hochant la tête et fronçant le sourcil de l'air d'un
homme qui ne croit pas un mot de ce qu'on lui dit;
« je connais tous leurs endroits, moi. — En ce cas, »
dit Raoul d'un ton très ferme, « il vous le dira quand
vous le reverrez; adieu, je ne veux pas le faire attendre. » Et il sortit sans que Thibaut osât le retenir,
dans la crainte de se brouiller avec Pascal.

Raoul s'éloigna rapidement, satisfait du succès de
sa ruse. Huit jours auparavant, se tirer d'affaire par
un mensonge eût été à ses yeux une honte; aujour-
d'hui c'était une nécessité, et il s'en faisait presque
un triomphe. Du reste, il n'avait nulle intention de
rejoindre Pascal, dont il était enchanté, au contraire, de se voir débarrassé; mais il désirait fort

retrouver Abel, pour qui il se sentait beaucoup plus de penchant, croyant voir en lui assez de probité pour n'avoir-pas à craindre une trahison. A en juger par sa conduite, il n'avait pas non plus à redouter de le trouver scrupuleux ou sévère.

Pendant tout le temps qu'ils étaient restés chez Thibaut, Raoul avait cherché comment il pourrait rencontrer dans la journée Abel séparé de Pascal. Il se souvint qu'en se quittant ils avaient pris chacun un chemin différent; il tourna donc ses pas du côté vers lequel Abel s'était dirigé; portant ses regards aussi loin que pouvait s'étendre sa vue, il crut enfin l'apercevoir. En ce moment, en effet, Abel entrait dans un chemin bordé de haies qui paraissait conduire vers le bois que Raoul lui-même avait voulu atteindre. Celui-ci, prenant un sentier plus court à travers les champs, arriva au même chemin, à un endroit où la haie commençait à s'éclaircir; il eut bientôt rejoint Abel, quoiqu'il marchât assez vite.

« Camarade, je vous cherchais, » dit Raoul; « vous m'avez déjà rendu un grand service, je voudrais vous en demander un autre. — Comment pourrais-je vous rendre un service? » répondit tristement Abel; « moi, pauvre fugitif, obligé de me cacher sans relâche! à peine si j'ose me présenter dans une maison pour y reposer. Je mène une bien misérable vie! » Et en disant ces mots, ses yeux se remplirent de larmes. Raoul, touché de compassion, oublia pour un instant ses propres chagrins, et même ses fautes; son cœur se sentit porté à seconder les bons sentiments qui se réveillaient dans le cœur d'Abel. « Il y a toujours moyen, » lui dit-il, « de recourir à une vie meilleure. — Il n'est plus temps ! » répondit Abel. Et en ce moment, le poids de ses chagrins devenant trop lourd pour lui, ses larmes coulèrent avec abondance.

Ils étaient entrés dans le bois ; Raoul engagea Abel à s'y asseoir. Celui-ci y consentit, comme un homme qui s'abandonne lui-même et n'a plus de volonté. Ils se placèrent derrière une masse d'arbres disposés de manière à leur permettre de voir assez loin sans être aperçus. Abel avait le cœur trop plein pour pouvoir parler ; aussi se taisait-il, saisi d'un profond découragement. Au peu de mots qui lui échappaient, il était aisé, même à un observateur aussi peu exercé que Raoul, de reconnaître en lui un jeune homme doux et plein de candeur, mais faible et facile à dominer par de bons comme par de mauvais conseils.

Raoul, bien qu'âgé de cinq ou six ans de moins qu'Abel, et presque encore enfant, paraissait exercer sur lui un certain ascendant dû sans doute à une grande fermeté de caractère et aussi à la supériorité de son éducation, quoique celle d'Abel n'eût pas été entièrement négligée ; car son langage n'avait rien de bas ni de grossier, et ses manières, dans leur simplicité, semblaient indiquer de bonnes habitudes.

Ces observations intéressaient de plus en plus Raoul à son nouvel ami ; le plaisir de voir qu'il pouvait servir d'appui à un de ses semblables donnait plus de chaleur à son zèle et à sa raison plus de solidité ; rien, du reste, ne fortifie en nous le pouvoir des bonnes maximes comme d'avoir à les incul-

quer aux autres, et de s'en faire un moyen d'influence.

Raoul s'y prit donc avec assez de prudence et d'une
manière affectueuse pour engager Abel à lui ouvrir
son cœur. Celui-ci ne demandait pas mieux que d'aller au-devant de la confiance qu'on lui demandait :
il s'empressa de raconter à Raoul toute son histoire,
telle à peu près qu'on la verra dans le chapitre suivant.

XX

ABEL ET MARIE

Tout ce qu'Abel se rappelait de sa première enfance, c'est que, fils d'un soldat, il suivait habituellement, avec sa mère, le régiment où servait son père. Pendant que ce régiment était en marche pour rejoindre une des armées d'Allemagne, sa mère tomba malade, et fut obligée de rester en chemin; Abel avait alors huit ans. En sortant de l'hôpital, la pauvre femme, à peu près guérie, se remit en route pour rejoindre son mari; elle voyagea plusieurs jours à pied, obligée de porter de temps en temps son jeune enfant, qui venait aussi d'être malade et n'était guère en état de pouvoir supporter les fatigues d'une longue marche. Ils traversèrent des forêts, franchirent des montagnes : Abel croit qu'ils se perdirent. Enfin, un jour, épuisée de fatigue et d'inanition, après avoir donné à son fils le peu de nourriture qu'elle avait pu se procurer, la malheureuse mère ne put aller plus loin et tomba sans connaissance. Abel essaya d'abord de la réveiller, ses

efforts furent inutiles. Cette immobilité commença
à l'effrayer : il crut sa mère morte, et s'enfuit en
pleurant. A quelque distance, il se retourna pour la
regarder : elle était toujours dans la même situation ;
il revint près d'elle, l'appela : elle ne répondit point.
Saisi d'une nouvelle frayeur, Abel se remit à courir.
Il avait à peine fait quelques pas, qu'il s'arrêta une
seconde fois pour regarder encore sa mère : il ne la
vit plus ; une inégalité de terrain la lui dérobait.
Alors une sorte de terreur s'empara du pauvre enfant ; il voulut revenir sur ses pas, mais le trouble
où il était le rendit incapable de s'orienter : il se
trompa de direction, et s'éloigna de plus en plus. Des
rochers, des fonds, des escarpements coupaient le
terrain, et lui cachaient le chemin qu'il venait de
parcourir. Enfin, après une marche assez longue, il
se trouva auprès d'un champ de pommes de terre.
Pressé par la faim, il prit fantaisie d'en manger ;
comme font tous les enfants, pour en arracher une, il
brisa plusieurs tiges et fit un assez grand dégât sur
la lisière du champ. Pourtant il commençait à entamer avec ses dents quelques-unes de celles qu'il venait de retirer, lorsqu'il vit venir vers lui un homme
que lui parut devoir être le propriétaire du champ.
Tremblant, il se blottit entre deux sillons. Les pommes de terre étaient dans toute leur hauteur, et Abel
était placé de manière à n'avoir point été aperçu ; se
glissant du côté opposé à celui vers lequel s'avançait
l'homme qu'il redoutait, il crut qu'il ne serait pas
découvert : mais les tiges qu'il avait jetées imprudemment loin de lui avertirent le vigilant proprié-

taire de l'insulte qui venait d'être faite à sa propriété.
« Marie, » dit-il à une jeune fille d'environ dix ans,
qui l'accompagnait, « on m'a volé mes pommes de
terre. Je me flattais pourtant ici d'être à l'abri d'un
pareil méfait. — Oh! mon père, » répondit Marie,
« ce n'est sûrement pas quelqu'un de Waldbach. —
Je le désire, » reprit le père d'un ton où l'on remarquait un peu de sévérité. « Au reste, les traces sont
toutes fraîches, le voleur n'est pas loin. »

Marie courut en avant le long du carré; elle aperçut bientôt Abel, et s'écria : « Le voilà! » Mais en
voyant un pauvre enfant accroupi sur ses genoux,
les mains jointes et le visage baigné de larmes,
elle s'arrêta; puis, approchant plus lentement, elle
remarqua auprès de lui une pomme de terre crue
qu'il avait commencé à ronger. « Tu as essayé de la
manger! » dit-elle avec émotion; « tu as donc bien
faim? » Abel, d'un mouvement de tête, fit un signe
affirmatif. Marie alors revint sur ses pas : « Mon père,
il a bien faim! »

Le père, sans lui répondre, arriva auprès d'Abel;
et prenant un ton sévère, que le regard de l'enfant
eut bientôt adouci : « Pourquoi as-tu pris ce qui ne
t'appartient pas? »

Abel tremblait de tous ses membres; il se resser-
rait en quelque sorte en lui-même : cependant il releva sa tête baissée sur sa poitrine, et regarda Marie, comme pour la prier de prendre sa défense. Pour
toute réponse, Marie ramassa les pommes de terre
à moitié rongées, et les présenta à son père d'un air
de compassion. Celui-ci, austère, mais bon, ne songea

plus qu'à secourir le petit infortuné que le hasard lui faisait rencontrer.

« D'où viens-tu ? » lui demanda-t-il avec douceur, cherchant à le rassurer. Abel ne répondit point, mais il regarda de nouveau Marie, qui se mit à genoux près de lui pour être plus à sa portée ; et, comme si elle eût craint que le son de sa voix ne fût encore trop fort pour lui, elle lui répéta presque bas la question de son père. Abel, d'un signe de tête, indiqua le côté d'où il croyait être venu.

« Est-ce que tu es muet ? » lui demanda-t-elle avec une inquiétude si vraie, qu'Abel sourit et prononça un *non* bien bas, mais bien articulé. « Ah ! tant mieux. » Et elle mit dans sa réponse une expression affectueuse qui commença à rassurer Abel. Il fit cependant un grand effort pour prononcer ces mots : « Je viens d'auprès de ma mère. — Où est-elle, ta mère ? — Morte là-bas ! — Morte ! » s'écria Marie avec effroi, « et là dans les champs ? » Abel, sans rien répondre, se remit à pleurer. Alors M. Billing (c'était le nom du père de Marie) prit Abel par une main, tandis que Marie le tenait par l'autre pour le faire relever, et lui dit : « Pauvre enfant, mène-moi où tu as laissé ta mère. »

Abel leva sur M. Billing des yeux reconnaissants et suppliants à la fois. « A présent que vous viendrez avec moi, » dit-il, « peut-être ne sera-t-elle plus morte. »

De nouvelles questions, auxquelles Abel répondit avec intelligence, firent soupçonner à M. Billing que la pauvre mère pouvait bien n'être qu'évanouie.

Il n'en fut que plus pressé d'engager Abel à le conduire au lieu où il l'avait laissée. Quelques légères provisions qu'il avait soin d'emporter avec lui dans les courses un peu longues qu'il faisait avec sa fille servirent à ranimer les forces de l'enfant; il reprit la confiance et l'allégresse de son âge, et Marie et lui se mirent à marcher devant M. Billing, se tenant par la main, montant ensemble sur les rochers, et persuadés à chaque instant qu'ils allaient découvrir l'objet de leurs recherches.

Cette fois Abel fut heureux dans la direction qu'il avait fait prendre. Arrivés en assez peu de temps à un lieu élevé d'où ils pouvaient découvrir la route, ils aperçurent un groupe de trois personnes qui s'avançaient lentement.

« C'est elle sans doute? » disait Marie. « Oh oui, c'est sûrement elle, » répondit Abel. Ils ne distinguaient rien encore, mais leur cœur battait. Tout d'un coup Abel s'écrie : « C'est elle, c'est son jupon bleu; je la reconnais, elle marche! » Et il s'élance avec Marie sans se quitter la main; M. Billing s'empresse de les suivre, et arrive au moment où la pauvre mère, près de tomber en faiblesse, pressait dans ses bras son enfant que ses larmes et ses cris avaient redemandé à tous les échos depuis qu'elle avait repris ses sens. Marie, comme si elle eût retrouvé une ancienne amie, sautait en frappant de joie ses petites mains l'une contre l'autre.

Des habitants charitables avaient rencontré cette femme, et l'avaient relevée; après lui avoir fait reprendre quelques forces, ils s'étaient décidés à la conduire à Waldbach. Mais, cette dernière émotion ayant achevé d'épuiser ses forces, elle se trouva de nouveau hors d'état de marcher; on reconnut qu'il serait plus convenable de la porter; Marie voulut tenir un coin de son jupon tandis que de l'autre main elle guidait Abel, qu'elle regardait déjà comme lui appartenant. Pendant le trajet elle demanda si mère Roussel, c'était ainsi qu'Abel lui avait dit qu'on appelait sa mère, ne viendrait pas à la maison; et cela s'arrangea naturellement, parce que, dans sa pauvreté, M. Billing était encore le plus riche et le mieux logé du canton.

M. Billing était de Strasbourg, où sa famille avait possédé quelque fortune. Mais, par suite de mauvaises spéculations et d'inconduite, son père s'était ruiné et avait quitté le pays, laissant des engagements qu'il ne pouvait remplir. M. Billing les avait acquittés sur le bien qu'il avait hérité de sa mère, et avec le peu qui lui restait il était venu acheter ou plutôt créer une petite propriété à Waldbach; il y avait épousé une jeune fille du pays, qui l'avait laissé veuf peu de temps après la naissance de Marie.

Le parti qu'il avait pris et surtout son mariage avaient indisposé sa famille, et déplu à M. Billing le père, qui avait compté sur les moyens de son fils pour rétablir sa fortune. Mais celui-ci, que des dégoûts d'études et un caractère un peu sauvage avaient tenu éloigné de toute relation sociale, et qui était entièrement étranger aux affaires de son père, avait été tellement révolté du spectacle dégoûtant de mauvaise foi et de basses intrigues qui se dévoila tout à coup à ses yeux, qu'il lui parut impossible de vivre dans un monde si corrompu. Cédant à l'attrait que lui présentaient la situation isolée du Ban-de-la-Roche et les vertus de ses habitants, il était venu s'y établir avec sa modique fortune. Par son industrie et son activité il l'avait fait prospérer de telle sorte, que, dans un pays si pauvre, il ne lui avait pas été difficile de devenir le plus riche. Il s'y servait de son influence pour contribuer aux améliorations qui restaient encore à obtenir; rigide sur la probité et le travail, et s'appliquant surtout à tenir fermée la porte du mal, tandis que le digne pasteur travaillait à ouvrir et élargir celle du bien.

Élevée dans une grande sévérité de principes, Marie, dont les yeux pleins de douceur respiraient le bonheur, ne reculait devant aucune difficulté, devant aucun obstacle quand il s'agissait de porter une consolation. Dès le lendemain, elle demanda à Abel : « Pries-tu le bon Dieu? — Non; pourquoi faire? » répondit Abel, à qui toute idée de religion et peut-être de morale était inconnue. « Pourquoi faire? » reprit vivement Marie, « parce que le bon Dieu nous a envoyés pour te sauver dans le désert ta mère et toi, comme Ismaël et Agar. »

M. Billing se trouvait là. « Marie, » dit-il, « Abel n'en aurait pas moins été obligé de prier, quand même Dieu ne l'aurait pas sauvé. — Oui, mon père; mais Dieu a voulu le sauver, il nous a envoyés pour cela. Vous savez bien que vous ne vouliez pas aller à votre champ de pommes de terre, et que c'est moi qui vous y ai déterminé. Dieu en ce moment m'inspirait. —J'espère, Marie, qu'il vous inspirera toujours, pour rendre gloire à sa volonté, sans prétendre prononcer sur ses desseins. Il a voulu qu'Ismaël vécût, il pouvait vouloir qu'Ismaël pérît : que son saint nom soit béni ! »

M. Billing sortit. Abel demanda à Marie de lui conter l'histoire d'Agar et de son fils. Marie le fit volontiers ; Abel lui représentait Ismaël, et elle était convaincue que Dieu l'avait envoyée à son secours. Elle avait mis pour condition qu'ensuite Abel prierait Dieu avec elle, et Abel y avait consenti. Le jour suivant, il lui demanda de nouveau l'histoire d'Agar, et ajouta : « Nous prierons Dieu après, si tu le veux. » Animée par cette promesse, remplie du zèle de la conversion, Marie mit tant d'onction dans son récit, tant de ferveur dans sa prière, qu'Abel ému lui dit : « Marie, tous les jours nous prierons Dieu ensemble. » Transportée de joie, Marie courut vers son père.

« Mon père, » lui dit-elle, « il n'y a plus de doute, c'est Dieu qui nous a envoyés vers Abel, car sans nous il ne l'aurait peut-être jamais prié, et bien sûrement Dieu voulait qu'Abel le priât. » M. Billing n'altéra point cette pieuse confiance, et Marie, dès cet instant, se regarda comme spécialement chargée du bonheur d'Abel.

Mère Roussel, après avoir passé quelques jours chez M. Billing, reprenait des forces, mais lentement ; rien n'annonçait qu'elle pût être rétablie de manière à se remettre en route avant l'hiver. Cependant comme elle commençait à être en état d'agir et

de travailler, M. Billing lui dit : « Mère Roussel,
l'existence est ici le prix du travail; on ne vous demandera que celui que vous pouvez faire, il sera sup-
pléé au reste. Une pauvre veuve, infirme et presque
aveugle, consent à vous recevoir dans sa maison. Les
soins que vous lui rendrez payeront le loyer du logement qu'elle vous fournit. Nos jeunes filles, chargées
jusqu'ici de la soigner tour à tour, consacreront le
temps qu'elles lui donnaient à vous aider dans votre
travail. Son jardin, auquel les habitants de la paroisse consacrent aussi tour à tour, les dimanches,
quelques heures de culture, ne vous demandera pas
des soins au-dessus de vos forces. Votre fils d'ailleurs est déjà en âge de vous aider. »

Mère Roussel aurait mieux aimé rester chez
M. Billing; mais tout était prêt. Il proposa à mère
Roussel de la conduire, et elle vit bien à son air qu'il
n'y avait pas à répliquer. Elle le suivit, accompa-
gnée d'Abel, et fut bientôt consolée par la conversation de la veuve, enchantée d'avoir une compagne
dans la solitude.

Mère Roussel n'avait pas de mauvais penchants,
mais elle avait de mauvaises habitudes. Accoutumée
à l'oisiveté d'une vie errante, elle n'aimait pas le travail, et le plaisir de causer était pour elle la seule
consolation de la vie solitaire où la retenait encore
sa faiblesse. Le tracas du ménage de la veuve allait
assez bien, il n'était ni long ni fatigant, et se faisait en babillant. Mais le jardin était négligé. On
avait donné à mère Roussel des cotons à éplucher et
à préparer pour les fileuses. Elle devait en fournir

chaque semaine une certaine quantité, en rembour-
sement de quelques avances qu'on devait lui faire
encore, soit en argent, soit en nature, pour l'établissement et l'entretien de son ménage. M. Billing
lui avait indiqué ce qu'elle devait faire chaque jour
pour avoir fini au temps convenu. Marie y alla le
premier jour ; l'ouvrage n'était pas commencé, mère
Roussel bavardait au coin du feu ; Abel jouait dans
le jardin.

« Il n'y a pas encore de coton d'épluché? » dit
Marie d'un air d'inquiétude ; « la journée est pourtant bien avancée. » Mère Roussel répondit que cela
serait aussi bon le lendemain, et continua ses récits à
la veuve, qui l'écoutait avec avidité. Marie ne dit
rien, et alla chercher Abel.

Il accourut, comme à l'ordinaire, au-devant d'elle
avec transport, mais parut peu disposé à se rendre
au travail comme elle le voulait.

« L'ouvrage du jour n'est pas fait, » disait Marie.
— Ce n'est pas notre ouvrage. — Il faut cependant
que quelqu'un le fasse. — Ma mère le fera. C'est à
elle qu'on l'a donné. — Mais si elle ne le fait pas?
— Marie, viens te promener avec moi près des rochers où tu m'as rencontré. » Et il voulait l'emmener. — Dieu ne m'y a pas envoyée pour faire le mal
avec toi. Retournes-y seul. » Et retirant sa main
avec une sorte de colère, elle s'en allait. Abel courut après elle. « Marie, je ferai tout ce que tu voudras. »

Ce fut alors et depuis la constante réponse d'Abel
Jamais il ne résista à la menace de le quitter. Dès

le premier moment Marie lui était devenue nécessaire. D'un caractère doux et timide, maladif durant
toute sa première enfance, il avait pris peu de goût
aux mœurs brusques des soldats et à la turbulence
des enfants au milieu desquels il avait l'habitude de
vivre. Il en concevait même une sorte de frayeur que
la tendresse idolâtre de sa mère tâchait de lui épargner en le tenant le plus qu'elle pouvait à l'écart de
ce mouvement bruyant qui l'inquiétait. Il se sentait
en repos près de Marie. La douceur calme de ses
manières, cet extérieur de propreté qui, pour le pauvre Abel, était une parure, cette attention active et
respectueuse qui semblait veiller à tous ses besoins,
la lui montraient comme une créature supérieure et
protectrice. En même temps la conversation de Marie donnait de l'aliment à son esprit vif et curieux.
Il ignorait tout; chaque parole de Marie lui apprenait quelque chose, et il retenait tout ce qu'elle lui
disait.

Quand mère Roussel vit les enfants à l'ouvrage,
empressée de réparer sa négligence, elle ressentit
quelque honte, et se mit à travailler avec eux. La
tâche n'était pas lourde; Marie était habile et expé-
ditive. On eut bientôt fini. Plusieurs fois il arriva
que Marie eut à réveiller, par sa présence, une activité que le goût du devoir ne soutenait pas encore.
Mais plusieurs fois aussi Abel se mit à l'ouvrage de
lui-même, afin que sa chère Marie eût le plaisir
d'être satisfaite de lui, et mère Roussel travaillait
pour aider son fils. Marie, instruite dans l'art du
jardinage, car son père l'accoutumait à tous les

travaux utiles, dirigeait Abel, et lui donnait sa tâche; ce que Marie avait prescrit, Abel ne croyait pas qu'il fût possible de le négliger. « Marie me l'a dit, » c'était la raison sans réplique, et mère Roussel ne voyait rien à y opposer. Marie lui imposait elle-même, par cette fermeté de décision, cette force de volonté que donne la certitude du devoir. Bientôt la journée d'Abel fut consacrée tout entière à des occupations utiles, qui avaient pour but et pour récompense l'affection de Marie, le plaisir de l'entendre raconter les histoires de la Bible, une fleur à lui donner, une promenade à faire avec elle. Mère Roussel, qui commençait à aimer dans son fils des vertus qu'elle ne pratiquait pas elle-même, prit enfin goût à imiter ce qu'elle aimait. La veuve, tout en regrettant les étranges et amusantes histoires de mère Roussel, prit patience; et se voyant mieux soignée et son ménage mieux tenu, elle prenait plaisir chaque soir à écouter quelque récit de batailles, pendant que sur le rouet que lui avait fourni la caisse de la paroisse, mère Roussel filait le coton qui devait servir à payer sa dépense de la semaine, et qu'auprès du feu ou dans le jardin de M. Billing Abel lisait avec Marie quelques beaux traits d'histoire. La régularité s'établit dans cette maison, où l'oisiveté avait failli introduire le désordre. M. Billing se plut à reconnaître que ce changement était l'ouvrage de Marie, et la bonne fille n'en fut que plus ardente à remplir la mission dont elle se croyait chargée.

Cependant les forces de mère Roussel, loin de se rétablir, allaient en diminuant. Elle n'était plus jeune et n'avait jamais été forte; les fatigues avaient achevé de l'user. L'hiver lui causa une maladie qui fut bientôt reconnue sans remède. Elle souffrait quelquefois beaucoup. Abel pleurait; alors Marie priait, et Abel se mettait près d'elle à prier avec ardeur pour que sa mère ne souffrît plus. Plusieurs fois, en voyant la tendre ferveur de ces deux enfants, mère Roussel crut sentir que ses douleurs s'adoucissaient ; l'expression des sentiments religieux de Marie, et la confiance d'Abel en Dieu, en qui Marie lui avait dit d'espérer, calmaient les inquiétudes de la pauvre mère, et la reposaient sur des idées calmes et douces. La maladie avait amolli une dureté d'habitudes qui n'était pas naturelle à son caractère ; son cœur acheva de s'ouvrir, elle demanda les instructions religieuses, et mourut tranquille sur l'avenir de son fils et consolée par l'espérance. Abel versa sur sa mère d'abondantes larmes; Marie les sécha en lui apprenant à reporter chaque jour ses pensées vers celle qu'il avait perdue.

M. Billing recueillit l'orphelin. Il l'envoya à l'école et l'employa aux travaux des enfants de son âge. Marie l'animait par son exemple, et ne lui laissait pas perdre un moment qu'il pût employer à l'accomplissement d'un devoir.

« Comme tu me fais travailler! » disait-il quelque fois.—Veux-tu, Abel, que Dieu me reproche un jour que tu n'as pas fait ce que tu devais? » Et Abel travaillait pour accomplir la volonté ou pour obéir au devoir que Marie s'était imposé.

L'âge vint où Abel dut aller en apprentissage chez

un menuisier de Strasbourg; M. Oberlin et M. Billing payaient les frais. Au moment de partir, Abel était pâle, ses larmes coulaient sans qu'il pût les retenir. Marie ne pleurait pas moins, elle était agitée et inquiète, et ne concevait pas plus qu'Abel comment il pourrait vivre sans elle. Elle lui écrivit souvent, et voulut recevoir de lui un compte exact de tous ses moments; cette occupation remplit les courts instants qu'Abel pouvait dérober au travail. L'image de Marie était sa constante pensée; il se la représentait comme au jour où il l'avait quittée, commençant à échanger les grâces de l'enfance contre celles de la jeunesse.

Enfin le moment où ils devaient se revoir approchait; Abel n'y pouvait penser sans émotion. Marie alors avait dix-huit ans; Abel en avait seize, sa taille et ses traits s'étaient développés; il n'avait plus cet air débile de son enfance, mais déjà la vigueur d'un homme. Marie rougit de plaisir en le voyant supérieur en agréments à tous les jeunes gens de son âge. Pour Abel, le bonheur de se retrouver près de Marie le rendit quelques instants muet et immobile. Plusieurs jours se passèrent dans ce ravissement auquel il ne pouvait ni s'accoutumer ni s'arracher. Cependant il fallait par son travail pourvoir à son existence, préparer et mettre en état la demeure que M. Billing avait voulu qu'il occupât désormais dans le village. Malgré de si pressantes nécessités, toujours Abel trouvait une raison pour quitter ses travaux et venir partager ceux de Marie, et souvent même, si Marie y eût consenti, pour le doux plaisir de se voir et de se parler. Elle obtint enfin de lui plus d'assiduité; mais cette assiduité était de l'obéissance, et non pas du zèle. Marie s'affligeait de ce qu'Abel n'apportait pas à l'ouvrage cette ardeur qui le rend facile, et elle ne cessait de le lui reprocher.

Un jour qu'elle lui en parlait plus sévèrement qu'à l'ordinaire : « Marie, » lui dit Abel presque les larmes aux yeux, « comment veux-tu que j'aie cœur à rien dans la vie? Ne sais-je pas qu'un jour il faudra nous séparer? A quoi pourrai-je prendre plaisir, quand je ne passerai plus mes jours avec toi? — Abel, » répondit Marie, « si mon père le veut, je serai ta femme. »

Abel pâlit et rougit tour à tour, son cœur était agité des plus vives émotions; mais il secoua la tête, il ne pouvait croire à un si grand bonheur. Marie réfléchit quelques instants, puis se leva subitement : « Il faut le savoir tout de suite, » dit-elle; et prenant la main d'Abel, elle alla trouver son père. « Mon père, j'ai promis à Abel que, si vous le vouliez, je serais un jour sa femme. — On n'a droit de réclamer que ce qu'on a mérité, » répondit M. Billing. « Qu'Abel se fasse par son travail un état et une existence. »

Abel tourna sur Marie des yeux inquiets, les siens peignaient la sérénité et le bonheur; M. Billing n'ajouta pas un mot de plus, et Marie s'en retourna tranquille à son ouvrage. Dès ce moment, elle se regardait comme la fiancée d'Abel. Lorsqu'il la rejoignit, il la trouva profondément recueillie.

« Abel, » lui dit-elle, « Dieu, dans sa bonté, vient

de tracer devant nous une vie pleine de calme et de bonheur; exempts d'agitation, n'ayons plus d'autre pensée que celle de faire notre devoir. »

Abel lui témoigna sa crainte qu'elle n'eût interprété trop favorablement la réponse de M. Billing. Son âme était agitée, sa voix émue : « Que deviendrai-je à présent, si je ne t'obtiens pas pour femme ? » Marie lui repondit en souriant : « J'en suis sûre. »

Il y avait dans l'expression de ce sourire quelque chose de si tendre à la fois et de si ferme, qu'Abel en ressentit une sécurité et une consolation complètes.

A compter de ce jour, Marie consulta Abel sur tout, lui rendit compte de tout comme si elle eût dépendu de lui, et qu'il eût été obligé déjà de lui servir d'appui. Il en était de même devant M. Billing, ou hors de sa présence; le bon père voyait tout, sans faire la moindre réflexion; sa conduite ne contrariait en rien celle de sa fille. Marie était contente. Jamais on ne l'avait vue si constamment occupée. L'ordre partout s'établissait autour d'elle, attestant la paix de son âme, et son activité augmentait avec son bonheur. Seulement, quand l'ouvrage appelait Abel pour quelques jours hors de la paroisse, encore plus assidue à ses devoirs, s'il était possible, elle était un peu plus silencieuse. Elle ne craignait pas que son père devinât la cause de ce léger changement. Mais elle parlait à Abel seul du chagrin de son absence et de la joie de son retour.

Un grand malheur attendait Marie. M. Billing mourut subitement d'une attaque d'apoplexie. Le

coup fut terrible. Marie y aurait succombé si elle
n'eût été soutenue par l'espoir de vivre en la présence de son père. Elle ne supporta sa douleur qu'en
associant plus que jamais à toutes ses actions celui
que ses yeux ne pouvaient plus rencontrer. Il devint en tout son guide, et elle vécut devant lui
comme devant Dieu.

M. Billing, emporté dans la force de l'âge, n'avait
point songé à faire de dispositions. La tutelle de
Marie allait tomber naturellement à M. Billing le
père, revenu alors des pays étrangers, où il avait
tenté et manqué dix spéculations. L'âge l'avait rendu
moins actif, mais non plus sage. Il ne s'était pas
soucié de venir à Waldbach du vivant de son fils,
qu'il craignait; sa mort lui donna l'espoir de décider Marie à le suivre, et à vendre ce qu'elle possédait lorsqu'elle en aurait l'âge. Il comptait avec
l'argent qui reviendrait à sa petite-fille s'établir ailleurs, ou peut-être se lancer dans quelque nouvelle
entreprise. Mais Marie, dès le premier mot, répondit que l'intention de son père avait été qu'elle se
fixât à Waldbach; cependant, si son grand-père ne
pouvait se dispenser de s'établir dans un autre endroit, elle était prête à l'accompagner, mais elle ne
formerait jamais d'établissement ailleurs qu'à Waldbach.

Le vieux M. Billing fut vivement contrarié de
cette résolution; il l'attribua à l'attachement de Marie pour Abel, attachement qu'il ne lui avait pas été
difficile d'apercevoir; il s'emporta, chassa Abel de
chez lui, et déclara qu'elle n'épouserait jamais de

son consentement le fils d'un soldat et d'une vivan-
dière. Marie ne répondit rien; elle n'avait rien à
répondre, mais elle était bien déterminée. Abel,
qu'elle rencontra quelques heures après, était au
désespoir. « Marie, » lui dit-il, « voilà qui est fini, tu
ne seras jamais ma femme. — Rassure-toi, » dit-elle,
« je serai ta femme. » Et son visage était calme
comme la première fois qu'elle lui avait fait cette
promesse devant son père. Abel continuait à exprimer des craintes, elle l'interrompit, en disant : « J'en
suis sûre. » Chaque fois qu'il lui faisait part de ses
inquiétudes, il en recevait la même réponse; et
quand Marie était sûre de quelque chose, Abel ne
croyait pas qu'il lui fût possible de douter. Seulement il lui demandait quelquefois : « Mais quand
viendra donc le bonheur? — Je l'ignore, » répondait Marie; « notre vie est encore longue, et c'est
beaucoup que quelques années de bonheur sur la
terre. » Alors Abel soupirait. « Prends patience, »
lui disait Marie, « Dieu nous a donné la soumission
pour alléger le fardeau de l'obéissance. » Et elle
ajoutait : « Un jour vient après l'autre, et on est
tout étonné de voir arriver celui du bonheur. » Elle
lui souriait alors, et Abel croyait pouvoir espérer;
les paroles de Marie étaient pour lui des prophé-
ties.

Le vieux M. Billing, voyant que la colère ne gagnait rien sur Marie, cessa pour le moment ses tenta-
tives; il crut pouvoir obtenir davantage de la douceur et du temps. Il ne connaissait pas Marie, et
elle le connaissait bien. En gardant les ménage-

ments convenables, le père de Marie ne lui avait pas laissé ignorer le caractère du sien. Elle était à l'âge où le jugement que nous portons sur les autres n'affaiblit point l'idée des devoirs auxquels nous sommes soumis envers eux ; car nous savons séparer leurs fautes qui sont à eux, de nos devoirs qui sont à nous. Marie, en appréciant et repoussant, appuyée de la volonté de son père, les volontés déraisonnables du vieux M. Billing, ne manquait jamais à un seul des soins de la piété filiale, à ceux surtout qui répandent l'agrément sur la vie d'un vieillard ; et si elle souffrait quelquefois beaucoup de cette contrainte, la plus dure de toutes, de donner de la joie quand le cœur est affligé, elle s'élevait vers son père et lui disait : « Mon père, puisque vous m'avez permis d'être encore heureuse après vous avoir perdu, vous ne voulez pas qu'aucune peine me puisse abattre. » Elle croyait alors sentir son père lui sourire et approuver son courage, et elle se ranimait pour de nouveaux efforts. Cependant le vieux M. Billing se déplaisait beaucoup à Waldbach, mais le revenu du bien de Marie ne lui aurait pas suffi pour vivre ailleurs ; il fallait qu'il prît patience.

Le père d'Abel vint aussi à Waldbach. Sa femme lui avait écrit de cet endroit, et pendant assez longtemps il avait donné de ses nouvelles ; mais depuis plusieurs années on n'en entendait plus parler : on le croyait mort. Il avait été fait prisonnier, et la continuation de la guerre avait empêché qu'il ne fût échangé. Délivré, comme les autres, à la paix, il revenait à Waldbach, le seul lieu où il lui restât quelque chose à retrouver. C'était un vieux soldat plein d'honneur, mais chagrin et soucieux ; il avait beaucoup souffert, les fatigues et les blessures avaient altéré son tempérament. Son métier ne lui convenait plus, et toute autre vie lui paraissait ennuyeuse. Le premier moment de la réunion du père et du fils fut chez tous les deux accompagné de joie et d'affection. Un père ne retrouve pas sans plaisir même le fils qu'il n'a jamais vu, surtout lorsque ce fils est, comme l'était Abel, capable de flatter les espérances de son père. De son côté, élevé dans des sentiments tendres et pieux, naturellement doux et porté à la bienveillance, Abel était heureux d'avoir un lien de plus, un lien qu'allait partager Marie, car le père d'Abel devenait le sien. Le logement d'Abel put recevoir son père, et les soins de Marie le fournirent de ce qui était nécessaire au vieux soldat. Ce fut elle qui disposa tout dans l'ordre convenable ; et Abel éprouva une jouissance jusqu'alors inconnue, en voyant Marie servir son père.

Cependant ce premier bonheur ne fut pas de longue durée. Abel était accoutumé à la liberté ; c'est moins l'autorité que le caractère de son père qui le gênait. Le vieux soldat n'avait pas beaucoup de volontés, mais des humeurs et des caprices, et la brusquerie avec laquelle il les manifestait ne trouvait pas toujours Abel patient à les supporter. Alors celui-ci allait se plaindre auprès de Marie.

« Abel, » lui disait-elle, « quand nous avons senti que Dieu nous donnait l'amour de la vertu, nous devions bien penser que ce n'était pas pour qu'il de-

meurât inutile. » Et elle ajoutait : « C'est notre temps
d'épreuve, c'est le temps qu'il nous donne pour lui
montrer que nous pouvons devenir toujours meilleurs.
— Mais quand finira-t-il, ce temps d'épreuve? » demandait Abel avec un soupir de découragement.
« Abel, » reprenait tendrement Marie, « nous nous
voyons tous les jours, voudrais-tu que cela finît si
vite? » Et quelques moments passés près d'elle faisaient comprendre à Abel que ce n'était pas encore
le temps de s'affliger.

Si la querelle avait été assez violente pour qu'il
en résultât une brouillerie entre le fils et le père,
alors Marie intervenait près de celui-ci; ses soins,
sa douceur, la complaisance avec laquelle elle l'é-
coutait lui avaient donné de grands droits sur lui.
Elle le trouvait sombre, irrité, le faisait parler, entrait dans sa peine, excusait et blâmait à la fois
Abel, tâchait d'attirer sur elle-même quelque partie
du reproche qui faisait le fond de la querelle, et
demandait au soldat d'être moins sévère pour celui
qu'elle aimait. Alors Roussel à moitié adouci ne savait plus trop où trouver les raisons de sa colère :
« Mais après tout, » disait-il, « il est mon fils pour
ʼntendre ce que je veux lui dire. — Appelez-moi
votre fille, et grondez-moi pour lui. »

Le soldat grommelait encore quelques mots, mais
ce n'était plus que le bruit de l'orage qui s'éloigne
et décroît. Abel revenait, il n'était plus question de
rien ; seulement Marie, voyant l'air encore sombre
et embarrassé de tous deux, s'asseyait entre eux sur
le banc devant la porte, et leur adressant la parole à

l'un et à l'autre, amenait une réponse commune qui renouait l'entretien.

Son activité était sans cesse occupée à veiller aux besoins du vieux soldat, à diminuer les charges d'Abel et les privations de son père. Le dégoût du vieux M. Billing pour les soins nécessaires de l'économie rurale avait laissé Marie maîtresse dans sa petite propriété, qu'elle avait appris de son père à gouverner par les plus utiles méthodes. Les fruits de son économie et de son habileté étaient ainsi à sa disposition, et plus d'une fois, sur les petites réserves qu'elle avait su se procurer, elle put donner à Abel la commission d'acheter des cigares pour son père.

Pour garantir aussi Roussel de l'ennui d'une vie oisive, autant que pour l'aider à subvenir à ses propres besoins, elle avait obtenu qu'on le fît travailler à la réparation du chemin. Cependant incapable, après une vie agitée, de supporter longtemps un repos continu dans un même lieu, et comme s'il eût eu besoin de souffrir encore avant d'apprendre à se fixer là où il était bien, Roussel parlait quelquefois de quitter Waldbach; il en causa la première fois devant Marie. Le visage d'Abel se rembrunit, il ne dit rien; mais il regarda Marie et la vit pâlir. Ce fut pour lui un nouveau sujet d'effroi. Quand Marie craignait, qui pouvait le rassurer? Ils s'éloignèrent en silence chacun de son côté; et quand ils se rejoignirent, Abel était bouleversé, Marie recueillie et pensive.

« Abel, » lui dit-elle, « quand ton père persisterait dans le projet de s'en aller, il ne faut pas que tu oublies qu'il n'a que toi pour le faire vivre. — Et c'est bien alors, » dit Abel avec un mouvement de colère, « qu'il faudra dire adieu à l'espérance de t'avoir un jour pour femme. — Pourquoi, si tu continues à le vouloir? — Si je le voudrai! — Eh bien! que crains-tu? » Et la confiance du bonheur reparut sur le visage de Marie.

Abel n'avait pas comme Marie un caractère énergique, disposé à supporter tous les sacrifices, toutes les peines pour arriver au bonheur, parce qu'elle savait qu'un instant de ce bonheur la dédommagerait de tout ce qu'il lui aurait coûté; il se laissait, au contraire, sans cesse décourager; impatient de voir ses désirs accomplis, son travail se faisait avec négligence, et Marie lui disait : « Abel, n'est-ce donc plus à Waldbach que tu veux vivre et faire vivre ton père? » Alors Abel se laissait aller à tout son chagrin, jusqu'à ce que les douces consolations de Marie vinssent lui rendre de la force et du courage. Les pratiques augmentaient; et Roussel parlait plus souvent de quitter Waldbach, parce que cela lui paraissait plus difficile, et que cette difficulté lui donnait de l'humeur.

Le vieux M. Billing, toujours plus ennuyé de Waldbach, et de plus en plus contrarié de la résistance de Marie, qui, devenue majeure, continuait à refuser de vendre son bien, s'en prit un jour à Roussel, qu'il rencontra; il lui reprocha l'attachement de Marie pour son fils, et le traita avec mépris. Le vieux soldat furieux courut chercher son sabre. Heureusement Abel se trouvait à la maison; tandis qu'il luttait pour le retenir, Marie avertie accourut et se mit à genoux devant la porte. Roussel lui criait de se retirer. « Pourquoi? » disait Marie, « vous pouvez me frapper de votre sabre aussi bien que lui; il ne sait pas mieux manier les armes, et n'est pas plus en état de se défendre contre vous. » Découragé par cette réponse, mais furieux de ne pouvoir se venger d'un homme sans courage, Roussel s'emportait contre lui, et ne lui épargnait pas les qualifications outrageantes. Marie était à genoux, les yeux baissés, les mains jointes. « Il est mon père! » disait-elle; « c'est moi qui demande pardon! »

En la voyant ainsi abaissée et humiliée, Roussel ne put résister davantage : il lui cria de se relever si elle ne voulait pas le faire mourir. Oppressé de sentiments divers, il se jeta sur un banc. Marie vint près de lui et s'occupa de le calmer. Pendant ce temps plusieurs personnes étaient accourues. On avait fait comprendre au vieux M. Billing le tort et l'imprudence de sa conduite, et il avait enfin consenti à faire à Roussel une sorte de réparation. Celui-ci la reçut d'un air de fierté, mais la présence de Marie lui ôta le courage d'y ajouter l'insulte. Seulement, en s'en allant, il ne put s'empêcher de dire : « Il peut bien être sûr à présent que je ne quitterai pas Waldbach; il faudra qu'il prenne son parti de m'y voir, et tous les jours encore. » En effet, tous les jours il passait devant la maison de M. Billing. Marie le savait, et faisait en sorte de se trouver à la fenêtre, ou à la porte, de manière à ce qu'il pût la voir, et l'air de bravade dont il avait armé son visage faisait place à une expression plus bienveillante.

Abel avait atteint sa vingtième année. Il dut satisfaire à la loi du recrutement. Tant que le sort d'Abel fut incertain, Marie, contre son habitude, éprouvait une agitation qu'elle avait peine à contenir; dès qu'elle sut qu'Abel avait tiré un mauvais numéro, elle en conçut un vif chagrin, mais elle resta calme. Abel était au désespoir. Son premier mot en la voyant fut : «Sans ton grand-père tu serais ma femme, et je resterais avec toi. — Abel,» lui dit-elle d'un air réfléchi, «il m'a sauvée d'une grande faute, car j'ai eu un instant la pensée de vendre une partie de mon bien pour te racheter. Je ne m'inquiétais pas de détruire ainsi ce qui fera un jour le repos de ta vieillesse. Je me débattais contre cette idée que j'allais faire une action qui n'aurait pas obtenu le consentement de mon père; je voulais aller prier notre père Oberlin de consulter Dieu, afin de savoir s'il me répondrait *oui* ou *non,* et je cherchais avec impiété à m'appuyer de l'autorité divine pour faire taire ma conscience. Mais j'ai eu beau faire, je n'ai pu oublier que mon grand-père, pour subsister, a besoin de ce que je possède. J'ai refusé de le vendre pour moi! Abel, remercions Dieu de ce qu'il n'a pas permis que ta Marie se rendît coupable d'une faute pour l'amour de toi.»

Abel ne pouvait résister à l'ascendant plein de douceur qu'elle exerçait sur lui. Cependant il demeura profondément triste. Au moment du départ, elle lui fit cette question : «Je serai ta femme, n'est-ce

pas? Oh! oui, j'en suis sûre, » ajouta-t-elle avec cet
air de confiance inspirée qu'elle montrait toujours
lorsqu'elle sentait sa volonté appuyée par son devoir. Et cette dernière pensée adoucit un peu leur
séparation. Roussel se trouvait heureux de donner à
son fils les premières leçons du métier de soldat.
Cette occupation ranimait ses vieux souvenirs. «Abel,
si tu ne faisais pas bien ton devoir, » répétait-il, «tu
n'aurais plus jamais affaire qu'à moi. »

Pendant les premiers mois de service, Abel fut
excessivement malheureux. Bientôt les exigences de
son nouvel état, la gaieté importune, bruyante de
ses camarades le tirèrent de son abattement. S'il eût
eu plus de force contre le chagrin, il n'eût pas songé
à le détourner; mais trop faible pour le supporter,
il recherchait tout ce qui pouvait l'en distraire. Il se
plaisait surtout avec Pascal, ancien soldat qui s'était
trouvé à plusieurs batailles; mais soit caprice, soit
désir de faire sa volonté, il avait plus d'une fois, en
temps de paix, déserté son drapeau. Il avait trouvé
moyen de rester au dépôt, où Abel devait passer
quelque temps comme recrue. Pascal le tenait en
gaieté, l'étourdissait par son humeur active, joviale,
entreprenante. Il l'amusait du récit de ses campa-
gnes, et plus encore de ce qu'il appelait ses *bambo-
ches,* lesquelles étaient souvent de nature à choquer
les principes d'Abel; mais il aimait mieux s'accoutumer à la morale de Pascal que de se priver de la
distraction qu'il en recevait. Pascal s'était aperçu du
chagrin d'Abel, il en voulut connaître la cause; et
il en sut bientôt assez pour être à même de se mo-

quer de lui. Abel se fàcha; alors Pascal s'appliqua à
le distraire d'une autre manière, non dans l'intention de lui faire oublier Marie, mais parce qu'il s'ennuyait de voir Abel toujours triste, et de l'entendre
sans cesse parler d'elle.

Livré au désordre, Pascal avait toujours besoin
d'argent et entretenait son camarade des divers
moyens d'en gagner. Abel, au contraire, se promettait bien, s'il pouvait devenir riche, de ne pas
dépenser son argent au cabaret, au jeu et en toutes
sortes de débauches comme le faisait Pascal; il ne
voulait amasser que pour épouser plus tôt Marie, et
il ne cessait de fatiguer son imagination du désir de
faire fortune, ce qui était presque impossible et ne
contribuait pas peu à augmenter le dégoût de sa
situation.

Il vit un jour Pascal payer une dette, ce qui parut
surprenant de sa part. Les jours suivants, il remar-
que qu'il dépensait plus qu'à l'ordinaire et payait
comptant. Abel, curieux de connaître les sources
de cette nouvelle richesse, questionna Pascal; celui-ci
fit fort peu de difficulté de lui avouer qu'il avait fait
connaissance d'une bande de contrebandiers établis
dans le pays, et que, malgré les devoirs que lui imposait son métier de soldat, il trouvait moyen de
prendre part à leurs entreprises assez souvent pour
en tirer de bons profits. Il pressa Abel de se joindre
à eux. Abel résista quelque temps, mais enfin il se
laissa entraîner, et se trouva ainsi engagé avec
toutes les mauvaises compagnies que fréquentait
Pascal. Ce n'est pas qu'il se plût toujours avec ses

nouvelles connaissances; mais, s'il ne perdait pas son attachement pour Marie, il oubliait quelquefois qu'il en était séparé.

Pascal, que l'assujettissement du service ennuyait, brûlait d'impatience de se joindre aux contrebandiers et de prendre part à leurs expéditions hasardeuses sur la frontière; il entretint un jour Abel du projet de déserter; celui-ci repoussa bien loin la seule idée d'une telle résolution qui devait l'éloigner pour jamais de Marie. Pascal vit bien qu'il n'était pas encore temps. Cependant il ne voulait pas déserter sans entraîner avec lui Abel, craignant que par faiblesse il ne le trahît. Chaque jour il l'engageait davantage dans des entreprises dangereuses. Enfin, un soir ils se trouvèrent surpris et eurent beaucoup de peine à s'échapper. Cette aventure les fit manquer à l'appel, ils craignirent d'avoir été reconnus; la peur d'être puni s'empara d'Abel; Pascal profita de cette circonstance, et détermina Abel à déserter. Comme ils ne voulaient pas quitter le pays, ils y vécurent cachés, ne sortant que rarement pendant le jour et avec les plus grandes précautions.

La bande avait dans les environs beaucoup d'affidés qui la servaient de différentes manières. Thibaut était du nombre et l'un des plus utiles. Tapin, quoiqu'il ne sût pas tous leurs secrets, était aussi quelquefois employé par eux, et c'était ce qui avait causé l'inquiétude d'Abel. Les contrebandiers ne travaillaient pas pour leur compte, mais pour celui d'un habitant du pays, dont la fortune, acquise par de mauvaises voies, continuait à s'accroître de cette

manière; ils avaient pourtant une part considérable
dans les profits de l'entreprise, dont ils supportaient
tous les dangers. Pascal surtout s'était acquis parmi
eux une grande autorité par son courage et par
l'habitude qu'il avait de ne faire jamais que sa volonté. Cependant, et précisément à cause de cela,
plusieurs ne l'aimaient pas.

Deux jours après avoir quitté le régiment, Abel
fut rencontré par un habitant de Waldbach, que des
affaires avaient appelé dans le pays, et qui lui apprit
que M. Billing venait de succomber à une assez
courte maladie; il le félicita de ce que rien ne s'op-
posait plus à son union avec Marie : cet homme
ignorait alors sa désertion. Abel, en apprenant cette
nouvelle, fut frappé comme d'un coup de foudre. La
fièvre le **prit**, et pendant quelques jours il se crut
en danger. L'idée de la mort et le souvenir de Marie
agirent alors sur lui avec une telle violence, que la
vie qu'il menait lui devint insupportable. Mais la
faiblesse de son caractère le retenait sous l'ascendant
de Pascal. Abel d'ailleurs ne savait où il se réfu-
gierait quand il n'aurait plus pour asile les repaires
des contrebandiers, ni où il trouverait de quoi vivre
maintenant qu'il avait rompu toutes relations avec
ces honnêtes gens. Son esprit flottait dans une agitation douloureuse et sans issue, ne voyant ni parti à
prendre dans le présent, ni espérance à concevoir
pour l'avenir.

XXI

UN PARTI PRIS

L'histoire d'Abel avait vivement intéressé Raoul à ce jeune homme, car à son âge on n'est pas sévère pour ceux à qui on s'intéresse, pourtant sa désertion lui paraissait un grand tort; mais il la considérait comme un malheur inévitable dans la situation où s'était mis Abel; Raoul ne savait pas encore que l'on peut toujours éviter une faute. Par un manque de réflexion commun à beaucoup de gens, il n'avait pas pour la profession de contrebandier toute l'aversion qu'elle doit inspirer à des hommes de probité, et ne songeait pas que les richesses acquises de cette manière sont un vol fait à l'industrie du pays; le marchand, le manufacturier comptant tirer de leur commerce ou de leurs entreprises des profits que doivent leur assurer les lois de leur pays, se voient enlever par la fraude ce fruit de leur travail. Enfin Raoul oubliait combien il est important que tous les citoyens observent les lois, la seule défense des honnêtes gens contre ceux qui ne le sont pas. Les confidences d'Abel ne diminuèrent donc pas la confiance

qu'il était disposé à lui accorder; il se détermina
même à lui faire connaître sa situation, et son projet de sortir de France, le priant de lui indiquer les
moyens d'arriver et de subsister à Waldbach, où il
espérait pouvoir vivre caché en attendant qu'il trouvât l'occasion d'aller plus loin.

Abel lui proposa de le conduire jusqu'à la frontière en lui faisant prendre, à travers les bois et les
montagnes, les chemins par lesquels les contrebandiers introduisaient les marchandises, qu'ils cachaient
dans différents endroits pour les répandre ensuite
dans les villes frontières.

Ce dernier parti parut préférable à Raoul; éclairé
par de tardives réflexions, il n'avait pas dissimulé à
Abel le regret qu'il éprouvait de sa faute, mais il ne
croyait pas qu'il fût possible de revenir sur ses pas.
Celui-ci trouvait bien singulier que le fils d'un homme
riche quittât ainsi, pour échapper à une légère punition, tous les avantages dont il pouvait jouir, qu'il
se privât d'une protection assurée, qu'il se livrât à
tous les hasards d'une vie misérable, le dénûment,
la souffrance, et à toutes les tentations de mal faire.
Abel, n'eût-il pas regretté Marie, eût été si heureux
de se retrouver pauvre menuisier à Waldbach, sûr
de gagner honnêtement le pain de sa journée !

Raoul, de son côté, ne pouvait comprendre comment Abel hésitait encore à rompre des liens qui lui
pesaient, à se délivrer à la fois des inquiétudes et des
remords qui ne lui laissaient aucune trêve. Raoul
trouvait Abel bien faible, Abel le trouvait bien insensé : tant chacun est disposé à juger sévèrement

celui qui a failli, et tant est grande l'erreur de ceux qui comptent sur les fautes des autres pour obtenir leur indulgence.

Tandis qu'ils causaient ainsi, comme ils avaient faim, ils se partagèrent un morceau de pain ; Abel voulut y joindre un peu de fromage ; il tira de sa poche un couteau, qui, s'accrochant à un vieux portefeuille, en fit sortir quelques papiers. Il s'empressa de les ramasser en secouant la tête, et les remit dans le portefeuille. C'était de ces billets contenant des versets de l'Écriture, que M. Oberlin avait coutume de donner comme marque de satisfaction ou d'estime. « Marie aimait à les relire, » dit Abel en soupirant ; « elle trouvait qu'ils lui donnaient souvent de bons conseils. » Et il referma le portefeuille. Raoul demanda à voir quelques-uns de ces billets. « Non, » dit Abel, « j'ai voulu y mettre le nez il y a quelques jours, mais je ne m'aviserai plus d'y regarder. — Pourquoi ? » insista Raoul en souriant, « nous y trouverons peut-être aussi un bon conseil. » Abel ne se souciait pas trop de donner les billets à Raoul ; cependant il y consentit. Le premier billet que lut Raoul fut celui-ci :

CELUI QUI PARTAGE AVEC LE LARRON
HAIT SON AME.

Proverbes, XXIX.

Surpris de l'à-propos, Raoul le montra à Abel. Celui-ci le repoussa avec une sorte de brusquerie en disant : « C'est précisément ce billet, il me tombe

toujours sous la main; on croirait que c'est un fait
exprès. » Puis, avec la même agitation, il le reprit de
la main de Raoul, fit mine de vouloir le replier, et se
mit à le regarder en silence. Raoul en déplia un
autre; voici ce qu'il contenait :

MALHEUR AUX ENFANTS REVÊCHES,
DIT L'ÉTERNEL,
QUI PRENNENT CONSEIL,
MAIS NON PAS DE MOI.

Isaïe, xxx [1].

Raoul demeura stupéfait; cette maxime s'appliquait si juste, qu'il ne pouvait se défendre d'y trouver quelque chose d'extraordinaire. Abel remarqua
son étonnement, et jeta les yeux sur son billet. Tous
deux le regardèrent sans mot dire. Enfin Raoul rompit le silence. « Nous ne pouvons pas faire, » dit-il,
« que vous n'ayez déserté, et que je n'aie quitté le
collége. Il faut maintenant tâcher d'avoir une bonne
conduite. Mais ici nous ne sommes pas libres; nous
sommes sans cesse obligés de nous cacher, de tromper, de mentir : sortez de France avec moi, nous travaillerons, nous nous aiderons l'un l'autre. J'écrirai à
mon père, vous à mademoiselle Marie, pour les instruire de nos bonnes résolutions, et peut-être les
reverrons-nous un jour. »

Ranimé par le ton ferme de Raoul, et heureux que

[1] Ces deux billets, et ceux-là seulement, ont été donnés par
M. Oberlin à la personne de qui je tiens la notice sur ce respec-

quelqu'un décidât pour lui, Abel accueillit ce projet ;
ils convinrent de se mettre en route le lendemain.
Cependant Raoul, fatigué des deux nuits qu'il avait
passées, et craignant de manquer de forces pour le
voyage assez difficile qu'ils allaient entreprendre,
demanda à Abel s'il ne pouvait pas lui procurer pour
la nuit un gîte sûr où il fut sûr de dormir à couvert. Abel ne savait trop si cela lui serait possible ;
il ne voulait ni ne pouvait conduire Raoul dans les
asiles des contrebandiers, et bien peu d'autres lui
étaient ouverts. Enfin, après y avoir réfléchi quelque
temps, il promit à Raoul de lui rendre réponse le
soir, et lui donna rendez-vous près de la ville d'Épinal, dont ils n'étaient pas éloignés, et que Raoul devait apercevoir au sortir du bois, en marchant toujours vers la droite. Pour être plus certains de se
retrouver, il lui dit de se rendre vers neuf heures
dans un cimetière situé à peu de distance de la ville.
Comme c'était un lieu que personne ne fréquentait,
ils pensèrent que le premier arrivé pourrait sans danger y attendre l'autre. Abel resserra son portefeuille ;
mais, par un bon sentiment et comme un signe de
sa nouvelle résolution, il mit à part celui que Raoul
avait tiré pour lui, et, par une sorte de petite vengeance, lui présenta l'autre ; Raoul ne se sentait pas
disposé à le garder, pourtant il lui parut que ce serait
mal de le refuser ; il l'accepta en rougissant du sou-

table ministre ; et par un singulier hasard, ils se sont trouvés
s'appliquer précisément à la situation des deux personnages de
mon histoire.

rire d'Abel, ce qui n'empêcha pas qu'ils ne se sépa-
rassent bons amis.

Raoul résolut d'attendre la nuit dans le bois. C'é-
tait le premier moment de calme qu'il goûtait depuis
deux jours. Il espérait, avec le concours d'Abel, se
voir bientôt délivré des angoisses qui l'avaient tourmenté, et en état de se tirer d'affaire par son travail.
Cependant, sur le point de consommer sa faute, de
mettre la frontière entre lui et son pays, son père,
ses devoirs, il éprouvait un frémissement qu'il s'efforçait vainement de maîtriser. Le papier sur lequel
était tracée sa condamnation était là comme un poids
dont il aurait voulu se délivrer. En même temps ce
que lui avait dit Abel des difficultés qu'il allait rencontrer, de la misère qui l'attendait, lui revenait à
l'esprit d'une manière importune. Dans cette disposition, il essaya de s'endormir; il n'y parvint qu'avec
peine, malgré la fatigue, et quoique le vin qu'il avait
bu avec Abel et Pascal lui portât à la tête. Son sommeil fut inquiet. Un sentiment de malaise physique, une sorte d'agitation morale le poursuivaient
au milieu de l'assoupissement où il était plongé. Des
dangers, des terreurs de toute sorte, venaient l'as-
saillir sous les formes les plus bizarres. Enfin, après
avoir passé par une série d'idées sans liaison, il rêva
que, vaincu par la faim et la fatigue, il était tombé
épuisé auprès d'un buisson et ne pouvait plus se relever. Il vit son père s'avancer et passer gravement
devant lui, soutenu par Adrienne. Pour lui, incapable de fuir, il voulait parler à son père, et il ne le
pouvait pas. Cependant il lui adressa ces paroles

d'un ton de reproche : « Voilà votre ouvrage, mon père ! C'est votre dureté qui m'a réduit en cet état ! » Mais ces paroles ne produisirent aucun son ; et pourtant Adrienne le regarda sans lui rien dire, et ne s'arrêta point. Son père ne tourna même pas la tête ; il continua de marcher avec la même gravité, et Raoul ne le vit plus. Alors il lui sembla qu'il était abandonné de la nature, et crut se sentir mourir. Il se trouva tout d'un coup transporté devant Dieu. Par une de ces incohérences qui appartiennent aux rêves, Dieu, après plusieurs transformations bizarres, prit la figure du curé du Grandval; assis sur un siége élevé, surmonté d'un dais au-dessus duquel était attaché le billet de M. Oberlin, le même que Raoul avait lu quelques heures auparavant, le curé lui demanda d'un ton sévère : « Avez-vous tenté, par votre bonne conduite, d'adoucir la sévérité dont on usait à votre égard?» Raoul ne put parler, mais il crut que quelque chose en lui répondait *non*, sans que sa volonté intervînt, ou même qu'il entendit ce *non*. Il ressentait un mal affreux. « Avez-vous épuisé les voies légitimes avant d'en venir à un moyen coupable?... Les avez-vous seulement cherchées. » Il lui parut cette fois que le *non* s'échappait avec un éclat douloureux et un son de désespoir. La figure du curé devint sombre et inflexible, et il dit : « Votre père répond pour lui, et non pour vous ; c'est contre vous que sera signée la sentence. » Et il signa. En même temps, les paroles écrites sur le billet attaché au-dessus de sa tête prirent une voix, et il entendait cette condamnation :

5.

CHAPITRE XXI.

MALHEUR A L'ENFANT REVÊCHE,
DIT L'ÉTERNEL,
QUI PREND CONSEIL, MAIS NON PAS DE MOI.

L'effroi réveilla Raoul. Il tremblait de tous ses membres, son front était couvert de sueur. Cependant il rassembla ses idées, se remit de son trouble; mais au fond de son cœur demeurèrent la douleur et le remords d'une faute qu'il ne pouvait plus se dissimuler, et dans laquelle il était déterminé à persister. Cette pensée le faisait frissonner, il était effrayé de lui-même. En vain cherchait-il dans l'avenir sa consolation ordinaire; un sentiment invincible le retenait comme cloué dans le présent. Il n'en pouvait sortir; il n'y pouvait avancer. Chaque pas qu'il faisait pour s'éloigner de la maison de son père était un consentement de plus donné à sa faute. Et cependant le premier pas pour y retourner eût été un retour vers le bien; son cœur eût été déchargé du poids immense qui l'oppressait; ce pas il n'osait le faire, et rien ne l'en empêchait que sa volonté; les chemins lui étaient ouverts, l'expiation lui était offerte, il la tenait en sa main, et c'était là son supplice. Son plus cruel tourment, c'était de n'avoir pas perdu toute espérance.

Incapable de supporter ce qu'il éprouvait, Raoul essaya de s'écrier : « Non ! Dieu ne veut pas que je me déshonore ! » Et il comprit que cette réponse n'était rien, qu'elle était vaine et méprisable. Il retrouva son malheur tout entier et sa pensée toujours inexorable; une incroyable anxiété le saisit, il marchait

comme un insensé en poussant de profonds gémissc-
ments. Dans un moment de colère il prit le billet de
M. Oberlin et voulut le déchirer. Mais il ne l'osa, et
se contenta de le jeter, faisant un effort pour s'éloigner du lieu où il le laissait. Ce lui fut encore impossible; il lui semblait, en repoussant ce salutaire
avertissement, qu'il avait fermé son cœur au dernier élan vertueux. Après avoir essayé quelques pas,
il revint pour ramasser son billet. Ne le trouvant
pas d'abord à l'endroit où il se rappelait l'avoir jeté,
il se sentit saisi d'un effroi superstitieux, tant on est
faible une fois que, placé entre ses passions et son
devoir, on cherche ailleurs que dans sa conscience
l'appui qui doit soutenir nos pas. Ayant enfin trouvé
son billet, Raoul le serra dans ses mains jointes,
et levant au ciel ses yeux humides de larmes, il allait
lui demander quelque soulagement; mais tout aussitôt ses yeux se baissèrent et ses mains se relâchè-
rent. Il comprit quelle était la première condition
que devait lui imposer le ciel.

Le bois commençait à devenir sombre; dans la situation d'âme où était Raoul, physiquement affaibli,
il se trouvait en ce moment plus impressionnable
qu'il ne l'était d'ordinaire. Un léger bruit causé par
le passage de quelque animal le fit tressaillir; pénétré d'une terreur involontaire, il n'eut plus d'autre
pensée que de sortir du bois par la route que lui avait
indiquée Abel. L'obscurité qui augmentait à chaque
instant précipitait ses pas, en sorte que, malgré sa
fatigue, il arriva avant la nuit à la lisière du bois;
apercevant dans l'éloignement les lumières d'une

ville qu'il jugea devoir être Épinal, il se dirigea de
ce côté. Un air plus libre, un ciel plus pur calmaient
l'agitation de ses pensées, lorsqu'il fut distrait par le
bruit des pas d'un homme qui venait derrière lui.
Saisi d'une nouvelle frayeur, Raoul marcha plus vite;
il lui sembla bientôt que celui qui le suivait pressait
aussi le pas; cependant, au bout de quelque temps,
voyant que l'inconnu ne gagnait pas de terrain sur
lui, ne paraissait même avoir aucune intention de se
rapprocher, il continua sa route d'un pas assez rassuré.

Il aperçut bientôt un lieu enclos de haies; c'était
le cimetière dont lui avait parlé Abel. Arrivé devant
la porte, et se voyant toujours suivi, il fit le tour de
l'enclos pour trouver une autre entrée; comme il n'en
existait point, il revint à la même porte, et ne voyant
plus personne, il se décida à entrer.

Raoul se souvenait d'avoir accompagné au cimetière le convoi de sa grand'mère. Un mouvement
pieux lui fit fléchir le genou comme pour saluer ceux
dont la mémoire planait encore sur cette enceinte.

La lune éclairait le cimetière, des croix noires se
détachaient çà et là sur un sol blanchâtre. Immobiles
comme la mort et renfermant la pensée de la vie, ces
croix donnèrent à Raoul une idée de repos qui n'é-
tait pas sans douceur. Bientôt il crut entendre parler,
et prêta l'oreille. Il reconnut qu'on pleurait; regardant de tous côtés, il aperçut, à quelque distance,
deux personnes, un homme et une femme, agenouil-
lés sur une tombe sans croix. Ému de compassion,
Raoul éprouva cependant une sorte de plaisir à ren-

contrer des créatures humaines occupées d'un soin religieux, et douées de sentiments honnêtes; il y avait bien peu de temps qu'il avait quitté ses habitudes de droiture, et déjà il se sentait avide de les reprendre.

Désirant attendre Abel dans un lieu où il ne pût être vu, il s'avança, favorisé par l'ombre que projetait la haie, vers un petit monument, et il se tint caché derrière. Il se trouvait alors très près des deux personnes, et pouvait entendre ce qu'elles disaient, bien que la manière dont elles étaient tournées et l'ombre du monument l'empêchassent de les voir. L'homme semblait être le plus amèrement affligé. Sa voix, altérée par les larmes, frappa Raoul; il crut reconnaître les accents de celle d'Abel.

« Bon Dieu! » disait cet homme en sanglotant, « si je l'avais su seulement hier matin! — Tu le savais depuis trois semaines, » reprit l'autre voix, qui parut à Raoul celle d'une jeune femme, dont l'accent avait à la fois quelque chose de tendre et de sévère. « Il y a aujourd'hui trois semaines que tu as dû savoir que tu donnais à ton père le coup de la mort. — O Marie, ne m'accable pas! »

A ce nom de Marie, au ton dont il était prononcé, Raoul ne conserva plus aucun doute, c'était Abel.

« O mon Dieu! » reprit Abel avec un accent douloureux, « pouvais-je me douter que j'aurais si peu de temps devant moi? — Du temps devant toi! Le Seigneur ne dit-il pas : « Ne laissez pas coucher le « soleil sur votre colère. » Comment l'as-tu laissé coucher sur la colère de ton père! — Marie, Marie, c'en est assez, oh! assez, je t'assure! Que ne donnerais-je pas maintenant pour un jour, un instant, un seul instant où mon père pût me pardonner et me bénir ! — Il ne t'a pas maudit, » reprit Marie faiblement et avec tristesse. « Il ne m'a pas maudit ! » répondit le jeune homme plus tristement encore. « Non, Abel ; il ne l'aurait pas osé en ma présence ; je lui aurais crié : « Je suis là pour lui, pour expier « sa faute par mes soins, pour que le mal qu'il a « causé ne pèse pas trop lourdement sur votre tête « et sur la sienne ; je suis là pour porter tout ce « qui lui arrive, vous ne pouvez pas le maudire. »

Abel reprit d'un ton profondément attendri : « Et cependant il ne m'a pas béni, il ne m'a pas pardonné ! — Maintenant, si tu le veux, il te bénit et te pardonne ! » lui répliqua Marie. Et Raoul jugea par l'ombre qu'elle élevait sa main vers le ciel.

« Mais, Marie, que veux-tu que je fasse ? — Écoute, si ton père, qui est sous cette terre, était devant toi mourant ; s'il n'avait plus qu'une heure à vivre, et qu'il te dît : « Repens-toi, pour que je ne meure pas « sans te pardonner ! » répondrais-tu : « Que voulez- « vous que je fasse ? » ou bien, ajouta-t-elle d'une voix sévère : « attendrais-tu patiemment sa mort pour n'avoir pas à faire ton devoir ? »

A ces mots, Raoul se leva et s'éloigna involontairement. Il y avait dans ce reproche quelque chose de si amer pour lui, qu'il ne put le supporter plus longtemps.

Il ne savait plus s'il devait attendre Abel. Comment espérer que Marie lui permît d'aider un fils à se soustraire au pouvoir de son père, et comment empêcher Abel d'obéir à Marie? Raoul en aurait-il pu même avoir le désir? Pendant qu'il hésitait, il vit entrer dans le cimetière le même homme qui l'avait suivi, et qui s'arrêta près de l'entrée, regardant de côté et d'autre; apercevant Abel et Marie, il s'avança de quelques pas, comme pour les mieux examiner.

Raoul profita de ce moment pour sortir du cimetière; il se hâta de gagner les broussailles, à peu de distance, et s'y cacha, de manière cependant à ne pas perdre de vue la porte par laquelle il supposait que devait bientôt sortir Abel. L'homme se dirigea vers le lieu où Raoul était caché. Celui-ci s'enfonça plus avant dans les broussailles, et passant derrière de grosses pierres entassées en cet endroit, il commençait à se croire en sûreté, lorsqu'il sentit tout à coup le terrain manquer sous ses pieds. Il essaya vainement de se retenir, et se trouva dans un trou d'une très grande profondeur, ou plutôt dans une espèce de cave. Le choc ne fut pourtant pas aussi violent qu'il aurait dû l'être. Il en fut quitte pour quelques contusions. Les inégalités du terrain avaient ralenti la rapidité de sa chute, et bien qu'il demeurât un instant tout étourdi, il s'aperçut bientôt que l'objet sur lequel il était tombé n'avait ni la dureté de la pierre, ni celle de la terre, mais ressemblait plutôt à un amas de ballots de toile. En se relevant sur ses genoux et portant les mains autour de lui pour tâcher de se reconnaître, il heurta une pile de tonneaux; un de ces tonneaux, apparemment mal assuré, roula à terre et retentit avec un bruit qui se prolongea dans le souterrain de manière à donner à Raoul une idée

de son étendue. Aussitôt quelqu'un accourut en jurant à voix basse : « Imbécile, ne t'a-t-on pas dit qu'il
ne fallait pas descendre les autres tonneaux. » Heur-
tant lui-même contre le tonneau, il tomba sur Raoul
qui n'osait remuer, et l'empoignant avec force :
« Quelle bête es-tu ? » s'écria-t-il d'une voix forte,
que Raoul prit pour celle de Pascal. « Ami ! » répondit Raoul en cherchant à se dégager; et appelant
Pascal par son nom, il se fit reconnaître à son tour.
Pascal alors le lâcha pour aller prendre une lanterne
sourde cachée dans un coin. Il la porta au visage de
Raoul, qu'il reconnut, et poussa un grand éclat de
rire, en voyant sa figure encore terreuse et meurtrie
de sa chute. « Ah ça, mon garçon, on t'a donc jeté
là comme une balle de coton ? »

Raoul, sans lui dire le motif qui l'avait attiré dans
ces environs, lui raconta brièvement ce qui l'avait
obligé à s'enfoncer dans les broussailles.

« C'est, » dit en jurant Pascal, « quelqu'un de ces
mouchards qui rôdent autour de nous. On finira,
diable m'emporte! par découvrir le pot aux roses.
Voilà quatre jours que je leur dis qu'il faut vider le
magasin, cacher les marchandises dans les bois et
filer chacun de son côté, je ne peux pas les rassembler. Comme ils voudront; pour moi, voilà toujours
la dernière nuit que je passe ici. Tu nous aideras à
déménager, mon garçon, c'est un commencement
dans le métier; il y a plus souvent à fouiner qu'à
rester en place. — Il faut absolument que je m'en
aille, et ce que vous pouvez faire de mieux pour
moi, c'est de me procurer les moyens de sortir

promptement d'ici. — Bon, bon, sortir! ce n'est pas encore si pressé, les mouchards ne sont pas sur notre dos; et puis, s'ils te prennent, après tout, tu ne seras pas le seul. Veux-tu souper? »

Raoul savait déjà qu'on ne gagnait rien à contredire Pascal; il jugea donc prudent d'attendre pour renouveler sa demande. D'ailleurs, il mourait de faim; il accepta sans se faire prier la proposition qui lui était faite. Le souterrain servait d'entrepôt et d'asile habituel à ceux des contrebandiers qui, comme Abel et Pascal, ne pouvaient se montrer avec sûreté dans le pays, et l'on y avait apporté toutes sortes de provisions. Raoul s'empressa donc de rétablir ses forces épuisées.

XXII

LES CONTREBANDIERS

Comme nous l'avons vu, le souterrain où se trou
vait Raoul était l'entrepôt et en même temps l'asile
des contrebandiers ; il communiquait, par un assez
long passage, aux caves d'une maison d'Épinal, ap
partenant à l'entrepreneur en chef. Celui-ci avait pour
intermédiaire une espèce de commis nommé Lacroix,
autrefois poursuivi en justice pour un faux qu'on
n'avait pu prouver. C'était dans le souterrain qu'il
voyait les contrebandiers ; on s'y réunissait pour con-
certer les entreprises. Une planche dont les extrémités reposaient sur des saillies de rochers servait
de table : les fragments de pierre répandus çà et là
leur fournissaient des siéges. La table était couverte
de pots et de gobelets d'étain ; des chandelles appli-
quées contre les parois de la caverne éclairaient leurs
orgies, et ils pouvaient s'y livrer sans craindre que le
moindre bruit ni la moindre clarté révélât au dehors
leurs joies infernales. D'ailleurs, cette excavation,
évidemment agrandie par la main des hommes, était

Qu'est-ce que c'est que celui-ci ?

alors parfaitement ignorée. Le hasard seul l'avait fait découvrir au propriétaire de la maison, et on y avait pratiqué une ouverture qui communiquait avec une de ses caves. L'entrée du côté des champs était parfaitement cachée par des pierres et des broussailles. Les contrebandiers y descendaient assez facilement par une autre ouverture ménagée près de celle par laquelle était tombé Raoul. Plusieurs pierres en saillie, inégalement disposées, formaient d'abord des espèces d'échelons : puis, s'accrochant des deux mains à la dernière, on se laissait tomber sur une espèce de petit terre-plein placé à environ vingt pieds au-dessous du sol. Ce terre-plein était entouré d'un talus très rapide, mais assez inégal pour fournir des points d'appui qui le rendaient praticable. Il était donc aisé de descendre et de remonter; mais, arrivé au terre-plein, on ne pouvait sortir qu'au moyen d'une échelle. Raoul, après avoir reçu ces détails de Pascal, se préparait à lui demander l'échelle, lorsque trois des contrebandiers arrivèrent; ils parurent surpris et mécontents de le voir.

« Qu'est-ce que c'est que celui-ci? » demanda brutalement l'un d'eux, dont la figure paraissait plus farouche. « C'est un camarade, » répondit négligemment Pascal. « Est-ce qu'il ne parle pas? »

Raoul, en effet, ne se souciait pas trop de leur répondre; il craignait de les irriter. Il fallait pourtant prendre un parti; le meilleur était de n'avoir pas l'air embarrassé. « Oh! que si fait, » dit-il, « il parle; il n'a pas besoin qu'on réponde pour lui. — Eh bien! qu'est-ce qui t'a amené ici? » reprit le premier. « Il y est bien venu pardieu tout seul, et sans échelles encore ! » dit Pascal ; « voyez plutôt son nez. »

En effet, le nez de Raoul, meurtri et ensanglanté, témoignait assez du peu de plaisir qu'il avait trouvé à ce voyage. Raoul rougit, mais conservant le ton délibéré qui lui paraissait le plus sûr et le plus convenable avec ces sortes de gens, il ajouta : « Je suis tombé dans votre maudit trou ; j'ai pensé m'y tuer, et n'ai rien de plus pressé que d'en sortir. — Ce n'est pas de sortir qu'il s'agit à présent, » dit Pascal, « c'est de travailler. A l'ouvrage ! on devrait déjà y être depuis une heure. — Et c'est ce freluquet que tu nous amènes pour nous aider ! » dit avec humeur un des contrebandiers. « Ça ne fera pas pour deux liards d'ouvrage, et ça viendra partager les profits ! »

Raoul rougit de nouveau : « Je ne veux, » dit-il fièrement, « partager ni vos profits ni vos travaux ; je veux sortir d'ici, et je vous prie de m'en indiquer les moyens. — Je veux, je veux... » reprit celui des contrebandiers qui avait parlé le premier ; le roi dit *nous voulons*. Une fois entré ici, on n'en sort qu'avec notre permission. Puisque c'est Pascal qui t'amène, qu'il soit ton répondant, nous verrons après. — Un répondant ! » dit Pascal en haussant les épaules ; « est-ce qu'on t'en a demandé un à toi, Dominique ? — En avais-je besoin ? » reprit le farouche Dominique. « Il a fait ses preuves, » dit un autre ; « il a la croix d'honneur, mais c'est sur l'épaule qu'il la porte. » Et il frappa en riant sur l'omoplate du contrebandier, à qui cette plaisanterie arracha un sou-

rire. Raoul comprit avec quelles gens il se trouvait,
et il s'affermit dans la résolution de ne participer en
rien à ce qui pourrait se passer entre eux.

D'autres contrebandiers arrivèrent. Ils demandèrent à boire, et s'assirent autour de la table au
nombre de dix ou douze. On alluma quelques chandelles de plus, et Raoul se trouva au milieu de la
plus infâme société. La lueur de trois ou quatre
chandelles placées sur des saillies ou dans des fentes
de la pierre lui permettait à peine de distinguer les
ignobles figures de ces brigands. Pascal, au milieu
d'eux, avait presque l'air d'un homme distingué; il
paraissait devoir cette supériorité à son maintien qui
se ressentait un peu de ses habitudes de soldat.

En jetant les yeux sur cette troupe brutale, Raoul
éprouva un sentiment de fierté en pensant qu'il était
encore bien au-dessus d'eux; et ce sentiment lui
inspira un degré de courage capable de le préserver
de toute faiblesse.

Les premiers regards des arrivants s'étaient naturellement portés sur Raoul. Ils demandèrent qui il
était. Dominique répondit en murmurant que c'était
encore un nouveau camarade de Pascal. Comme
Pascal était le plus habile et le plus actif à recruter
la troupe, quelques-uns parurent se contenter de
cette réponse; d'autres partagèrent l'humeur de Dominique.

Pascal continuait de boire en haussant les épaules,
et Raoul, le coude appuyé sur la table, se tenait immobile et indifférent, comme s'il eût attendu son tour
pour agir.

Un des contrebandiers dit en le montrant : « Voyez-moi cet autre qui vous reste là comme un saint de bois, sans parler ni bouger ! — J'attends, » dit Raoul sans se déranger, « que cela soit utile à quelque chose. — Il ne fera pas de bruit, celui-là ! » reprit un autre ; « il pourra passer et repasser devant un poste de douaniers, sans réveiller leurs puces. »

Quelques-uns se mirent à rire, et l'on parla d'autre chose ; tant ces hommes légers et imprévoyants mettaient peu de suite dans leurs idées. D'ailleurs, en ce moment, ils avaient l'esprit inquiet et ils commençaient à craindre pour leur sûreté. L'un prétendait avoir vu rôder des mouchards dans les environs. Un autre avait entendu dire dans un cabaret qu'on savait que des marchandises de contrebande étaient cachées près de la ville. Alors Pascal s'emporta ; il se plaignit de ce qu'on ne fût pas venu depuis quatre jours vider le magasin, comme cela avait été convenu. Mais l'un en avait été empêché par Lacroix, qui l'avait assuré qu'il n'y avait pas de danger ; Lacroix avait dit à un autre qu'il valait mieux attendre. « Oui, oui, écoutez-le, » interrompit Pascal, « et vous n'aurez pas la peine de déménager, ni de chercher un endroit pour coucher. »

Cependant il paraissait que Lacroix leur avait à tous expressément recommandé de ne pas manquer cette nuit de se réunir. « S'il nous a fait dire de venir, » reprit Pascal d'un air soucieux, « j'ai presque envie de m'en aller. »

Plusieurs se récrièrent. Pascal déclara qu'il ne

mourrait pas satisfait tant qu'il n'aurait pas appliqué son poing sur cette face de cire.

En ce moment arriva le personnage qui faisait le sujet de la conversation. Il était muni d'une lanterne, et était venu par le passage qui communiquait à la ville.

Lacroix était un homme d'environ cinquante ans, d'un extérieur mesuré et révérencieux, et dont la figure sans expression semblait faite pour servir de masque à la fausseté. Il était vêtu avec soin, portait des anneaux d'or à ses oreilles. Sa perruque, d'une nuance claire, était bouclée, autour de son front, en anneaux symétriques. Ses paroles étaient compassées, ses termes étudiés et ridicules : au milieu de ces hommes grossiers et sans discipline, il affectait une civilité imperturbable qui les tenait dans une sorte de gêne, et donnait à ses paroles un air sentencieux qu'il voulait faire prendre pour de la prudence. Ses manières étaient celles d'un fripon hardi, attentif à saisir tous les avantages, et à en profiter autant qu'il le pouvait sans se perdre.

Raoul, pour qui l'arrivée d'un nouveau personnage était un sujet de malaise, conçut cependant, en voyant celui-ci, quelque espérance de lui faire mieux entendre raison qu'aux autres, et d'en obtenir sa liberté. Lacroix promena ses yeux autour de la table, et demanda si tout le monde était présent ; il en manquait deux ou trois, entre autres Abel, dont le nom fit murmurer Dominique et froncer le sourcil à Pascal. Raoul, placé dans l'ombre, fut étonné de voir les regards de Lacroix se porter plusieurs fois de son côté, et s'en détourner aussitôt avec affectation, comme s'il n'eût pas voulu avoir l'air de le remarquer. Enfin, prenant une des chandelles fixées à la muraille : «On ne voit pas clair ici!» dit-il; et il posa la chandelle au milieu de la table, de manière à ce que la lumière tombât sur le visage de Raoul. «Quel est ce jeune homme?» demanda-t-il enfin.

Raoul, ennuyé de laisser répondre pour lui, se hâta de reprendre la parole : «C'est,» dit-il, «un jeune homme qui se trouve ici par hasard, et qui a un grand désir d'être dehors le plus tôt possible; je vous serai bien obligé, monsieur Lacroix, de m'en fournir les moyens. »

Lacroix alors cligna de l'œil, fit une grimace, et pesant ses paroles qu'il avait soin de prononcer lentement pour se donner un air imposant : «Ceci, mon cher monsieur,» dit-il à Raoul, «est, comme vous devez le sentir vous-même, extraordinairement conséquent... en ceci... que je ne suis pas d'abord connaisseur de l'occurrence qui vous a donné introduction, et qu'en second lieu je me trouve ignorant de ce que vous pouvez faire à la suite de votre évasion; ainsi, vous comprenez bien, mon cher monsieur, que ma responsabilité serait compromise d'une manière fort désagréable, si... — Que diable nous fait tout cela? » interrompit brusquement Pascal; « il s'agit d'abord de dénicher d'ici, et vite et tôt, avec le bagage. Après, que nous importe? ce garçon deviendra ce qu'il pourra. — De la prudence, messieurs!» reprit Lacroix; « de la circonspection, je

vous en prie; de la prudence et de la circonspection! Le plus à propos serait de déposer le jeune
homme dans un lieu sûr, jusqu'à l'issue de nos opérations; et si ces messieurs le veulent, je me char-
gerai... — Je n'irai pas! » s'écria vivement Raoul;
et saisissant un couteau placé à sa portée, il se préparait à la résistance. Il se fit alors un mouvement
parmi les contrebandiers : les uns, mécontents que
l'on perdît du temps à un incident qui leur paraissait sans importance, les autres se préparant à employer la violence, uniquement parce que Raoul
paraissait la craindre. Mais Lacroix s'interposa aussitôt, fit cesser le tumulte, et déclara qu'il était loin
de son intention de causer des *emportements* et *sévices;* et aussitôt il se mit à parler d'autre chose,
cherchant à détourner les contrebandiers de s'occuper davantage de Raoul, ce qui étonna beaucoup
celui-ci, et le disposa plus que jamais à se méfier de
cet équivoque personnage.

L'incertitude régnait parmi les contrebandiers.
Les uns étaient tourmentés d'une crainte vague, et
paraissaient désirer un prompt départ; les autres,
par indolence, ne voulaient pas croire au danger.
Pascal s'emportait, et pressait pour qu'on se mît
à l'ouvrage : Lacroix ne disait ni oui ni non; il élu-
dait, soulevait des difficultés, paraissait traîner à
dessein, ce qui augmentait l'impatience et les soupçons de Pascal. Raoul n'était pas sans inquiétude de
voir pendant toute la discussion les regards de Lacroix se porter continuellement sur lui. Un nouveau
contrebandier parut; son arrivée augmenta l'agita-

tion générale. Selon lui, il n'y avait pas sûreté à porter les marchandises du côté du bois. Le chemin était
encore assez long et pouvait être coupé par les gens
de la police. Mais il connaissait un voiturier qui
consentait, si on lui fournissait les papiers nécessaires, à transporter les marchandises jusqu'à Paris,
et s'engageait à les y faire entrer. Il ne s'agissait
que de deux ou trois fausses signatures, dont Lacroix pourrait se charger. Celui-ci s'excusa d'un ton
d'importance, disant que la multiplicité de ses cor-
respondances donnait trop d'*authenticité* à son caractère d'écriture, pour qu'il ne fût pas dangereux de
le produire. «Mais,» ajouta-t-il en jetant les yeux
tantôt sur Raoul, tantôt sur sa tabatière qu'il frappait et ouvrait d'un air important, «voilà un jeune
homme... versé dans la littérature,... et qui, s'il
voulait nous faire cette amitié, n'aurait pas à s'en repentir. — Moi!» s'écria Raoul d'un ton d'indignation; puis se levant avec vivacité : «Mes amis,»
dit-il aux contrebandiers, « si j'étais un fourbe ou
un traître, j'accepterais ce que cet homme me propose, puisque après je serais libre d'aller vous dénoncer et de désavouer ma signature. Mais j'en suis
incapable, je ne veux tromper ni trahir personne,
pas plus vous que d'autres, vous le voyez bien; fiez-
vous donc à moi, laissez-moi aller, et je vous donne
ma parole que, fût-ce pour sauver ma vie, je ne dirai
jamais un seul mot qui puisse vous compromettre. »

Un mouvement d'hésitation se fait alors remarquer parmi les contrebandiers; quelques-uns des
moins méchants, ébranlés par la franchise et la vi-

vacité du discours de Raoul, demandent qu'on mette un terme à cet incident. Mais les autres murmurent et s'emportent. «Celui qui ne veut rien faire pour eux, » disent-ils, «n'a rien à attendre d'eux. » Pascal envoie au diable le voiturier et celui qui l'a proposé, s'écriant que tout cela est encore de la graine de niais et leur fait perdre leur temps; il déclare en jurant que, si l'on n'en finit pas, il va s'en aller : « Sauvera, » dit-il, « le butin qui pourra! moi, j'aurai soin de l'enfant de ma mère. » Et il fait mine d'exécuter son projet; les autres se fâchent, particulièrement celui qui a proposé la voiture; Pascal réplique par de nouvelles injures; plusieurs prennent son parti, le tumulte devient général, quand Lacroix, qui depuis un instant respirait lentement sa prise de tabac, fait soudain un geste de frayeur. La tête et le corps penché en arrière, il paraît écouter un bruit du dehors. Tout d'un coup il saisit le bras de son voisin, et le secoue violemment. Celui-ci le regarde et pâlit; l'effroi se communique; aux bruyants éclats a succédé un profond silence. On écoute... on n'entend rien; Lacroix, reprenant aussitôt son air habituel de calme, se lève, et dit d'un ton significatif : «Il est temps de sortir d'ici. Allons, messieurs!» Et la frayeur qu'on vient d'éprouver a fait évanouir toute autre idée; chacun, sans rien dire, se rend avec empressement dans la première caverne, où sont les ballots qu'il s'agit de remonter hors du magasin.

Raoul se préparait à les suivre, espérant, dans la bagarre, trouver le moyen d'effectuer sa sortie; mais Lacroix, en qui la lenteur des mouvements était une habitude calculée, s'était arrangé pour demeurer le dernier, et retenant Raoul par le bras : « Mon cher monsieur, » lui dit-il, « je vous le conseille en ami, venez avec moi. — Pourquoi? » répondit Raoul en le regardant en face, et cherchant à son tour à se donner le temps de prendre un parti. « C'est à vous à en juger, » reprit Lacroix, les yeux fixés sur la tabatière, qu'il frappait et ouvrait d'un air d'indifférence ; en ce moment, Dominique et un autre contrebandier s'étant approchés : « Puisque vous n'êtes pas consentant de la mesure, » continue Lacroix avec le même calme et la même lenteur, « il est urgent, mon cher monsieur, que vous stationniez dans cette salle, où l'on pourra surveiller vos démarches. » Et s'adressant à deux des contrebandiers : « Dominique, et vous, Denis, » leur dit-il, « ayez soin du jeune homme, et je vous cautionne la gratification. — Si ce n'est que cela, » répondit Dominique, « vous pouvez être tranquille, il ne sortira pas d'ici, à moins que ce ne soit les pieds devant. — Pas de sévices, messieurs, pas de sévices, je me suis déjà fait l'honneur de vous le dire, » reprit Lacroix d'un ton plus positif qu'à l'ordinaire. « Que le jeune homme me soit représenté sain et entier, sans quoi la gratification n'aura point son effet. Entendez-vous? »

Dominique entendit fort bien et murmura avec humeur. Ils s'éloignèrent, et Raoul, incertain et ne sachant quel parti prendre, attendit que le bruit de leurs pas ne se fît plus entendre pour pénétrer avec précaution jusqu'à l'entrée du premier magasin, où l'on travaillait avec activité, mais en silence et dans une complète obscurité, à monter les ballots sur le terre-plein. Lacroix prit la lanterne sourde soigneusement cachée dans un coin, et montant sur le terre-plein, tourna la lumière du côté de l'entrée extérieure, comme pour l'examiner; mais Pascal, qui se trouvait près de lui, la fit tomber par terre en jurant et en disant presque bas à Lacroix : « C'est apparemment pour les éclairer, de peur qu'ils ne se cassent les os en descendant! » Lacroix ne répondit rien. C'était ainsi qu'il en usait habituellement avec Pascal; mais redescendant tranquillement comme si de rien n'était : « Il n'y a personne là-haut, » dit-il, « on peut commencer à monter les ballots. »

Pascal et un de ses camarades, munis de fortes cordes, se préparaient, au moyen de l'échelle placée sur le terre-plein, à gagner l'ouverture de la caverne, d'où ils devaient tirer en haut les ballots successivement; mais à peine Pascal avait-il mis le pied sur le premier échelon, qu'il entendit une grosse voix paraissant être celle d'un homme pris de vin qui chantait une chanson à boire. Les contrebandiers s'arrêtent interdits.

« Le soleil ne pouvait pas manquer d'éveiller le coq, » murmura Pascal. « C'est singulier! » dit Lacroix sans s'émouvoir; et il monte sur le terre-plein pour écouter de plus près. Les contrebandiers, remplis de crainte, gardent le plus profond silence. La voix de l'ivrogne devient de plus en plus chevrotante.

« Il est ivre comme trente mille hommes, » dit tout bas Pascal. « Je lui passerai sur le corps sans

6.

qu'il le sente, et puis... » Je laisse au lecteur à deviner le geste de Pascal, qui ne paraît pas embarrassé
de jeter au fond du trou qui pourrait le gêner dans
son chemin. Il se prépare à monter, Lacroix s'y op-
pose; un autre contrebandier déclare qu'il ne mon-
tera pas avec lui, et descend même du terre-plein.
La colère bout dans les veines de Pascal; il s'en faut
de bien peu qu'il ne fasse suivre un peu rudement
le même chemin à Lacroix. Celui-ci témoigne l'intention de s'approcher de l'ouverture, pour tâcher
de voir un peu au dehors ce qui s'y passe. Il remue
l'échelle comme pour la mieux assurer avant de
monter; mais Pascal le repousse violemment, et le
fait tomber sur un des ballots, en lui disant : « Ne
prenez pas tant de peine, on trouvera bien le chemin sans vous. » Lacroix se relève, essuie une de
ses manches avec l'autre, et, sans rien dire, descend
du terre-plein. Cependant la voix s'éloigne, s'affaiblit, bientôt on n'entend plus rien; au bout de quelques instants, Lacroix propose de faire une seconde
tentative, mais un nouveau bruit se fait entendre...
Ce sont des gens qui rient et qui s'appellent dans le
sentier le long des broussailles. On conjecture que
ces hommes doivent être assez nombreux.

    « Ah ça! c'est donc le diable! » dit Pascal, qui
était redescendu. « C'est le retour de la foire de
Saint-Brice, » répondit froidement Lacroix.

    On écoute quelque temps; le bruit continue sans
paraître s'éloigner. « C'est des bêtises, tout ça! »
dit Pascal en colère; « je suis honteux, moi, comme
un loup de six ans. Il faut que j'aille leur demander

ce qu'ils font là. Qu'il en vienne seulement deux avec moi, et nous les ferons joliment détaler. »

Les autres contrebandiers se récrient, se fâchent contre Pascal, qui les compromet toujours, disent-ils, par ses folies. Cependant un sentiment de confiance a commencé à se manifester; Lacroix déclare qu'il croit urgent d'aller à la ville prendre de nouvelles informations; qu'il se hâtera de venir les communiquer; il recommande qu'en attendant son retour personne ne sorte du souterrain; et il s'éloigne ensuite plus vite qu'à son ordinaire. Raoul le suit des yeux, et serait presque tenté d'essayer la fortune de ce côté; mais Dominique, à qui Lacroix vient de dire un mot en s'en allant, barre le chemin à Raoul et le repousse dans la salle en disant : « Au poste, l'ami ! vous n'êtes pas près d'être relevé de faction. »

Cependant Pascal s'est hâté de profiter du départ de Lacroix pour engager ses camarades à bien employer le peu de temps qui leur est laissé. Lacroix les trahit, il n'en fait aucun doute; peut-être est-il allé chercher les agents de police. Quelques-uns des contrebandiers commencent à partager ses craintes, et sont d'avis de fuir à l'instant même et sans songer à autre chose qu'à se mettre en sûreté; mais Pascal n'y peut consentir; il ne laissera, dit-il, les bagages à l'ennemi, que s'il n'y a pas moyen de faire autrement. Il veut, au contraire, qu'on se hâte de monter les ballots pour être prêts, au moment de l'alerte, à *décaniller* chacun de son côté, en emportant ce qu'on pourra. Son avis est adopté, et l'on se remet au travail avec les précautions nécessaires pour faire

le moins de bruit possible; car les voix qui les ont
effrayés, bien que plus éloignées et moins nom-
breuses qu'elles ne l'étaient d'abord, continuent à se
faire entendre par intervalles, et à les tenir dans
l'inquiétude.

Tout à coup un nouvel incident leur fait quitter
leur ouvrage; ils accourent en toute hâte pour écouter les nouvelles que vient leur apporter un de leurs
camarades. Ce camarade, c'est Abel. Raoul, du coin
obscur où il s'est retiré pour tâcher d'échapper à l'attention, le reconnaît avec étonnement. Il est pâle,
ses traits sont altérés, son visage porte l'empreinte
des larmes qu'il a répandues. Ces traces si vives et
si récentes d'un repentir que semble contredire son
retour dans le souterrain, inspirent à Raoul de la
compassion en même temps que du dégoût pour tant
de faiblesse. Mais, sans le deviner et même sans l'a-
percevoir, Abel se justifie bientôt, en répondant à
Pascal, qui lui reproche d'être venu si tard, qu'il
n'avait pas compté venir du tout, attendu qu'il est
malade; mais il a rencontré Thibaut qui rôdait aux
environs pour trouver quelqu'un d'entre eux et les
avertir qu'il n'y a pas de temps à perdre, qu'on est
sur leurs traces, et que, cette nuit au plus tard, tout
devra être mis en sûreté. L'effroi s'est de nouveau et
plus que jamais emparé des contrebandiers; ils ne
savent à quoi s'arrêter : les uns voudraient attendre
Lacroix; d'autres, au contraire, renouvellent la proposition de se sauver en abandonnant les marchandises. Pascal s'emporte contre tous. Son avis est de
sortir, sinon ensemble, ce qui pourrait les faire dé-

couvrir, du moins en se tenant à des distances assez
rapprochées afin de se secourir en cas de danger, et
de se porter tous à la fois sur le point attaqué, sûrs
qu'ils sont d'avoir l'avantage du nombre.

Cette proposition est loin de plaire à tous, elle est
cependant accueillie, faute d'une meilleure. On convient d'un signal ; et il est bien probable que pour
la plupart d'entre eux ce ne sera qu'un avertissement de fuir plus vite du côté opposé à celui où l'on
réclamera leur secours. Pascal le sait bien, mais peu
lui importe ; il y en a trois ou quatre sur lesquels il
compte, il ne lui en faut pas davantage. C'est alors
qu'il paraît supérieur à tous. Raoul le regarde, l'é-
coute, avec un plaisir qui lui fait presque oublier
pour quelle cause se déploie tant de courage et
d'activité d'esprit, lorque Pascal, le cherchant des
yeux, le découvre et lui dit : «Ah ça, mon garçon,
ne va pas manquer à l'appel, au moins ! et quand
tu entendras le signal, ne t'avise pas de te tromper
de chemin !»

Raoul tressaille ; reculer devant un danger lui paraît une lâcheté ; cependant il a besoin de toute son
énergie pour ne pas abandonner la résolution qu'il a
prise ; il commence à voir dans quelle coupable résistance on veut l'engager. Son parti est pris, et s'a-
vançant du côté où sont les lumières : «Pascal, »
dit-il, «s'il s'agissait de vous défendre contre un
danger honorable, je n'hésiterais pas ; mais je ne
participerai pas à une entreprise que je blâme ; et ne
comptez pas que je répondrai à votre signal. — Va-
t'en donc au diable !» dit Pascal en s'en allant. Un

de ceux qui le suivent pousse violemment Raoul comme pour passer; quelques autres l'apostrophent avec de grossières injures, et paraîtraient disposés à le maltraiter; mais Raoul n'est pas d'humeur à le souffrir, il se met en défense; sa résistance ne servirait probablement qu'à rendre la lutte véritablement dangereuse pour lui, si Abel, accourant à son secours, ne mettait un peu d'indécision dans la mauvaise humeur de ses camarades. L'un se contente de lever les épaules et de s'en aller, en disant : « De quoi te mêles-tu? » L'autre tourne ses injures contre Abel, mais se presse moins d'en venir aux voies de fait. Dominique intervient à son tour, et, se rappelant les injonctions et les promesses de Lacroix, pousse au dehors ses camarades l'un après l'autre, en leur rappelant la nécessité de ne pas perdre de temps.

Abel est resté le dernier. Raoul lui tendant la main : « Je vous remercie, » lui dit-il, avec une effusion qui attendrit le bon Abel. Il lui explique en peu de mots par quel hasard il se trouve dans le souterrain. « Maintenant, » ajoute-t-il, « il faut songer à en sortir. — Mais pourquoi ne pas venir avec nous? Vous n'en ferez toujours qu'à votre guise. — Jamais je ne promettrai ce que je ne veux pas tenir. Pour vous, Abel, songez à tenir ce que vous avez promis ce soir. — Ce soir? — Oui, au cimetière; j'y étais, j'ai tout entendu; mais allez vite, qu'on ne s'aperçoive pas que vous êtes resté avec moi. »

Cependant Abel demeure immobile, troublé par le souvenir que vient de lui rappeler Raoul.

« Allez, » dit-il en le pressant pour le faire partir plus vite; «si vous sortez d'ici, je compte que vous ne restrez pas longtemps avec eux. »

Le pauvre Abel, enchanté d'avoir un motif à se donner à lui-même pour légitimer le parti qu'il a envie de prendre, court rejoindre ses camarades; mais il revient presque aussitôt, et, trouvant Raoul à l'entrée de la caverne : «Venez, » lui dit-il tout bas, « ils sont presque tous sortis. Montez sans faire de bruit sur le terre-plein. — Où est Dominique? — Il va monter un des derniers. On ne peut monter qu'un à un, l'échelle est trop mauvaise. »

Ils se hâtent de se rendre au pied du terre-plein; Abel grimpe lestement. Raoul, moins au fait de la route, monte avec précaution. Dominique vient de gagner le haut de l'échelle; Denis monte après lui, c'est le dernier de tous. Abel se place au pied de l'échelle, et la tient fortement pour assurer la retraite de Raoul et la sienne. Mais à peine Denis a-t-il gagné le dernier échelon, qu'un ballot de marchandises jeté d'en haut tombe sur Abel, lui fait lâcher prise et le renverse. Raoul, qui arrivait en ce moment, est entraîné dans la chute. En même temps ils s'aperçoivent qu'on enlève l'échelle. Raoul, relevé le premier, s'élance pour la retenir, et parvient à en saisir le dernier échelon; mais le bois, pourri par l'humidité de la caverne, cédant à une forte secousse donnée d'en haut, se rompt entre ses mains, et l'échelle est enlevée sans qu'Abel, qui s'est remis sur ses pieds, puisse, dans l'obscurité, parvenir à la ressaisir.

« Bonne nuit ! » leur dit Dominique, « j'emporte la

clef. » Et ils l'entendent qui s'éloigne avec Denis.

Au mouvement de colère que leur avait causé cette infernale méchanceté, succéda une grande consternation. Cependant Abel, avec sa candeur ordinaire, espérait encore que Dominique viendrait leur rapporter l'échelle. « Après tout, » disait-il, « c'est un camarade, et je ne suis venu que pour leur rendre service. » Mais Raoul lui ôta bientôt cette espérance, en l'instruisant de ce qui s'était passé avec Lacroix. Sans doute, si Dominique eût consulté le véritable intérêt de ses camarades et le sien, il eût trouvé beaucoup plus sûr pour eux de faire sortir Raoul que de le laisser dans le souterrain; car, si on l'y trouvait, il pouvait les dénoncer. Mais chez des hommes de cette sorte l'avidité l'emporte sur la prudence, et la stupide incurie, presque toujours la source du crime, est le moyen dont se sert ordinairement la Providence pour les faire découvrir.

Les deux prisonniers ne comprenaient pas les motifs qui avaient fait agir Lacroix, et ils commençaient à en concevoir de l'inquiétude. Abel, surtout, était profondément abattu. « Que va dire Marie? » répétait-il sans cesse avec une pénible anxiété. Comme on l'a vu, c'était en venant de prier sur la tombe de Roussel, enterré le matin, que Marie avait rencontré Abel dans le cimetière, où il était venu attendre Raoul. Par un sentiment de piété tenant à ses premières habitudes, Abel s'était agenouillé sur une fosse nouvellement recouverte; c'était précisément celle de son père. Cette circonstance avait contribué à frapper l'imagination d'Abel; il avait su de Marie que son père, malade depuis quelque temps, s'était livré à la plus violente exaspération en apprenant la désertion de son fils; presque toutes ses idées de vertu se renfermaient dans l'accomplissement des devoirs du soldat, et manquer à l'un de ces devoirs lui paraissait un crime irrémissible. La désertion d'Abel était, à ses yeux, une tache indélébile et dont il partageait la honte. Marie avait eu beaucoup de peine à le calmer. Apprenant bientôt qu'on avait rencontré Abel dans le pays, elle proposa à Roussel de se mettre en route pour le chercher, afin de tâcher de le ramener à son devoir avant que sa faute devînt irréparable; ils partirent donc tous deux. Cependant le mois donné aux déserteurs pour rejoindre leurs corps était presque expiré, et Roussel et Marie n'avaient pu obtenir le moindre renseignement sur la retraite d'Abel. L'impatience et le chagrin, joints à la fatigue, aggravèrent le mal du vieillard; il mourut dans les bras de Marie, qui arrêta, pour ainsi dire, la malédiction prête à s'échapper des lèvres de ce malheureux père.

Les exhortations que Marie avait faites à Abel dans le cimetière avaient pour objet de l'engager à profiter des huit jours qui lui restaient encore pour retourner à son régiment; il avait cédé à ses instances, et s'était décidé à écrire à son capitaine, qui l'aimait beaucoup, pour le solliciter de s'intéresser en sa faveur, et de demander le pardon de sa faute. Mais le malheur qui venait de le frapper détruisait toutes ses espérances. S'il était pris comme contrebandier, il ne pouvait plus se flatter qu'on lui par-

donnât sa désertion. ne punition flétrissante allait
le séparer de Marie, et Marie le croirait coupable
d'avoir manqué à toutes ses promesses de repentir.

L'affliction d'Abel était si profonde, que Raoul en
fut vivement touché. Cependant il l'engagea à la surmonter et à chercher les moyens de sortir de la cruelle
situation où ils se trouvaient. Abel n'en connaissait
aucun. Les ballots qui auraient pu, en les entas-
sant, remplacer l'échelle, avaient été enlevés, et le
souterrain ne renfermait que des pierres trop grosses
pour être déplacées. La planche qui avait servi de
table fut portée sur le terre-plein, et placée en talus
pour servir de rampe; mais elle était beaucoup trop
courte et d'ailleurs en aussi mauvais état que l'é-
chelle; elle rompit au premier essai. Enfin, en cherchant dans l'obscurité, car toutes leurs lumières s'é-
taient éteintes, ils rencontrèrent sous leurs pieds un
ballot qu'on avait oublié ou qu'on n'avait pas eu le
temps de monter; celui que Dominique avait fait
rouler sur Abel était encore sur le terre-plein. L'espérance ranima leur ardeur; ils continuèrent à chercher; mais ils ne trouvèrent plus rien, et les ballots,
la planche, tout ce qu'ils purent entasser ne les faisait guère parvenir, en étendant les bras, à plus de
neuf à dix pieds.

« Abel, » dit enfin Raoul, « un de nous peut sortir
en grimpant sur les épaules de l'autre. Ce sera à
lui ensuite à prendre soin de son camarade. — Je
suis le plus fort, » répondit Abel en soupirant; « c'est
à moi de vous monter. — Non, vous courez le plus de
dangers, j'ai bien assez d'énergie pour me dévouer

et assez de confiance pour être sûr que vous ne m'abandonnerez pas. — Oh ! j'aurai bientôt retrouvé l'échelle ; ce maudit Dominique ne peut l'avoir emportée. »

Raoul, sans rien dire, et résigné à tout, monte sur le tas, s'appuie et se raidit contre le mur, en rassemblant toutes ses forces. Abel grimpe sur ses épaules, atteint des mains les pierres en saillie qui garnissent l'entrée de la caverne, et Raoul, le soutenant par les jambes, l'aide à s'élever encore. A l'aide des premières pierres, Abel parvient enfin à trouver un point d'appui suffisant pour achever de monter ; il est dehors. Mais, en ce moment, Raoul a cru entendre quelque bruit au bas du terreplein.

« Je vais chercher l'échelle, » lui dit à demi-voix Abel. « Oh ! non, non, » répond Raoul avec précipitation. « Vite, quelques branches d'arbre ! — Dieu ! » s'écrie Abel, « je viens de voir quelqu'un entrer dans les broussailles ! que vais-je devenir ? — Fuyez, » dit Raoul, « fuyez de l'autre côté : le ciel aura pitié de moi. »

Abel s'éloigne le plus vite qu'il peut, et Raoul entend distinctement quelqu'un monter sur le terreplein. Il cherche s'il en pourra descendre sans rencontrer celui qui monte. Mais il s'entend appeler par son nom. « C'est Lacroix, monsieur de Foligny ! « dit fort bas celui-ci ; « suivez-moi, ou vous êtes pris ! »

Quelque méfiance que lui inspire cet homme, le danger est si grand, que Raoul n'hésite pas à lui répondre : « Comment le savez-vous ? — Les agents de police vont être ici dans l'instant, vous n'avez pas deux minutes. »

Raoul descend; Lacroix le prend par la main et le conduit rapidement et en silence à travers le passage. Au bout de quelques instants il s'arrête, et après avoir tâté de la main, il se glisse à gauche, en conduisant Raoul après lui, dans une fissure de rocher qui ne laisse de passage que pour une seule personne. L'espace s'élargit ensuite, et Raoul se trouve en haut d'un escalier; Lacroix l'y pousse en disant : « Attendez-moi là. » Puis il tire une porte, et Raoul se trouve enfermé. Son premier mouvement est de crier à la perfidie, de s'élancer contre la porte, tout lui paraissant moins à redouter que l'horrible prison où il se trouve enfermé. « Taisez-vous ! » lui dit quelqu'un qui le saisit et le retient entre ses bras. Raoul, agité par la colère, cherche à se dégager; en ce moment il ne voit que des ennemis. « Qui êtes-vous? que me voulez-vous ? — Quoi! mon cher Raoul, vous ne me reconnaissez pas? »

Raoul s'arrête, hésite, il peut à peine le croire; cependant, il n'y a pas à en douter, c'est la voix de Victor. « Vous ici ! » s'écrie-t-il enfin, « vous enfermé avec moi! — Nous ne sommes pas enfermés, » dit Victor, « la porte s'ouvre en dedans; mais dans ce moment on visite le souterrain, et il vaut mieux, » ajoute-t-il en riant, « qu'on ne nous y saisisse pas comme marchandise de contrebande. Nous serons avertis du moment où nous pourrons sortir en sûreté. »

Raoul s'appuie contre le mur, agité des sentiments

les plus divers. Après tant d'émotions, après de telles angoisses, qu'il n'a pu supporter qu'en se raidissant de toute la force de son courage; après tant de dangers courus, tant d'appréhensions; après s'être trouvé seul, sans secours, sans conseils, tremblant devant les chances et les incertitudes de sa situation, se voir tout d'un coup en sûreté et sous la garde du seul ami en qui il pût avoir confiance, c'était quelque chose de trop fort pour lui; et il faut lui pardonner si, après tant d'épreuves noblement soutenues, il se soulagea par quelques larmes. Elles étaient pour Victor une preuve du bonheur qu'éprouvait Raoul à le retrouver, et son ami lui en sut gré. Raoul, à son tour, lui demanda par quelle faveur insigne de la Providence un secours si précieux avait pu lui survenir au moment où il en avait tant besoin.

« Je vous expliquerai dans un autre temps, » lui dit Victor, « par quel hasard je me trouve ici au moment où vous me croyiez et où j'aurais dû être en Allemagne. Mais, quant à ce qui vous regarde, il est tout simple que je vous aie retrouvé, puisque je vous cherchais. Instruit ce matin de votre disparition par une lettre de Delorme, je me suis adressé sur-le-champ aux autorités de la ville, afin d'apprendre si l'on avait reçu, comme cela devait être, quelques renseignements sur votre disparition. J'ai appris qu'il était venu des avis de Foligny, et d'autres du Grandval, qui semblaient se rapporter à la même personne; que d'autres indices vous faisaient supposer arrivé dans ces environs, et qu'on vous cherchait avec activité. Prenant alors le titre d'ami de votre famille, je priai qu'on vous épargnât, autant qu'il serait possible, un éclat fâcheux, et demandai, si l'on découvrait votre retraite, qu'on se servît de moi pour tâcher de vous ramener sans violence. Les relations que j'ai dans la ville me donnaient assez de crédit pour être sûr d'obtenir ce que je désirais. J'avais passé la journée dans une vive agitation, lorsqu'il y a une heure environ l'on est venu me dire qu'un homme demandait à me parler. C'était Lacroix, qui vous a amené ici. Cet homme, selon ce que j'ai pu entrevoir, est un misérable qui, je le suppose, aura obtenu qu'on lui fît grâce de quelque friponnerie en dénonçant lui-même celles auxquelles il pouvait se trouver associé, et s'est fait l'agent de la ruine de ses anciens camarades. Il s'était trouvé là au moment où j'avais demandé avec instance d'être instruit le premier de ce qui vous concernait ; il pensa avec raison qu'il obtiendrait de moi quelque marque de reconnaissance s'il pouvait vous soustraire aux recherches de l'autorité, en vous remettant directement entre mes mains. Ayant cru vous reconnaître dans la caverne des contrebandiers, il venait m'offrir son secours, que j'ai accepté avec empressement. Le plus difficile était de vous séparer des contrebandiers, et d'empêcher que les agents de la police n'entrassent dans le souterrain avant qu'il vous eût mis en sûreté. Il ne me promettait pas d'y réussir, mais il m'a proposé à tout hasard de venir vous attendre ici. Je m'y suis rendu, sans être sûr encore que Lacroix ne se fût pas trompé et que son prisonnier fût véritablement celui que je cherchais. Mais je vous ai reconnu sur-le-champ, » ajouta Victor en riant, « à cette prudence avec laquelle vous étiez prêt à vous jeter contre la porte et à faire retentir le souterrain du bruit de votre présence. »

Raoul sourit et s'excusa sur les sujets de méfiance que lui avait donnés Lacroix. Cette conversation se tenait à voix basse. « Chut ! » fit tout à coup Victor, « n'avez-vous pas entendu quelque chose près de la porte ? — Oui, » répondit Raoul. Le même bruit se renouvela : c'était celui d'une petite pierre lancée contre la porte. A la troisième fois, Victor s'empressa de dire : « Sortons. » Il ouvrit sans peine la porte, et à l'entrée de l'étroite ouverture par laquelle avait déjà passé Raoul, ils trouvèrent Lacroix, qui, sans rien dire, les conduisit jusque dans la cave à laquelle communiquait le souterrain ; outre une entrée principale, le souterrain en avait une autre sur un petit jardin par lequel ils passèrent ; une clef que leur remit Lacroix leur ouvrit une porte sur la rue, d'où ils se rendirent en toute hâte au logement de Victor.

XXIII

BONS CONSEILS MAL ECOUTES

On peut juger si Raoul manifesta une joie vive de
se voir délivré d'une situation aussi dangereuse, et
en même temps réuni à l'un des hommes qu'il aimait
le mieux. Cependant, ce premier moment passé, il
se trouvait un peu honteux en présence de Victor, et
un peu embarrassé pour justifier son étrange conduite. Victor l'interrogea avec ménagement, craignant de l'indisposer ; et d'ailleurs il n'avait pas besoin des aveux de son jeune ami pour être pleinement
convaincu de ses torts. Après avoir raconté à bâtons
rompus quelques-unes des aventures des jours précédents, lorsqu'il fallut en venir aux faits les plus in-
justifiables, Raoul ne sentit pas le courage de continuer, et s'interrompant tout d'un coup : « Il est bien
possible que j'aie eu tort ; mais enfin, c'est une chose
faite. — Quoi ? qu'y a-t-il de fait ? » demanda froidement Victor. « C'est assez clair, » reprit Raoul
avec une impatience mal déguisée ; « ce qu'il y a de
fait, c'est que j'ai quitté le collége, et que je n'y veux

pas rentrer. — Mais que prétendez-vous faire? »
ajouta Victor.

Alors Raoul chercha à lui expliquer son plan d'a-
venir, à lui développer cette brillante perspective
qui, depuis quelque temps, avait occupé son imagination; mais les paroles lui manquaient, ses idées
même lui échappaient et semblaient perdre toute la
consistance qu'elles avaient eue à ses yeux; il se sentait en présence d'une raison saine et calme. Les espérances sur lesquelles il s'était appuyé ne lui paraissaient plus que ridicules; à peine osait-il en faire
mention; il hésitait, balbutiait, et finit par insister
sur la nécessité où il était de sortir promptement de
France. « C'est impossible, » lui dit Victor. — Pourquoi?... comment? — Vous sentez bien que je n'y
puis consentir. »

Quinze jours auparavant, une pareille réponse eût
mis Raoul hors de lui-même; mais il avait beaucoup
appris, et commençait à se défier de sa raison. Cependant il se sentait vivement ému, et se contenant
à peine : « Il me semble, mon cher Victor, » dit-il
d'un ton piqué, « que c'est à moi de décider là-
dessus. — Cependant vous n'avez pu penser qu'un
homme pour qui vous avez quelque estime concour-
rait volontairement à votre perte. — Je ne vous demande pas de m'aider, » répondit assez fièrement
Raoul. — Dans ce cas, je serais coupable de ne pas
empêcher. »

Raoul pour le coup ne se possédait plus; il se leva
brusquement, et dit d'un ton très irrité : « M'empêcher... m'empêcher de partir! Vous ne prétendez ap-

paremment pas me retenir malgré moi ! — Mon cher Raoul, ne traitons pas ceci en enfants. Vous voyez bien que, si j'avais voulu vous retenir malgré vous, je n'avais qu'à laisser aller les choses; vous seriez maintenant entre les mains de gens qui me tranquilliseraient sur vos projets de départ. »

Cette assertion était tellement sans réplique, que Raoul, un peu honteux de sa vivacité, se contenta de répondre, en se promenant dans la chambre sans regarder Victor : « Vous n'espérez pourtant pas que je consente à rester. Et à quoi bon? » reprit Raoul, s'arrêtant devant lui les bras croisés; « à moins, » ajouta-t-il d'un ton d'humeur et en reprenant sa promenade, « que ce ne soit pour vous donner le temps d'avertir mon père. »

Victor se contenta de lever les épaules, et allant vers son secrétaire, il en tira un rouleau de pièces d'or, qu'il déposa sur la cheminée, en disant : « Au fait, c'est une plaisanterie que de nous disputer pour savoir si vous sortirez de France, quand vous ne pouvez pas sortir de cette chambre. Dénué de tout, signalé de tous côtés, comme vous l'êtes, vous ne pouvez faire quatre pas hors d'ici, sans être reconnu et arrêté. Permettez-moi donc, d'abord, de vous prêter ce dont vous pouvez avoir besoin, soit pour changer d'habillements, soit pour vous aider dans les projets que vous croiriez devoir former; nous les discuterons ensuite plus tranquillement. »

Et voyant que Raoul agité demeurait sans lui répondre, Victor ajouta en souriant : « Vous n'êtes pas retenu, je suppose, par l'embarras de fixer l'époque

de la restitution. Votre vie et la mienne suffiront bien
à l'acquittement d'une si grosse somme. — Je vous
remercie, mais je ne puis accepter, ce serait prendre
un engagement. — Et ne vous croyez-vous pas déjà
engagé envers moi? » reprit assez vivement Victor.

Raoul tressaillit, regarda son ami, s'arrêta un
instant, puis se laissant tomber sur sa chaise, le
coude sur la table et la tête dans une de ses mains :
« Vous avez raison, vous m'avez rendu un service
que je ne vous demandais pas, et que cependant je
ne puis refuser. Il faut que j'en porte tout le poids.
Vous êtes le maître de l'aggraver, de m'en accabler. » En disant ces mots, des larmes roulaient
dans ses yeux, il demeurait immobile et comme
écrasé sous le fardeau de la situation dans laquelle
il s'était mis.

« Mon cher Raoul, » lui dit Victor d'un ton d'amitié, « j'ai pensé qu'entre les diverses nécessités auxquelles vous pouviez vous trouver réduit, la moins
pénible était de contracter envers moi quelques obligations, dont, je l'avoue, je n'ai pas eu l'intention
de vous dispenser. Mais qu'est-ce que je vous demande? Rien que de me promettre que vous ne son-
gerez pas à votre départ que nous n'en soyons convenus ensemble. — Oui, » reprit Raoul avec une
certaine violence, « j'entends bien que vous voulez
que je me rende prisonnier sur parole. C'est précisément, » ajouta-t-il étourdiment en se levant, « la
seule prison que je redoute. »

A peine avait-il prononcé ces paroles, qu'il s'arrêta
et rougit. Victor le regardait fixement avec un demi-

sourire, et Raoul sentit qu'en effet, une heure auparavant, il se serait trouvé singulièrement heureux
d'accepter ce que lui offrait Victor. Il se rassit : « A
quoi cela peut-il mener ? » demanda-t-il d'un air mécontent et abattu. « A nous mettre à tous deux l'esprit en repos, jusqu'à ce que nous ayons pris un parti.
— Ce repos ne peut être long, » reprit Raoul avec
un ton d'impatience, « il faut que je prenne un parti.
— J'en suis d'avis, » répliqua Victor.

En ce moment la porte s'ouvrit, et Raoul, effrayé
de l'arrivée d'un étranger à cette heure, ne se rassura
qu'à peine en voyant l'air d'aisance et de cordialité
qui régnait entre Victor et le nouveau venu. C'était
un vieillard presque chauve, d'une physionomie
pleine de bonté, quoique son regard pénétrant et
l'expression malicieuse de son sourire ne laissassent
pas d'inquiéter Raoul au premier abord. Sa taille
était assez élevée, mais courbée par l'âge ; il paraissait jouir d'une santé robuste, entretenue par le
calme de l'âme. Ses manières, moins élégantes que
celles de Victor, avaient une dignité simple qui imposait ; elles étaient franches sans avoir rien de
brusque ni de commun. A la manière dont il le regardait, et au coup d'œil qu'il jeta ensuite sur Victor, Raoul vit bien que celui-ci l'avait mis au fait de
ce qui les intéressait tous deux. Il eût été un peu
choqué de cette confiance, s'il n'eût deviné la vérité,
et ne fut nullement étonné lorsqu'en le présentant
au vieillard Victor lui nomma M. Leblanc.

Arrivé ce soir-là même, au moment où Victor
s'occupait à découvrir Raoul, et logeant dans la

même auberge, il venait, avant de se coucher, savoir quel était le résultat de ses recherches. La présence de Raoul l'instruisait suffisamment. Il entra sur-le-champ en conversation avec lui, sans l'embarrasser par des questions pénibles, paraissant prendre les choses au point où elles étaient, avec un air de bon-homie dont Raoul se méfiait pourtant un peu.

« Allons, mon cher monsieur, » lui dit M. Le-blanc, « je vois que vous vous êtes taillé de la beso-gne; il ne reste plus qu'à la bien faire. — C'est à quoi tendront, à l'avenir, tous mes soins, » répondit mo-destement Raoul. « Ah bon! ce n'est apparemment pas encore à l'avenir que vous pensez, » reprit M. Leblanc. « Avant de songer à faire son avenir, il faut être fait pour lui. — Je sais bien qu'il me man-que beaucoup de choses, mais j'espère les acquérir. — L'espérance à votre âge n'est que du temps perdu. Vous avez mieux à faire que d'espérer. Quand on n'a à travailler que sur soi-même, la besogne est tou-jours sous la main; il ne faut que de la volonté pour se mettre à l'ouvrage. — Ma situation actuelle ne me permet pas malheureusement de m'occuper, aus-sitôt que je le voudrais, des soins nécessaires pour perfectionner mon éducation. — Mais, mon cher monsieur, qu'entendez-vous par votre situation? — Il me semble.., » dit Raoul embarrassé. « Vous sa-vez, je crois... — Oui, » reprit en souriant M. Le-blanc, « je sais qu'à votre âge il y a pour un bon et honnête jeune homme, comme vous me paraissez l'être, une situation toute naturelle; mais vous n'y êtes pas, dans cette situation. Il y en a une autre,

mon cher monsieur : quand un homme ne veut plus.
vivre comme le font ses semblables, qu'il s'ennuie
d'obéir aux lois, aux devoirs de la société, il n'a
pas quatre pas à faire pour trouver des gens qui
pensent comme lui, et qui l'aideront de tout leur
cœur à se faire une situation. Je suis certain que vous
en avez déjà rencontré plus d'un. »

Raoul rougit de ce que M. Leblanc devinait si
juste. Il répondit, d'un air piqué, qu'il espérait n'être
pas réduit à de pareilles protections.

« Lesquelles voulez-vous donc obtenir? » reprit
M. Leblanc. « Vous voilà, en ce moment, tombé par
malheur entre les mains d'honnêtes gens, et vous
êtes déjà à chercher, je vois, comment vous vous en
tirerez. Croyez-moi, mon cher monsieur, dans la voie
que vous avez prise, adressez-vous aux fripons; il
n'y a qu'eux pour vous ouvrir les portes. — Il faut
assurément, » dit Raoul d'une voix altérée en se
levant brusquement, « que vous ayez intention de
me désespérer. — Eh! mon Dieu, » continua M. Leblanc sans avoir l'air de remarquer son agitation,
« vous n'aurez pas été huit jours avec ces gens-là,
qu'ils vous apprendront tout ce que vaut le parti que
vous avez pris. Ne vous imaginez donc pas qu'on
puisse garder longtemps ses scrupules avec eux.
Vous entendrez plaisanter gaiement sur un joli tour
d'adresse; vous ne pourrez vous empêcher de reconnaître du courage dans un admirable trait d'effronterie. Et comment ferez-vous pour ne pas rire de la
figure ridicule d'un pauvre honnête homme dupé?
Ce spectacle-là vous amusera, je vous en réponds;

et puis les aventuriers sont d'une société si facile,
la vie est si commode avec eux! pas un qui refuse
de vous fournir l'expédient dont vous aurez besoin,
à charge de revanche. »

M. Leblanc avait prononcé ces paroles d'un ton de
négligence ironique qui blessait profondément Raoul.
« Je vous remercie beaucoup, monsieur, » lui dit-il
presque tremblant de colère, « de la bonne opinion
que vous avez de moi. »

D'un air alors plus sérieux, M. Leblanc, lui posant
la main sur l'épaule, ajouta : « J'ai bonne opinion de
vous, jeune homme, et c'est pourquoi je vous défie
de réussir dans la mauvaise route où vous êtes entré. Ne vouloir aller ni avec les honnêtes gens dont
on a peur, ni avec les fripons, parce qu'on les mé-
prise, c'est prétendre rester en l'air sans s'appuyer
ni tomber. Voilà ce que vous appelez votre situation.
Connaissez-vous un moyen pour la faire durer ? Met-
tez-vous bien dans la tête qu'il n'y a en ce monde
que deux partis à prendre, faire son devoir ou y manquer. Pour passer entre deux, il n'y a pas de chemin. Vous serez bien obligé de choisir. Décidez-vous
donc, et le plus tôt sera le mieux. « Il faudrait, »
reprit Raoul d'un ton mécontent, « qu'on ne s'étu-
diât pas à me rendre cette décision impossible. — Ce
n'est pas à moi à juger ce qui vous est possible ;
cela dépend du degré de force qui est en vous. — La
force ne me manque pas. — Vous croyez? » Et M. Leblanc le regarda en souriant. Raoul rougit ; il commençait à comprendre que c'était au contraire la
force qui lui manquait pour rentrer dans le devoir.

M. Leblanc se préparait à se retirer, disant qu'il n'était pas juste à une telle heure de trop exiger d'un jeune homme qui avait probablement assez mal passé les nuits précédentes, lorsque le domestique de Victor entra pour lui remettre une lettre fort pressée qu'on venait d'apporter à l'instant. Raoul se troubla, comme il lui arrivait toujours au moindre incident. Victor lut cette lettre d'un air assez ému, et la remit à M. Leblanc, en disant : « Le misérable !... »

Raoul pâlit; Victor s'aperçut de son trouble, et ne put s'empêcher de sourire : « Pauvre Raoul ! » dit-il. « Rassurez-vous, cela ne vous regarde en rien. C'est moi qui porte encore et porterai toute ma vie les conséquences d'une faute. »

Raoul, honteux d'avoir laissé apercevoir cette préoccupation qui lui faisait tout rapporter à lui-même, inquiet d'ailleurs pour son ami de l'altération qu'il remarquait sur son visage, l'interrogea timidement sur le sujet de la lettre qui paraissait l'avoir troublé. Victor lui raconta qu'étant allé se promener dans l'après-midi à peu de distance de la ville, il avait vu de loin un grand nombre de personnes arrêtées, par suite de quelque accident. Il s'approcha du groupe, et demanda la cause de ce rassemblement. Des gendarmes escortaient, lui dit-on, cinq ou six criminels condamnés aux galères et les dirigeaient sur Épinal, où on devait les réunir à la chaîne qui partait à peu de jours de distance. Un de ces malheureux, accablé par la fatigue et la maladie, venait de tomber sans connaissance et paraissait près de rendre le dernier soupir; cet accident avait arrêté la

marche des prisonniers, et le gendarme qui accompagnait le criminel malade avait eu l'humanité de
permettre, avec les précautions convenables, aux
nombreux promeneurs de lui porter secours. Victor
parvint jusqu'à lui au moment où il commençait à
reprendre ses sens; ses yeux s'ouvrirent, et dans ses
traits défigurés par la douleur, Victor reconnut avec
une douloureuse émotion son ancien compagnon
Spalberg. Celui-ci, après avoir un instant cherché à
rassembler ses idées, porta ses regards autour de lui,
les arrêta sur Victor, puis les détourna sans rien
dire.

« Ne me reconnaissez-vous pas? » lui demanda
Victor. Spalberg leva de nouveau les yeux, et, après
un instant de silence, il lui dit en allemand avec un
sourire où se peignait le désespoir : « Depuis que je
vis en si bonne compagnie, j'ai juré de ne plus reconnaître personne. — Ne craignez rien, et dites-
moi si je puis vous rendre quelque service. »

Spalberg regardait toujours Victor; l'air d'aisance
avec lequel il venait de lui parler, l'espèce d'égard
qu'on avait mis à lui faire place pour s'approcher de
lui, tout annonçait que son ancien ami était maintenant dans une situation bien supérieure à celle où
il l'avait laissé.

« Vous pouvez donc me rendre service? » lui dit-il
enfin. « Vous avez atteint le haut bout, tandis que
moi me voilà arrivé à l'autre. Eh bien! » ajouta-t-il
en serrant la main de Victor, sur qui il s'appuya
pour se relever, « voilà qui me fait plaisir; j'aurais,
par ma foi, emporté de ce monde-ci une rancune

dans le cœur, si le plus galant homme que j'y aie jamais rencontré n'y eût pas prospéré. »

Un pareil sentiment dans une telle situation toucha profondément Victor; il renouvela avec plus de chaleur encore ses offres de service au pauvre Spalberg, qui lui répondit : « Vous le voyez, j'aurai bientôt tout ce qu'il me faut. Cependant obligez-moi de demander qu'on renonce à me faire continuer ce voyage, et qu'on me laisse prendre un peu tranquillement ma route vers une autre destination, où j'arriverai promptement sans qu'on m'y conduise. Je vous l'avoue, j'aimerais assez qu'on me laissât le temps de mourir. » Victor voulut lui parler de guérison. « Grand merci! » reprit Spalberg; « grâce au ciel, je vous défie bien de trouver un médecin qui me force à guérir. » Victor essayait de lui présenter l'espoir d'obtenir quelque adoucissement à son sort. « Mon affaire est faite, » répondit Spalberg; « me voilà où je devais arriver, au terme de la destinée que je me suis faite. Ce n'est pas à partir des galères qu'on peut recommencer la vie. Et tenez, c'est bien assez d'y être entré sans avoir encore à en sortir. »

On s'était remis en route. Victor, après avoir parlé au gendarme et lui avoir recommandé son prisonnier, avait pris les devants et avait obtenu qu'on lui donnât dans la prison une chambre commode, en attendant qu'on pût constater si son état lui permettait de continuer sa route. Il se rendit ensuite sur la place où devaient passer les condamnés pour être conduits à la prison, et les trouva arrêtés par une nouvelle défaillance de Spalberg. Ce retard lui fut

d'autant plus désagréable, que Collet, ce misérable
à qui il avait autrefois vendu la fatale bague, complice de la dernière escroquerie qui avait fait condamner Spalberg, et condamné lui-même à la même
peine, était au nombre des prisonniers. Déjà sur la
route il avait réclamé les secours et la protection de
Victor, en qualité d'ancienne connaissance; il renouvela alors ses sollicitations; Victor n'y ayant pas eu
égard, il commença à l'insulter en termes outra-
geants, et à le poursuivre d'accusations, auxquelles
malheureusement il pouvait donner un air de vraisemblance. On lui imposa bientôt silence; mais il en
avait déjà dit assez pour produire un effet fâcheux.
Parmi les témoins de cette triste scène se trouvaient
des personnes considérables de la ville et même des
environs. Il y avait aussi un négociant étranger au
pays, avec qui Victor cherchait à nouer des relations
d'affaires. Les propos de Collet firent impression sur
le négociant, et, dans la soirée, il trouva moyen de
parvenir jusqu'au prisonnier pour en avoir des renseignements que Collet lui donna avec toute la malveillance et en lui faisant tous les mensonges dont
il était capable. C'était pour instruire Victor de cette
circonstance qu'une personne qui s'intéressait à lui,
et qui le croyait à l'abri de tout reproche, venait de
lui écrire, en lui mandant qu'il devait se hâter
d'imposer silence à la calomnie, s'il ne voulait pas
voir manquer son affaire avec le négociant.

Raoul était consterné de cette impitoyable rigueur
qui semblait poursuivre un homme dont il croyait
les torts plus qu'acquittés par ses vertus. Victor pa-

raissait surtout fatigué et importuné de ce retour perpétuel sur les mêmes souvenirs; puis, comme s'il se fût reproché ce mouvement : « Non, » dit-il, « cela est juste; il faut bien en prendre son parti. » Et surmontant la faiblesse qui l'avait un moment abattu, il parut délivré de son chagrin dès qu'il se fut résigné à le subir par respect pour la justice. Raoul cependant ne pouvait trouver juste qu'un homme qui avait fait toutes les réparations en son pouvoir continuât de porter le poids de sa faute.

« Ecoutez, Raoul, » disait Victor, « tant qu'on a quelque chose à apprendre sur ses propres fautes, la punition se trouve dans tout ce qui vous en fait sentir davantage la gravité. Si vous ne vous êtes pas encore bien pénétré vous-même de votre culpabilité, si vous n'avez pas pris le ferme parti de mener une vie meilleure, la moindre circonstance réveillera le souvenir de vos fautes. Lorsqu'au contraire on s'est jugé sévèrement, que l'on a fait une expiation suffisante, il semble que les suites de vos fautes ne retombent plus sur vous, ne vous regardent plus; car elles n'apportent plus de douleurs à la conscience; et c'est là qu'est la punition.

« Mais puisque votre conscience est satisfaite, puisqu'elle a bien droit de l'être, comment pouvez-vous trouver juste d'être encore tourmenté par une erreur, par une faute, si vous voulez, entièrement effacée? Elle l'est pour moi : je puis me pardonner, parce que je me sais meilleur; mais je n'oublie pas ma faute, elle demeure ce qu'elle est, et je la juge aussi sévèrement que jamais. Puis-je donc trouver mauvais que le monde la juge comme moi et m'en rende responsable? » Raoul secoua la tête d'un air de tristesse. « Mais, croyez-moi, » ajouta Victor avec fermeté, « il y a tant de plaisir à être juste, qu'on jouit de l'être contre soi-même. »

Ces paroles rappelèrent à Raoul sa propre situation. Il commençait bien à reconnaître ses torts, il en convenait, et n'en était pas plus heureux. Il soupira. « Si ce plaisir-là pouvait suffire, » dit-il, « il n'est pas bien difficile. — Mais il n'est pas toujours permis, » reprit M. Leblanc. — Pourquoi donc? » demanda vivement Raoul. — Mon cher monsieur, on peut également convenir de deux espèces de fautes, de celles qu'on a faites et de celles qu'on veut faire; et pourtant ce n'est pas la même chose. Reconnaître qu'on a eu tort, c'est payer les dettes de la veille; mais reconnaître qu'on aura tort, qu'on est dans l'intention d'avoir tort, c'est jeter par la fenêtre la vertu du lendemain, dont il n'est pas permis de disposer. »

Raoul baissa les yeux, et Victor étant sorti en ce moment : « Monsieur Leblanc, » dit-il, « je conçois votre sévérité, j'ai dû m'y attendre. Cependant, permettez-moi de vous faire observer que vous avez été plus indulgent pour Victor; vous l'avez encouragé, vous l'avez aidé, et voyez ce qui en est résulté. Songez donc, si vous me voyiez revenir vers vous avec l'intention de mériter une existence comme celle de Victor! »

M. Leblanc le regarda avec bienveillance, et lui dit en souriant : « Voulez-vous commencer, mon cher enfant, par vous mettre dans la situation où était Victor? » Raoul sourit à son tour, et n'eut pas besoin de répondre négativement. « C'est là pourtant ce qu'il vous faut absolument pour obtenir les mêmes secours, pour trouver les mêmes ressources. Dans quelque embarras que se trouvât Victor, on ne pouvait l'aider qu'en lui fournissant les moyens d'aller devant lui, puisqu'il lui était impossible de revenir en arrière. Jamais personne ne lui aurait dit : *Retournez vers votre père*. Au lieu que vous, c'est la première marque d'intérêt que vous donnera toujours quiconque voudra vous obliger, et, fussiez-vous en Chine, votre meilleur ami ne trouverait rien de mieux à faire que de vous fournir un vaisseau. »

Victor, qui venait de rentrer, ayant dit à Raoul que sa chambre était prête, M. Leblanc lui souhaita le bonsoir d'un ton d'amitié qui l'embarrassa et le troubla ; car cet homme de bien lui inspirait de la crainte et commençait à lui faire concevoir des espérances qu'il n'était pas décidé à réaliser. Victor le conduisit dans une chambre attenante à la sienne. Raoul fut étonné de la grandeur et du nombre des pièces que Victor occupait dans cette auberge, où il paraissait loger seul avec un domestique ; mais ses pensées l'occupaient trop pour songer à lui faire des questions. En le quittant, Victor lui donna la clef d'un secrétaire où il lui dit qu'il trouverait ce dont il pouvait avoir besoin. Raoul se préparait à se mettre au lit, lorsque cette clef, qu'il avait posée sur sa commode, poussée par mégarde, tomba à terre, et entraîna dans sa chute un petit portefeuille, demeuré derrière la commode, et que probablement celui à qui il appartenait avait cherché partout ailleurs qu'en cet endroit. Raoul l'ouvrit; et quelle fut sa joie d'y trouver un passeport pour l'étranger! Celui à qui il appartenait était un jeune homme de vingt-deux ans, à peu près de la taille de Raoul. Le reste du signalement pouvait assez bien convenir; d'ailleurs Raoul, dans le plaisir qu'il ressentait de ce petit événement, ne s'amusait guère à prévoir les difficultés. « C'est bien certainement, » se disait-il, « la Providence qui veut que ma destinée s'accomplisse par cette voie. » Et il était tenté de regarder la découverte du passeport comme une sanction de son projet. Cependant le petit papier que la Providence aussi avait fait tomber si à propos de la poche d'Abel lui revint en ce moment dans l'esprit, et troubla singulièrement le repos de conscience qu'il espérait trouver dans cette pensée. Il se demanda s'il ne serait pas possible, au contraire, que la Providence lui fournît tous les moyens d'exécuter ses desseins, afin de lui donner plus de mérite à y renoncer. Cette idée passa comme un éclair; mais elle avait laissé le trouble dans le cœur de Raoul. Cependant il se promit bien de ne parler à personne de sa découverte, et grâce à la fatigue et à son âge, heureux du moment de répit qui lui était accordé, il oublia bientôt, dans un profond sommeil, et ses chagrins passés et ses inquiétudes sur l'avenir.

XXIV

LE DEVOUEMENT

———

Il était tard lorsque Raoul s'éveilla; Victor était
déjà sorti, et avait donné l'ordre à son domestique
d'être à la disposition de son ami pour tout ce qui lui
serait nécessaire.

Lapierre entra chez Raoul aussitôt qu'il l'entendit
remuer. « Si monsieur, » lui dit-il, « avait envie de
se faire vêtir ? car ce n'est pas que monsieur ne soit
très-bien comme il est, mais enfin on aime à changer :
j'ai là tout prêt un habillement complet et entièrement neuf. Autrement monsieur comprend bien que
moi, Lapierre, je n'aurais pas pris la liberté de le lui
proposer. » Cet habillement appartenait, dit-il, à un
de ses amis, domestique comme lui, un brave garçon, à qui son dernier maître, un homme dérangé,
un mauvais sujet, sauf respect, l'avait laissé pour le
payement de ses gages.

Le costume de Raoul était si propre à le faire reconnaître, que la tentation d'en changer devenait
bien forte pour lui; ses résolutions de se suffire à lui-

même faiblirent devant cette considération et devant l'occasion qui s'offrait. D'ailleurs, Raoul n'avait été que trop à même de s'avouer qu'il avait besoin des autres, et le découragement le gagnait sans qu'il s'en aperçût. Il regarda dans le secrétaire, il y trouva les cinquante pièces d'or que Victor lui avait offertes, et consentit à se laisser habiller par Lapierre, dont l'active prévoyance avait pourvu à tous les articles de sa nouvelle toilette. A peine fut-elle achevée, que la honte saisit Raoul; il se sentait embarrassé de l'idée de se présenter ainsi aux yeux de Victor, et de se montrer à la fois si empressé à profiter de ses services, et si peu disposé à suivre ses conseils. En ce moment, s'il n'eût été retenu par une honte d un genre contraire, il eût rompu son marché, et remis Lapierre en possession des effets dont celui-ci avait été si enchanté de pouvoir l'accommoder. Au lieu de cela, Raoul, comme il arrive toujours dans les positions fausses, demeura entre deux embarras, et se mit à rêver au moyen d'en sortir. Il crut enfin avoir trouvé un expédient pour satisfaire ses amis sans renoncer à son projet : c'était de commencer par sortir de France, puis d'écrire à son père pour solliciter son pardon, et lui demander en même temps la permission d'achever son éducation dans quelque université étrangère. Ainsi, comme à son ordinaire, Raoul continuait à charger le présent de la faute et l'avenir de la réparation.

Empressé de communiquer à Victor ce nouveau projet, il l'attendait avec une agitation, augmentée encore par le désir de quitter promptement l'auberge et la ville d'Épinal, où il ne se croyait pas en sûreté, ignorant quelles suites avait eues l'aventure de la nuit, et à quel point il pouvait se trouver compromis par les aveux des contrebandiers, s'il y en avait de pris. N'osant pas trop sortir de sa chambre, il prêtait l'oreille au moindre bruit pour épier l'arrivée de Victor; il lui sembla reconnaître une voix de femme qui parlait à Lapierre et lui demandait M. Leblanc. Lapierre répondit qu'il allait voir à sa chambre s'il était rentré; la même personne ajouta : « Dites à M. Leblanc que c'est Marie Billing, de Waldbach; qu'elle le supplie de le recevoir aussitôt qu'il le pourra. »

Raoul, à qui la curiosité avait fait prêter l'oreille, n'eut pas plutôt entendu le nom de Marie, qu'il ouvrit la porte avec une impétuosité qui fit reculer la jeune fille. Mais ne perdant pas de vue la pensée qui la possédait : « Monsieur, » lui demanda-t-elle d'un ton agité, « vous savez peut-être où est M. Leblanc? — Oh! il va bientôt rentrer, j'espère. — Vous l'attendez aussi? » demanda Marie, la voix altérée de la crainte qu'une autre affaire ne vînt empêcher M. Leblanc de s'occuper sur-le-champ de la sienne. « Non, c'est pour vous. — Oh! pour moi, » répondit Marie sans songer à s'étonner d'un semblable intérêt, « je puis attendre, j'attendrai tout le jour s'il le faut. Si cependant il pouvait arriver bientôt! » Et elle leva les yeux au ciel, comme pour y chercher un refuge contre l'agitation qu'elle avait peine à contenir.

Raoul s'approche d'elle et lui demande à voix basse : « Où est Abel? »

Marie tressaillit, le regarda, changea deux ou trois fois de couleur, et ses yeux se remplirent de larmes.

« Où est-il? » redemanda Raoul d'un ton pressant et inquiet. Marie le regardait toujours, stupéfaite et sans proférer une parole; enfin elle parut se faire violence, son visage se couvrit de rougeur, et elle répondit : « Il est en prison. »

Raoul pâlit à son tour, craignant pour Abel et pour lui-même. Ils gardèrent tous deux le silence. En ce moment, M. Leblanc parut au bout du corridor, Marie se hâta d'aller à sa rencontre; il avait connu son père, il la connaissait aussi, **il** n'ignorait pas l'affection qu'elle portait à Abel, et le projet qu'ils avaient formé de s'unir. Il avait su la désertion du jeune soldat; elle lui en apprit les suites, et lui raconta que la veille, après avoir retrouvé Abel, elle avait obtenu qu'il écrivît au capitaine de sa compagnie, qui l'aimait beaucoup. Abel exprimait dans cette lettre son repentir et marquait le désir de rentrer dans le régiment. Comme le capitaine était alors avec sa compagnie en garnison dans un autre département, Marie avait été elle-même à la poste, et quoique l'heure de recevoir les lettres fût passée, le courrier, qui était un homme de son village, avait consenti à s'en charger. Elle avait obtenu d'Abel la promesse que, sans attendre le résultat de sa lettre, il irait le lendemain matin se présenter à son colonel et se soumettre à la peine qu'on voudrait lui infliger; mais ce matin même il venait d'être arrêté dans la campagne, où il avait erré toute la nuit.

En donnant ces détails à M. Leblanc, Marie était

revenue avec lui à l'endroit où s'était arrêté Raoul;
celui-ci, sans songer qu'il pût être de trop, s'était
ainsi trouvé en tiers dans la conversation. Lorsque
Marie eut achevé son récit avec l'embarras d'une personne qui aurait encore quelque chose à dire, M. Leblanc, qui ne savait pas qu'Abel eût fait partie de la
troupe des contrebandiers, voulut engager la pauvre
jeune fille à prendre patience; il l'assura que le
temps donné aux déserteurs pour se repentir n'était
pas encore écoulé, et que d'ailleurs la lettre d'Abel
était un témoignage de son intention de rentrer dans
son devoir; il y avait donc tout lieu de croire qu'il
en serait quitte pour une punition qu'il avait méritée
et qu'il devait tâcher de faire oublier par une bonne
conduite.

Les yeux de Marie étaient demeurés baissés pendant que M. Leblanc avait parlé. Elle les releva et
rencontra ceux de Raoul qui exprimaient le même
embarras, la même anxiété. Ils s'étaient compris, ils
semblaient se consulter.

« Marie, » dit Raoul, « nous ferions mieux de
tout avouer. » L'embarras se peignit alors sur le
visage de Marie; une profonde rougeur le couvrit
de nouveau; elle s'écria d'une voix faible, et les
mains jointes : « Oui, c'est juste, il n'y a que Dieu et
mon père qui puissent pardonner sans que j'aie besoin de leur rien dire. »

Alors d'un signe de tête Raoul engagea M. Leblanc, qui les considérait avec attention, à entrer
dans une des pièces de l'appartement de Victor. Il
poussa doucement le bras de Marie, qui se laissa

conduire; lorsqu'ils furent entrés, Raoul, à qui un nouveau regard de Marie avait donné la permission de parler, fit entendre en hésitant à M. Leblanc que Marie craignait... qu'il était possible... qu'Abel fût soupçonné d'avoir eu quelques rapports avec ceux qu'on avait pris dans la nuit, et que cela pouvait rendre son affaire plus mauvaise. Il s'arrêta, incapable de prononcer un mot de plus; Marie était pâle et tremblante; ils avaient tous deux l'air d'attendre leur arrêt. La figure de M. Leblanc avait pris une expression sévère. « Que prétendez-vous donc que je puisse faire à cela ? » dit-il à Marie.

Marie tressaillit, se recueillit un moment, puis reprenant sa fermeté : « Seulement, monsieur, ce que vous croirez permis, mais tout ce que vous croirez permis, pour sauver mon pauvre Abel. »

Elle prononça ces derniers mots d'une voix altérée. M. Leblanc attendri s'approcha de Marie, et s'appuyant sur le marbre de la cheminée : « Mon enfant, » lui dit-il à la fois d'un ton grave et doux, « je sais vos engagements avec Abel; à Dieu ne plaise que je vous demande de les oublier au point de ne conserver pour lui aucune commisération; mais, vous le savez, il y a des choses qui, plus que la mort, rompent tous les engagements. »

Marie alors releva les yeux qu'elle avait tenus constamment baissés, et regardant M. Leblanc, elle lui répondit tranquillement : « Rien ne peut rompre mes engagements avec Abel. — Cependant, Marie, il y a pour vous sur la terre des devoirs plus importants encore que celui de remplir une pareille pro-

messe. — Ce n'est pas moi qui me suis promise, c'est
la Providence qui m'a donnée. — La Providence a
pu vouloir vous donner à un honnête homme, mais
non à celui qui ne l'est plus. — Elle ne peut vouloir
lui ôter les moyens de le redevenir. — Vous vous
croyez donc seule capable de le ramener à la vertu ?
— Je crois le pouvoir, je dois l'essayer. — Mais, en
attendant, Abel va peut-être subir une punition déshonorante. » Les yeux de Marie se baissèrent de nouveau, des larmes humectèrent ses paupières. « Cela
se peut, » dit-elle, « il est juste que le mal soit puni.
— Et vous consentirez à partager son déshonneur ?
— Qui le partagera, si ce n'est moi ? — Mais, Marie, croyez-vous que votre père, s'il vivait, y consentirait ? »

Marie éleva vivement les yeux vers le ciel. « Mon
père, dit-elle, « est maintenant uni à Dieu. Il veut le
bien de tous ses enfants. — Je conçois, » reprit M. Leblanc, « que vous pouvez rendre à Abel un très grand
service ; mais êtes-vous certaine de réussir ? et au
lieu de le retirer du vice, ne craignez-vous pas d'a-
voir la douleur de le voir tous les jours s'y plonger
davantage ? — Je n'aurai pas du moins celle de l'y
abandonner. — Qui vous dit que vous n'y serez pas
un jour forcée ? qui sait s'il ne viendra pas lui-même
à vous fuir ? »

Les yeux de Marie s'animèrent : « Dieu me donnera, » dit-elle, « l'agilité pour le suivre. — L'excès
de ses déréglements peut vous être un obstacle. —
Les flammes de l'enfer ne s'élèveront jamais entre lui
et moi pour m'empêcher d'aller à lui, quelque part

qu'il se précipite. — Marie, il peut tomber si bas ! — Il n'y a que Marie au monde qui puisse alors être obligée de s'abaisser assez pour le relever. »

L'émotion de Marie semblait lui ôter la parole. M. Leblanc se taisait, et paraissait réfléchir. Enfin il reprit : « Mon enfant, j'estime votre constance, j'honore votre dévouement ; mais vous êtes jeune, le vice ne vous a pas encore approchée ; vous ignorez les dangers auxquels il expose ; vous ne savez pas à quelles vertus Abel pourra vous demander un jour de renoncer, quels devoirs il vous obligera peut-être de sacrifier pour le tirer des besoins et des embarras qu'il se forge sans cesse. Vous êtes loin de prévoir à quel point vos principes pourront plier sous le poids continuel des nécessités dont il vous accablera. »

La pâleur remplaça alors sur le visage de Marie les couleurs de l'enthousiasme. Son cœur se serra, et d'une voix tremblante : « Dieu pourtant, » dit-elle, « ne défend pas de tendre la main à ceux qui tombent dans l'abîme. — Non ; mais quelquefois il permet qu'on y soit entraîné. »

Marie alors joignit les mains avec ardeur, et la tête baissée dans l'attitude de l'humilité : « Mon Dieu ! » dit-elle d'une voix qui partait du fond de son âme, « ne le permets pas ! »

La ferveur de sa prière avait ranimé sa confiance. Elle releva doucement la tête. « Monsieur, » dit-elle d'un ton où régnait la tendresse, « vous ne connaissez pas Abel, il ne m'a jamais rien demandé de mal, jamais rien refusé de bien. Dieu est dans son cœur. Déjà même il a parlé, et je ne ferai qu'achever l'ouvrage commencé. » Alors elle raconta à M. Leblanc qu'elle avait déjà trouvé Abel plein d'aversion pour la vie qu'il avait menée, et déterminé, à ce qu'elle croyait, à la quitter dès le jour même.

« J'en suis témoin ! » s'écria Raoul, dont l'intérêt que lui inspirait Marie absorbait en ce moment toutes les idées. « Vous en êtes témoin ! » dit-elle en se tournant vers lui avec vivacité; « vous en êtes sûr ! vous empêcherez qu'on ne juge trop durement mon pauvre Abel. »

Raoul rougit : « Mon Dieu, » dit-il un peu effrayé, « je ne puis... je ne saurais... — Vous pouvez beaucoup; c'est vous, c'est sûrement vous dont il m'a parlé, qui lui avez donné de si bons conseils, qui l'avez déterminé à revenir au bien. Vous achèverez ce que vous avez commencé, vous empêcherez qu'on n'abatte son âme par un jugement trop sévère, qu'on ne lui rende sa tâche trop difficile. — Hélas! dit Raoul en étouffant un soupir, Dieu sait ce que je voudrais pouvoir faire pour Abel; mais je ne suis pas en position d'être utile à quelqu'un. — Vous? » dit Marie, portant sur lui un regard à la fois reconnaissant et confiant, « vous qui avez déjà fait tant de bien ! ne pouvoir être utile, c'est la punition de ceux qui ont fait le mal. »

Ces mots portèrent au cœur de Raoul comme un coup de poignard. M. Leblanc évita de le regarder : « Allez, Marie, » dit-il, « vous qui n'avez fait que le bien, vous aurez le bonheur d'être utile... Nous servirons Abel et pour vous et pour lui, et il se rendra digne, je l'espère, de votre affection. »

Une joie pure se répandit dans l'âme de Marie, et lui fit oublier toutes ses craintes. La reconnaissance lui fit tourner d'abord ses regards vers le ciel, puis sur M. Leblanc. « Nous le sauverons! » dit-elle de ce ton qui n'eût pas permis à Abel d'en douter un instant.

Il fut convenu que M. Leblanc irait trouver le colonel et tâcherait de l'intéresser en faveur d'Abel; sa bonne éducation, sa jolie tournure devaient donner le désir de le conserver dans le régiment, où d'ailleurs, jusqu'à sa désertion, il avait passé pour un bon sujet.

Marie s'en alla consolée; M. Leblanc, la suivant des yeux, dit à Raoul : « Il y a des vertus qui manqueraient la moitié de leur mission sur la terre, si on leur fermait la route des épreuves. Mais prenez garde, jeune homme, pour s'y engager, il faut une vocation bien sûre. Il n'est pas permis de quitter le chemin facile avant d'avoir amassé des forces qui ne puissent manquer. »

Raoul aimait mieux parler de Marie, et il dit à M. Leblanc que, si l'on réussissait à sauver Abel d'une condamnation, il espérait beaucoup de l'ascendant de Marie pour le retenir dans une vie honnête, et la sauver ainsi elle-même des malheurs qui la menaçaient. M. Leblanc fit entendre qu'il veillerait sur elle, et que si Abel rentrait au régiment, comme il ne pouvait, jusqu'à ce que son temps de service fût expiré, se marier sans permission, on ne la lui accorderait que lorsqu'il aurait donné des garanties par son attachement à ses devoirs et par une conduite

longtemps soutenue. Raoul, au contraire, avec l'impatience de son âge, aurait désiré que tous les obstacles qui s'opposaient au bonheur d'Abel et de Marie
fussent levés sur-le-champ; si, par un moyen quelconque, Abel pouvait être promptement libéré de son
engagement et établi dans son ménage, ce serait, à
son avis, le garant le plus certain de sa conduite future.

« Jeune homme, » dit M. Leblanc, « si je voulais
punir et avilir Abel pour toute sa vie, je le condam-
nerais à la passer sous le poids d'un pardon qu'il
n'aurait pas acheté. » Raoul baissa les yeux. « Au
reste, » reprit M. Leblanc, « je vois que vous vous
êtes bien conduit dans tout cela; tant mieux, vous
voilà engagé. — Je ne vois pas... dit Raoul. — Cela
est clair, pourtant. Vous vous êtes donné un mérite;
ce mérite-là, il faut bien le soutenir, ou vous allez
le compromettre. Je suppose que quelqu'un vous ait
vu bien agir, vous ait entendu parler avec sagesse,
il se sera dit : Voilà un jeune homme raisonnable.
S'il vous voit ensuite vous démentir, il en peut con-
clure que les gens raisonnables ne font pas mieux
que d'autres. Tenez, mon cher monsieur, il n'est pas
permis de donner de pareilles pensées à une foule de
gens qui ont tant besoin de bons exemples et tant
d'envie d'en trouver de mauvais. Allons, je croyais
encore que vous ne vous étiez imposé que les devoirs
d'un enfant, je vois que vous avez commencé à vous
imposer ceux d'un homme : vous voilà déjà responsable de quelque chose en ce monde ; je vous en félicite.»

M. Leblanc laissa Raoul plongé dans une rêverie
d'où l'arrivée de Victor eut peine à le tirer. Il se sen-

tait moins de courage pour lui parler de son projet; Victor, de son côté, paraissait préoccupé; ils commencèrent à déjeuner en silence; Raoul cependant fit un effort pour le rompre, et demanda des nouvelles de Spalberg.

« Il n'est pas bien. La vie lui est à charge, il lui tarde de la quitter, » dit Victor. « Pauvre Spalberg ! » continua-t-il avec un sentiment de compassion et même d'amitié, « il avait pourtant de quoi être un honnête homme. Il m'a donné une adresse pour avoir des papiers qu'il a écrits dans sa prison. Ces papiers font connaître, m'a-t-il dit, les bons sentiments qu'il a eus dans sa vie; et comme ils ne l'ont mené à rien, il désire, pour qu'ils ne soient pas tout à fait perdus, que j'en conserve le souvenir après sa mort. C'est un terrible avertissement pour la faiblesse humaine, qu'avec de bons sentiments un homme puisse descendre aussi bas. »

Soit que Victor eût dit ou non ces paroles avec intention, Raoul les prit pour lui; dans la position vulnérable où il se trouvait, tout lui semblait une allusion à son adresse; sa méfiance en augmentait contre ceux qui pouvaient lui donner de bons conseils; car les bons conseils lui devenaient toujours plus incommodes, à mesure qu'il reconnaissait combien ils méritaient d'être suivis. Aussi éprouvait-il déjà, en compagnie de Victor, ce malaise qu'on ressent lorsqu'on craint de voir aborder un sujet qui déplaît.

Raoul demanda si Spalberg se croyait aussi proche de sa fin qu'il l'était réellement. « Il ne pense pas avoir douze heures à vivre, » répondit Victor, « il parle de la mort avec le sang-froid d'un homme qui sait prendre son parti, même sur ce qui lui répugne le plus. J'étais chargé par l'aumônier de la prison de l'engager à recevoir les secours de la religion. «Vous croyez? » m'a-t-il dit d'un ton qui m'a fait comprendre qu'il désirait être encouragé à les croire utiles. Je l'ai assuré qu'il en recevrait de grandes consolations. Quand l'aumônier est entré, il lui a dit : « Monsieur, vous m'apporteriez une bien bonne nou- « velle, si vous pouviez me persuader qu'il y a en- « core en ce monde-ci quelque chose à faire pour « son service. » Je les ai laissés ensemble; quand je l'ai revu ensuite il m'a paru, sinon plus calme, du moins plus heureux. « Mon cher ami, » m'a-t-il dit, « nous y ferons tout ce qu'il faudra. » Le sentiment religieux n'a jamais été développé en lui, mais il n'y est pas étranger, et dans le moment actuel il aimerait à pouvoir s'y livrer avec confiance. Entouré, comme il l'a été depuis longtemps, de misérables sans affection entre eux comme sans probité envers les autres, accoutumé à penser qu'il ne devait plus attendre des hommes que leur sévérité, il est touché du zèle que l'on met à lui rendre ses derniers moments utiles. Je l'ai vu ému presque jusqu'aux larmes de ces apprêts religieux qui n'ont pour objet que son bien-être. « Mon cher ami, » m'a-t-il dit, « je vous devrai un bien auquel je ne m'attendais « guère : celui de mourir dans un bon lit, et au « milieu de gens qui prennent intérêt à moi. Faites- « vous souvent de pareilles journées? »

Victor alors, tendant la main à Raoul avec amitié, ajouta à son tour : « J'espère que j'aurai doublement à me féliciter de celle d'hier. »

Raoul était embarrassé. « Pour ne pas perdre le service signalé que vous m'avez rendu hier, » dit-il à Victor, « il est important de m'aider à sortir promptement de la ville, où je serais bientôt découvert. » Victor l'assura qu'il n'avait rien à craindre ; il avait pris soin qu'il ne fût vu de personne que de Lapierre, à qui il avait recommandé le secret ; et Lapierre n'était bavard que quand il le voulait, très disposé d'ailleurs à employer ce petit défaut au service de son maître. « Au moyen de cet officieux bavardage, j'ai trouvé établi dans la maison, » dit Victor, « que vous étiez une des personnes pour qui j'ai, depuis deux jours, retenu des chambres dans cette auberge. — En effet, je vous trouvais logé bien grandement pour un garçon. »

Victor sourit et lui dit : « Je me souviens maintenant que vous ne connaissez pas la fin de mon histoire. J'en ai ici le dernier cahier ; M. Delorme me l'a envoyé pour me faire noter les passages que je consentais à communiquer au principal. Pour vous je n'ai rien à en retrancher. » Et tirant ce cahier de son secrétaire, il le donna à Raoul. « Une affaire, » lui dit-il, « réclame ma présence ; mais ceci achèvera de vous mettre au fait de ce qui m'intéresse. »

Il sortit, et Raoul, rassuré pour le moment, fut enchanté de trouver une occupation qui pût le délivrer quelque temps de ses pensées.

XXV

SUITE DE L'HISTOIRE DE VICTOR

SACRIFICES

M. Milnung avait donné à Victor une place avan‐
tageuse dans sa maison de commerce. Celui-ci se
trouvait donc enfin dans une situation douce, et
même honorable. Il vivait chez M. Milnung, et ses
relations avec la famille étaient de nature à aug‐
menter le charme qu'il trouvait dans cet intérieur.
L'excellent M. Milnung n'avait point fait acheter à
son fils un pardon qu'il lui accordait du fond du
cœur. Aucun reproche, aucune méfiance n'avaient
gâté depuis cette prompte indulgence ; cependant
il en était resté à M. Milnung un fonds de tristesse
et d'inquiétude, que Victor parvint à dissiper, en
attachant Frédéric au travail qu'il n'aimait pas,
mais auquel il se livrait pour partager les occupations
de son ami. Cette amitié, devenue pour le moment
la passion de Frédéric, ne lui permettait plus de se
plaire ailleurs que dans la société de Victor, qui le
retenait ainsi au milieu de sa famille, et, par les
goûts solides, les idées sérieuses qu'il lui inspirait,

le rapprochait toujours davantage de son père. M. Milnung, pénétré de toutes les obligations qu'il avait à
Victor, l'aimait et le traitait comme un fils, et bientôt, prenant une confiance entière dans son zèle, ses
talents et sa probité, il se reposa presque entièrement sur lui du soin de sa maison de commerce.

Hélène, en retrouvant dans l'homme qui avait
sauvé son frère celui qui s'était offert à elle une
première fois sous des traits si honorables et dont
elle avait si bien conservé le souvenir, avait conçu
pour lui cette estime qui, dans une imagination
jeune et sensible, se change facilement en enthousiasme. La considération que portaient à Victor ceux
qu'elle aimait et respectait le plus justifiait à ses
propres yeux cette estime, et elle s'y livrait avec le
plaisir qu'on éprouve à trouver en soi un sentiment
louable. Frappé de l'esprit de Victor, de ses lumières,
de la noblesse de son caractère et de ses idées, elle
écoutait tout ce qu'il disait avec la confiance de la
conviction, et le sérieux de Victor y ajoutait ce respect qui, pour une âme droite, un caractère simple et
modeste, est un motif d'affection de plus. Insensiblement et sans qu'elle s'en aperçût, les idées de Victor
devenaient les siennes, et s'il manifestait un goût,
Hélène croyait sur-le-champ que ce goût était le
sien ; elle ne croyait pas qu'il fût possible de lui rien
répondre, quand elle appuyait son avis de ce qu'a-
vait dit M. Burkheim ; mais, si M. Burkheim était
d'un avis contraire au sien, il n'aurait pas été possible de persuader à Hélène qu'elle avait raison.

Le thé se trouvait toujours fait comme l'aimait

M. Burkheim; car Hélène était sincèrement persuadée qu'il ne pouvait être bon autrement; et si
M. Burkheim eût trouvé qu'il faisait froid, Hélène
aurait cru souffrir elle-même de ce que la fenêtre
était ouverte.

Frédéric s'était bien vite aperçu de cette prédi-
lection; avec son étourderie ordinaire il en plaisanta
Victor; puis il ajouta plus sérieusement et avec affection qu'il serait bien heureux si son unique ami devenait un jour son frère.

« Mon cher Frédéric, » lui dit Victor, « vous ne
connaissez ni ma famille, ni la nature de mes torts;
ils peuvent avoir imprimé sur moi une tache indélébile, être un obstacle insurmontable. » Et lui tendant la main et avec un peu de tristesse : « Ne me
bercez donc jamais de ces idées, beaucoup trop douces pour qu'il ne me soit pas pénible d'avoir à les
combattre. » Puis il ajouta d'un ton plus ferme et avec
un certain effort : « Il n'est pas encore temps de se
laisser amollir par le bonheur. »

Il avait en effet besoin d'empire sur lui-même
pour résister aux espérances qu'aurait voulu lui
donner Frédéric. Hélène était pour lui d'une bonté
charmante; elle avait un penchant naturel pour tout
ce qui est bien; l'affection qu'elle lui témoignait
méritait toute la sienne, et il aurait trouvé une joie
inexprimable à diriger cet aimable caractère, à former, à étendre cet esprit docile et capable de le
comprendre. La pensée de se fixer dans cet intérieur
où il avait goûté de si doux moments, de se lier pour
toujours à une famille respectable et honorée, faisait

battre son cœur de désir et de regret; mais tant qu'il
y avait un lieu sur la terre où l'on pouvait à juste
titre se croire en droit de le mépriser, Victor ne
pensait pas qu'il lui fût permis de faire partager
cette honte méritée. D'ailleurs, rien ne lui donnait
lieu de penser que M. Milnung consentirait à cette
union. Il lui savait même d'autres projets. Hélène
avait toujours été destinée à son neveu Gabriel Hoff-
ner, fils d'une sœur qu'il avait beaucoup aimée, et
dont le mari, extrêmement mauvais sujet, avait
donné à sa femme de si grands chagrins, qu'ils
avaient causé sa mort. Le père était mort aussi,
laissant son fils sans fortune; M. Milnung avait pris
soin de son neveu, et lui avait fait continuer ses
études dans la même université, où il comptait le
laisser encore quelques années. Gabriel avait deux
ans de plus qu'Hélène, et M. Milnung, sans vouloir
forcer l'inclination de sa fille, avait le plus grand
désir que ces deux jeunes gens pussent se convenir
et que Gabriel devînt son gendre. Hélène ou ne savait rien de ce projet, ou ne s'en occupait guère;
Frédéric, au contraire, y pensait beaucoup; mais il
n'aimait pas son cousin, dont le caractère ne sym-
pathisait pas avec le sien; et à son affection pour
Victor se joignait le désir d'empêcher un mariage
qui lui déplaisait.

Il suffisait, au contraire, que M. Milnung désirât
cette union, pour que Victor ne se permît pas de déranger un tel projet. Aussi, lorsque Frédéric voulut
revenir sur ce sujet, Victor le pria si sérieusement
de ne lui en plus parler, qu'il fut bien obligé de se

laire. Mais il eut l'imprudence d'en parler à sa sœur;
Victor ne lui en fit pas de reproches, craignant que
ce ne fût une occasion de renouer cet entretien, ou
peut-être de compromettre davantage Hélène et lui-
même, en les plaçant l'un et l'autre dans une situation embarrassante. Cependant il ne pouvait se le
dissimuler, Hélène l'estimait; l'idée de devenir sa
femme devait lui paraître douce, et, si on lui laissait
entrevoir que cette union était possible, ce serait
ensuite pour elle un chagrin très vif que de renoncer à cette espérance : il pensa donc qu'il fallait
l'empêcher de naître, et que c'était à lui à en prendre la tâche tout entière. Il sentit tout ce qu'il allait
lui en coûter; mais il se dit : « Je n'ai encore rien
fait de difficile; c'est maintenant que je vais apprendre à remplir tous les devoirs d'un honnête homme. »

De ce moment, à la familiarité décente que Victor
avait cru pouvoir se permettre avec la sœur de Frédéric, à cet air de confiance et d'amitié qu'il avait
avec elle comme avec tous les membres de la famille,
il fit insensiblement succéder une réserve froide et
presque inattentive; bientôt Hélène, inquiète et affligée de ce changement, mais rendue encore plus timide par la négligence affectée de Victor, n'osa presque plus lui parler. Victor ne lui adressait plus la
parole, si ce n'est lorsqu'il y était absolument obligé;
et alors c'était si froidement, si brièvement, quoique
toujours avec douceur et politesse, que plus d'une
fois les yeux d'Hélène rougirent, les larmes la suffo-
quèrent, et en proie à une angoisse insupportable,
elle se tourna involontairement vers lui en joignant

les mains comme pour lui dire : « Au nom de Dieu, monsieur Burkheim, ne me parlez pas. »

Le cœur de Victor était déchiré; celui d'Hélène ne paraissait aucunement changé à son égard; elle avait tant de modestie, qu'elle ne pensait jamais qu'on pût avoir tort envers elle, et son âme était si candide, que, eût-elle cru avoir à se plaindre de quelqu'un, son estime et son affection restaient toujours les mêmes. C'est un bien cruel chagrin, surtout dans la jeunesse, que d'avoir à supporter l'indifférence de quelqu'un dont on fait cas et dont on pensait avoir obtenu l'amitié! Aussi le caractère d'Hélène changea entièrement; elle perdit toute sa gaieté, elle devint rêveuse et silencieuse. Si Victor n'avait été soutenu par son devoir, l'idée d'être la cause de ce changement l'aurait indigné contre lui-même. Il arriva parfois qu'en la voyant pâlir et trembler lorsqu'elle avait à s'adresser à lui, il se sentit pâlir aussi, et sa main trembler en prenant ce que lui présentait Hélène. Plusieurs fois il se demanda s'il aurait le courage de persévérer; toujours il se répondit que cette persévérance était indispensable; et pour ne pas manquer à sa résolution, il resta plus souvent chez lui, évitant la société de ses amis, devenue pour lui un supplice, par les peines qu'il était obligé de causer à une personne qui le méritait si peu.

Pendant quelque temps, Frédéric avait cherché l'occasion de lui faire des reproches, sans le fâcher, sur son changement de conduite à l'égard de sa sœur; mais bientôt il fut occupé d'autre chose. On le

maria : et ce mariage, comme l'avait espéré M. Milnung, le confirma dans les bonnes habitudes qu'il
avait reprises; seulement il ôta à son amitié pour
Victor ce caractère passionné qu'il portait toujours
dans le sentiment qui le dominait pour le moment.
Uniquement occupé de sa femme, il ne s'inquiéta
plus tant du mari de sa sœur, et laissa Victor suivre
tranquillement ce qu'il appelait ses caprices.

La femme de Frédéric, Rébecca Tenmahl, était
fille de l'associé de M. Milnung. Ce mariage resserra
les liens des deux familles. M. Tenmahl, veuf depuis
peu de temps, et sans autre enfant que Rébecca, vint
habiter avec M. Milnung. Moins droit et moins franc
que son associé, il cherchait, depuis assez longtemps, à se mettre entièrement à la tête de leur maison de commerce, pour la conduire tout à fait à sa
guise; M. Milnung, après avoir beaucoup travaillé,
commençait à sentir le besoin du repos; il regrettait
tous les moments qu'il ne passait pas à une charmante maison de campagne, dont il avait fait son
occupation favorite, et paraissait tout disposé à laisser bientôt les affaires à l'entière direction de M. Tenmahl, lorsque l'arrivée de Victor et la confiance qu'il
prit en lui dérangèrent les vues de ce dernier. Plusieurs fois même Victor détourna M. Milnung des
opérations que lui proposait son associé, les jugeant
peu sûres ou peu avantageuses. M. Tenmahl le prit
donc en aversion; mais l'affection qu'on portait à
Victor dans la maison, la considération même dont il
jouissait dans la ville, ne lui permirent pas d'en
rien témoigner. Cependant, lorsqu'il fut établi chez

M. Milnung, ses rapports plus fréquents avec Victor firent éclater l'aigreur qu'il avait longtemps contenue. Peut-être espéra-t-il, en la manifestant, qu'elle servirait à éloigner un homme qui le gênait encore plus qu'il ne lui déplaisait. Cette aigreur ne se montra pourtant pas d'abord devant M. Milnung; et Frédéric, lorsqu'il en fut témoin, prit d'abord avec chaleur le parti de Victor; mais, craignant d'affliger sa femme, qui lui avait fait quelques reproches de ce qu'il s'était querellé avec son père, il devint plus faible contre M. Tenmahl. Celui-ci en profita pour lui parler, d'abord avec ménagement, ensuite plus ouvertement, de l'empire qu'avait pris Victor sur l'esprit de son père et dans la maison, dont il était, disait-il, le maître. M. Tenmahl fit remarquer à son gendre que cela lui faisait le plus grand tort dans le monde; c'était naturellement à lui à prendre la place de son père, si celui-ci voulait se reposer; et d'ailleurs la confiance de M. Milnung dans un étranger donnait lieu de croire que Frédéric était incapable de conduire ses affaires.

Ces discours produisirent peu d'effet sur Frédéric, habitué à reconnaître sans envie et même avec plaisir la supériorité de Victor; mais ils faisaient une grande impression sur Rébecca, qui avait de l'amour-propre pour son mari et une grande confiance en son père. D'ailleurs, comme c'était à peu près depuis l'époque de son mariage avec Frédéric que Victor s'était éloigné de la société de ses amis pour vivre dans la solitude, elle se persuada facilement que ce mariage lui avait déplu, et que c'était par humeur

9

qu'il se séquestrait ainsi. Rébecca, très heureuse
avec Frédéric, ne pouvait pardonner à celui qu'elle
croyait mécontent de son bonheur; connaissant très
peu Victor, elle se méprit tout à fait sur son caractère, et s'imagina bientôt avoir pour lui une antipathie décidée. Naturellement vive, elle ne dissimu-
lait pas assez cette antipathie devant son mari, qui
s'en affligeait et lui reprochait d'être injuste pour
un homme qu'il aimait : alors se reprochant à son
tour de lui avoir fait de la peine, elle lui en demandait pardon, et lui promettait qu'elle tâcherait d'aimer ceux qui lui étaient chers; mais Frédéric, aux
yeux de qui cette complaisance la rendait encore
plus aimable, ne pouvait s'empêcher d'en vouloir
un peu à Victor d'avoir été une occasion de chagrin
pour sa chère Rébecca; et, à son tour, par une sorte
de condescendance qu'il ne s'avouait pas à lui-
même, il se montrait un peu moins affectueux envers lui. M. Tenmahl en était plus à l'aise pour
laisser voir son humeur contre Victor; il la manifestait même devant M. Milnung, à qui ces tracas-
series rendaient son intérieur si pénible, que,
lorsqu'il voyait commencer une conversation déso-
bligeante, il se levait et s'en allait. Rébecca alors
baissait les yeux d'un air froid et indifférent; Frédéric embarrassé ne savait quelle contenance garder;
Hélène seule ressentait avec force tant d'injustice
et d'ingratitude, et rien ne l'aurait arrêtée pour
exprimer ce qu'elle en pensait : mais les convenan-
ces lui permettaient-elles de défendre M. Burkheim?
M. Burkheim avait-il besoin d'être défendu?

Victor avait d'abord repoussé ces ridicules attaques avec dignité, mais avec douceur; bientôt il se
vit obligé de prendre un ton plus haut, et presque
toujours la fermeté de ses réponses imposait silence
pour le moment à M. Tenmahl, mais ne l'empêchait
pas de recommencer. Victor comprit facilement le
projet arrêté de l'expulser de la maison; il résolut
d'y résister aussi longtemps qu'il lui serait possible. Il n'avait nulle confiance en M. Tenmahl, et
l'avait témoigné à M. Milnung. Celui-ci, bon, facile
et même faible, aurait été disposé à croire son ami
Burkheim, s'il ne lui avait pas été trop pénible de
se méfier de son associé. Tout ce qui troublait la
paix de son âme et le repos de sa vie lui était souve-
rainement désagréable. Victor vit enfin que ses avis
le rendaient malheureux, sans lui être utiles, et que
sa présence lui était un sujet de chagrins, par le trouble et l'aigreur qu'elle faisait naître autour de lui;
alors il pensa qu'aucun devoir ne l'obligeait plus à
supporter la déplaisante situation dans laquelle il
se trouvait. Un autre négociant de la ville, M. Flemming, frappé de sa capacité, lui avait proposé d'entrer dans sa maison avec un intérêt considérable;
Victor, qui se croyait utile à M. Milnung, avait refusé cette proposition très avantageuse pour lui.
M. Flemming l'ayant renouvelée, il jugea à propos
d'en parler à M. Milnung. « Mon cher Burkheim, »
lui dit précipitamment celui-ci dès les premiers mots,
« soyez heureux et placé comme vous le méritez;
c'est tout ce que je désire. »

Victor avait bien prévu qu'il n'éprouverait pas

d'obstacles; mais le consentement était plus prompt
qu'il ne l'avait imaginé; tant M. Tenmahl avait en
secret tourmenté à son sujet le pauvre M. Milnung.
Il prit alors son parti sur-le-champ, et le commu-
niqua le jour même à la famille. Frédéric rougit et
parut vivement peiné; mais il n'osa rien dire. La
joie de M. Tenmahl ne put se contenir; elle éclata
par des plaisanteries auxquelles Victor ne daigna
pas faire attention; Rébecca prit son air froid, et la
pauvre Hélène immobile, le cœur serré, les yeux
baissés, gagna sur elle de ne pas laisser échapper
une larme. Victor, pour dernier sacrifice, eut le
courage de s'éloigner, sans qu'un mot, un regard
témoignât de son affection pour la seule personne à
laquelle il ne pouvait reprocher le moindre tort.

Quelques peines qu'il eût éprouvées dans ces derniers temps chez M. Milnung, Victor ne put quitter
sans un sentiment douloureux cette famille au milieu de laquelle il avait passé de si doux moments;
mais un chagrin plus poignant encore s'était depuis
longtemps emparé de lui. Il n'avait aucune nouvelle
de ses parents; quelques recherches qu'eût pu faire
M. Leblanc, il lui avait été impossible de les découvrir : seulement il savait qu'ils avaient payé la bague; car M. Leblanc ayant fait passer à M. Delorme
les deux cents francs que Victor lui avait envoyés de
Cassel, celui-ci répondit qu'on ne lui devait rien et
que les parents de Victor lui avaient remboursé ce
qu'il en avait coûté pour retirer la bague des mains
de Collet; en sorte que M. Leblanc employa cet argent et celui que Victor lui fit passer ensuite à payer

les dettes qu'il avait laissées dans la ville. Le soin
de ces pauvres parents à décharger leur fils, autant
qu'il était en leur pouvoir, des suites et de la honte
d'une mauvaise action, leur empressement à s'imposer des sacrifices pour subvenir à cette dépense,
tout cela pénétrait le cœur de Victor de tendresse et
de reconnaissance pour eux, et redoublait le chagrin
qu'il éprouvait de ne pouvoir connaître leur sort, les
consoler, les dédommager de ce qu'il leur avait fait
souffrir, et partager avec eux l'aisance dont il commençait à jouir.

Peu de temps avant de sortir de chez M. Milnung,
il y avait vu M. Delorme, employé dans l'adminis-
tration de l'armée française, et venu à Nuremberg
pour quelque affaire. M. Delorme ne connaissait pas
Victor, mais sa conversation lui plut beaucoup. Victor
n'avait pas de plus grande joie que de parler de la
France avec quelqu'un qui l'aimait, chose alors bien
rare en Allemagne; il se sentit de l'amitié pour
M. Delorme, parce que celui-ci connaissait sa ville
natale, ses environs, et mille détails que Victor ne
se rappelait jamais sans un battement de cœur; mais
il n'osait lui parler de son père, et n'avait pu encore
obtenir aucun renseignement sur le lieu où il s'était
retiré. Un jour, la petite fille de Frédéric, qui avait
alors quinze mois, jouait avec le cordon de montre
de M. Delorme; celui-ci la lui remit entre les mains
pour l'amuser. Victor retint la montre de peur que
la petite fille ne la laissât tomber; mais jugez de
son émotion en apercevant, au milieu des breloques
attachées à la chaîne de la montre, une bague de

brillants, qu'il reconnut pour celle qui avait causé
sa perte. Rébecca, ayant trouvé moyen de substituer
à la montre quelque objet d'amusement un peu moins
fragile, la retira des mains de l'enfant, et, en la ren-
dant à M. Delorme, remarqua qu'il avait parmi ses
bijoux une bague de femme. « Elle est, » dit-il, « à
madame Delorme ; elle n'a jamais voulu la porter depuis une malheureuse aventure dont elle a été l'occasion. »

Rébecca voulut savoir l'histoire ; et M. Delorme
la raconta, en faisant Victor encore plus coupable
qu'il n'était, Collet ayant affirmé, pour se disculper,
que Victor lui avait vendu la bague comme étant
bien à lui. M. Delorme ajouta cependant que ce
jeune homme paraissait avoir un fonds d'honnêteté,
et raconta ce qui s'était passé au sujet des deux cents
francs : « L'éclat qu'on a fait de tout cela, » pour-
suivit-il, « est cause que ce jeune homme a perdu son
état, son existence, et que ses malheureux parents
ont quitté la ville pour se retirer dans quelque lieu
isolé, où il paraît qu'ils sont morts de chagrin. »

Ces dernières paroles frappèrent Victor comme un
coup de poignard. Après quelques instants, pendant
lesquels il tâcha d'assurer sa voix, pour qu'elle ne le
trahît pas : « Quelle raison a-t-on de les croire...
morts ? » Et ce dernier mot lui fit une telle horreur,
qu'à peine put-il prendre sur lui de le prononcer.

« Je ne puis vous le dire, » répondit M. Delorme,
« je n'habite pas le pays : tout ce que je sais, c'est
que cette triste aventure a fort occupé la ville ; on a
même fait une complainte où l'on dit que les pa-

rents sont morts de douleur; un de mes amis, qui a une terre tout près de là, m'a affirmé que c'était un bruit répandu parmi les habitants. »

L'état de Victor, pendant cette conversation, ne saurait se décrire. Hélène, la seule personne qui fît constamment attention à lui, n'était pas là dans ce moment pour remarquer son trouble; mais Frédéric, qui n'avait pas oublié le secret de Victor, en le voyant sortir le visage pâle et les traits altérés, devina la vérité, et le suivit; lui serrant la main : « Mon pauvre ami! » lui dit-il; ce fut la dernière marque d'amitié qu'il lui donna. De ce moment, Victor résolut de saisir la première occasion de passer en France, espérant, après six ans d'absence, n'y être pas reconnu; d'ailleurs il était extrêmement changé, et prendrait soin de ne se pas trop approcher de son pays. Il ne voulait plus se fier qu'à lui-même du soin de retrouver ses infortunés parents : un reste d'espérance le soutenait encore; l'un d'eux du moins pouvait avoir survécu, et alors que de réparations ne devait-il pas chercher à lui offrir!

Ce projet une fois formé, il s'occupa des moyens de l'exécuter; mais on était alors au commencement de 1813 : les premiers temps de son établissement chez M. Flemming ne lui permirent pas de songer à s'éloigner; le désir même de retrouver ses parents ne lui permettait pas de sacrifier les moyens qu'il pouvait avoir d'adoucir leur vieillesse. La guerre, allumée à cette époque de tous côtés, rendait rares et difficiles les occasions d'un voyage en France; après la bataille de Leipsick, les communications

devinrent tout à fait impossibles. Alors la tristesse
et l'inquiétude de Victor furent à leur comble : les
malheurs de son pays, l'orage qu'il voyait près de
l'accabler, ce cri de haine et de vengeance qu'il entendait retentir partout contre la France, dans un
pays où l'aversion contre les Français était répan-
due dans toutes les classes, devenaient pour lui un
supplice si cruel, qu'il s'éloignait absolument de la
société, incapable de supporter patiemment les reproches que l'on faisait à son pays, et hors d'état de
se faire entendre au milieu de la fermentation générale. C'était une des causes qui avaient achevé de lui
rendre insupportable la maison de M. Milnung, où
Rébecca, véritable Allemande, ne pouvait contenir
la joie que lui faisaient éprouver nos revers; d'ailleurs Victor avait trop souvent à combattre, chez
M. Milnung lui-même, des préventions injustes.

Condamné à la solitude, il n'échappait au chagrin
qui le dévorait que par un excès de travail et d'étude
auquel sa santé ne pouvait résister. Bientôt l'entrée
des troupes étrangères en France augmenta le tourment de son âme : il se représentait ses malheureux
parents vieux, infirmes, incapables de fuir ou de se
défendre, exposés à toutes les barbaries de la guerre ;
il les voyait prononçant peut-être encore au dernier
moment le nom de leur fils, qui aurait dû les protéger, les sauver. Quand ces horribles images s'em-
paraient de son imagination au milieu de la nuit,
il se levait agité d'une espèce de fièvre, parcourait
sa chambre en cherchant dans son esprit s'il n'était
pas quelques moyens de voler à leur secours, de les

arracher aux dangers qu'ils couraient : mais où les
trouver? Il n'avait plus de sommeil, son sang s'al-
lumait, sa santé déclinait visiblement, quand les
événements de mars 1814 vinrent enfin mettre un
terme à de si terribles angoisses. Il profita du premier moment où il fut possible de voyager : l'empressement qu'éprouvait M. Flemming de renouer
avec la France des liaisons de commerce que la
guerre avait interrompues lui procura l'occasion la
plus favorable qu'il pût désirer, et il partit avec
M. Delorme, qui, se trouvant à Nuremberg lors de
la prise de Dresde, dut à la protection de Victor de
ne pas être inquiété; ce fut l'origine de l'amitié qui
les unissait. Avant son départ, Victor avait été prendre
congé de M. Milnung : il le trouva occupé des pré-
paratifs du mariage d'Hélène. Son neveu, comme
un grand nombre des étudiants d'Allemagne, avait
pris en 1813 du service dans l'armée alliée contre
la volonté de M. Milnung, qui en avait conçu beaucoup de chagrin ; mais enfin Gabriel était sorti sain
et sauf de cette dangereuse expédition; son oncle
avait tout pardonné et l'attendait incessamment.
Victor ne s'aperçut pas qu'Hélène eût fait aucune
objection contre ce mariage; seulement son père se
plaignait de la voir tombée dans une mélancolie que
rien ne pouvait surmonter; il espérait que le mariage la ferait disparaître. Victor trouva Hélène rêveuse, mais calme; ses traits portaient l'empreinte
d'une tristesse résignée. Il prit congé d'elle, emportant l'espoir que le temps, des intérêts nouveaux, lui
feraient oublier ses chagrins, et faisant des vœux pour

le bonheur de celle qui aurait pu le rendre si heureux.

Victor se rendit d'abord chez M. Leblanc : c'était là que l'appelait un des premiers besoins de son cœur. Rien ne peut se comparer à la joie qu'éprouva M. Leblanc, en revoyant Victor, en le retrouvant tel que l'avaient fait ses leçons, le malheur, l'étude et le temps ; il ne pouvait se lasser de le regarder et de l'entendre ; seulement il remarquait avec douleur que les chagrins avaient laissé des traces sur sa figure, toujours noble et intéressante, maintenant dépourvue de jeunesse et de fraîcheur. En écoutant son ami, cette impression disparaissait : il ne voyait plus que les perfections dont il avait orné son esprit, les qualités dont il avait doté son âme ; et une certaine fierté s'emparait de lui. C'étaient tous les jours d'intéressantes conversations, animées par la gaieté douce et piquante de M. Leblanc, et qui faisaient quelquefois oublier à Victor sa mélancolie et ses inquiétudes. Après avoir passé trois ou quatre jours avec eux, M. Delorme les quitta, pénétré de respect et d'affection pour M. Leblanc ; il lui demanda même la permission de revenir le voir. Victor attendit chez son vieil ami la réponse à plusieurs lettres que M. Leblanc avait écrites, d'après ses indications, pour tâcher d'obtenir quelques éclaircissements sur le sort de ses malheureux parents : la plupart de ces réponses ne lui apprirent absolument rien ; mais enfin quelques légers indices contenus dans une des dernières qu'il reçut le déterminèrent à partir pour les environs de Langres, où il pouvait supposer qu'ils avaient résidé au moins quelque temps.

C'était un des cantons que la guerre avait le moins épargnés; partout Victor en rencontrait les terribles traces : des villages à demi détruits, les habitants nus, sans abri et plongés dans la misère la plus affreuse. C'était au milieu de ces êtres souffrants, de ces habitations désolées qu'il cherchait ses parents, agité par le désir et la crainte. Jusqu'ici ses recherches avaient été inutiles, lorsqu'en parcourant un village plus maltraité que les autres, et dont les habitants, après avoir été obligés de se cacher plusieurs jours dans les bois, trouvaient à peine à s'abriter dans leurs chaumières en ruine, il remarqua une maison qui paraissait inhabitée; la porte était encore enfoncée et à demi brisée; les fenêtres sans châssis laissaient voir un intérieur dégradé par les intempéries de l'air autant que par la main des hommes, et le toit, à moitié détruit, offrait à peine un coin pour se mettre à couvert. Victor entre en tremblant dans cet asile du malheur, abandonné de ses anciens propriétaires. Malgré les dévastations qu'il avait subies, on apercevait les restes d'une certaine propreté; quelques débris de porcelaine, quelques fragments de ces meubles destinés, sinon à l'élégance, du moins à la commodité, faisaient penser que cette misérable chaumière avait caché les restes d'une aisance perdue. Dans un coin gisaient, attachés à un morceau de cadre brisé, les lambeaux d'un vieux portrait; Victor les relève, les rassemble; plus d'incertitude, ce portrait est le sien; c'est bien celui que fit faire sa mère, lorsqu'il était encore enfant. C'est donc là qu'ont vécu ses parents, jusqu'à ces jours de

terreur et de désastre!... un tremblement universe,
s'empare de Victor, il peut à peine se soutenir, et
n'ose porter ses pensées au delà de cette chaumière.
Où sont-ils? ont-il pu échapper? ont-ils succombé?
Victor cache sa tête dans ses mains. « O mon Dieu! »
s'écria-t-il d'une voix étouffée, « ô mon Dieu! ne me
punissez pas ainsi! » Il recueille ses forces, sort de la
chaumière, et s'adressant à un paysan qui réparait
une chaumière voisine : « Mon ami, » lui dit-il d'une
voix qu'il tâchait de rendre ferme, « que sont deve-
nus les habitants de cette maison? — Celle-là, monsieur? Ah! les pauvres bonnes gens! » répondit le
paysan en secouant tristement la tête, « je n'en sais,
ma foi, rien. Il y en a, je crois, bien d'autres qui ne
se retrouveront pas. »

Victor supplie intérieurement le ciel de lui donner
la force de supporter le supplice qu'il endure. « Sa-
viez-vous leur nom? » demanda-t-il avec un violent
serrement de cœur. — On ne l'a jamais su dans le
village. Pauvres braves gens! il paraît qu'ils avaient
eu de quoi autrefois; mais le compère Pierre m'a
dit qu'ils avaient eu un mauvais sujet de fils qui leur
avait tout volé. »

Chaque mot était pour Victor un nouveau coup de
poignard. « Le compère Pierre, où est-il? — Ah!
bah! est-ce qu'ils ne l'ont pas nommé pour les char-
rois? celui-là non plus ne reviendra pas. — Depuis
combien de temps étaient-ils dans le village? —
Mais... il y a autour de quatre ans... ou cinq, je ne
vous dirai pas bien. — Et quand ont-ils quitté leur
maison? — Pardienne! quand tout le monde s'est

sauvé dans les bois. Le canon tirait comme tous les diables ; on voyait là-bas le village qui est à droite tout en feu. Depuis huit jours, nous avions caché nos effets ; mais quand les armées sont venues pour se battre dans le village, nous nous sommes cachés aussi. - -Et ils se sont cachés dans les bois ? — Je ne vous le dirai pas, monsieur. Je sais bien qu'ils sont partis avec nous. Le bon vieux avait la goutte, et la vieille mère, qui venait d'être malade, avait de la peine à marcher. Ils se soutenaient comme ils pouvaient l'un l'autre : ça faisait pitié, quoique ça. Mais que voulez-vous ? chacun le sien. Moi, j'avais à conduire mon garçon ; ma femme avait à porter sa fille qu'elle nourrit, et encore un peu de notre petit bagage. Et puis ma mère est venue nous joindre et m'a chargé d'un matelas. Quand la vieille mère a vu cela, elle qui ne pouvait rien emporter, elle s'est mise à pleurer en disant à son mari : Si j'avais encore mon pauvre Victor ! Le père a répondu en secouant la tête : Ma femme, il n'y faut plus penser. Et en disant cela, il pleurait aussi. Ils parlaient bien sûrement de leur mauvais sujet de fils. — Cependant ils ont dit : *Mon pauvre Victor !* » En prononçant ces mots, 'a voix de Victor était tremblante et ses yeux remplis de larmes. « Que voulez-vous ? des pères et mères, ,a regrette toujours leurs enfants quoi qu'ils aient fait, surtout quand il y a longtemps qu'on ne les a vus. — Mais n'ont-ils pas gagné le bois avec vous ? — Je ne vous dirai pas : chacun s'en est allé comme il a pu. Ce qu'il y a de sûr, c'est qu'ils ne sont pas revenus, et s'ils ont pris le côté de la route, c'était

là qu'on se battait, j'ai bien peur... » Il secoua la
tête ; et Victor, dévoré d'inquiétude, rentra dans la
chaumière pour tâcher d'y découvrir quelque chose
qui pût lui servir d'indice sur le côté vers lequel ils
s'étaient dirigés. Enfin, à force de chercher, il découvre dans un coin l'adresse d'une lettre portant :
à M. Duchamp, à Langres. Cette adresse, qui lui
prouve que son père allait quelquefois à Langres
pour y chercher des lettres, lui fait espérer qu'il s'y
sera réfugié. Il se rend au bureau de poste de cette
ville avec le fragment de lettre ; il le montre ; on lui
dit qu'en effet un vieillard, tel qu'il le dépeint, est
venu assez souvent chercher des lettres à cette adresse,
mais on ne se rappelle pas d'où elles venaient, et le
timbre de celle-ci est malheureusement déchiré. La
date de l'arrivée de la lettre se lit encore ; le jour indiqué par cette date ne précède que de très peu celui où il paraît que M. et madame Duchamp ont
été obligés de fuir leur habitation. On ne croit pas
que M. Duchamp soit venu depuis, et cependant il
ne se trouve au bureau aucune autre lettre à son
adresse : il est donc probable que l'ami qui lui écri-
vait assez fréquemment ne lui a plus adressé de
lettres à Langres, sachant qu'il n'y était pas. D'ailleurs, un des employés de la poste, sorti de la ville
dans un de ces jours d'effroi, a rencontré M. et madame Duchamp sur la grande route : M. Duchamp
portait un petit paquet ; ils se dirigeaient dans le sens
opposé à celui qui conduit vers Langres. Victor se
rend à l'endroit qu'on lui indique, suit la direction
que paraissent avoir suivie ses parents, arrive à une

maison, demande si on y a vu deux vieillards dont il donne la description : ils y sont entrés en effet, effrayés de l'apparition d'une troupe que l'on voyait à quelque distance. Cette troupe s'étant approchée de la maison, les vieillards se sont sauvés par une porte de basse-cour, et on ne les a pas revus.

Victor continue ses recherches, renouvelle ses questions à chaque habitation qu'il rencontre. Dans l'une il n'apprend rien ; dans une autre se trouve un petit paysan qui les a vus dans les champs; ailleurs, on croit les avoir rencontrés dans une charrette. Chaque fois il acquiert de nouveaux renseignements, soit sur leur habillement, soit sur quelque autre particularité, ce qui lui donne le moyen de les faire reconnaître ; tantôt il les perd, tantôt il les retrouve, mais toujours exposés à de plus grands dangers; chaque nouvelle trace qu'il découvre le fait respirer un instant; mais ils disparaissent de nouveau, et les plus affreuses idées reviennent l'assiéger.

Plusieurs jours se passent dans ces recherches. La direction que Victor a prise, et qui paraît être celle qu'ont suivie ses parents, le conduit enfin aux environs de la ville qu'ils ont habitée si longtemps; c'est là que probablement, sollicités par l'ami qui était en correspondance avec eux, ils auront, dans leur désastre, cherché un asile. Mais Victor ne peut entrer dans la ville, les y demander, sans s'exposer à un éclat qui peut les faire mourir de douleur. Déjà en parcourant les environs, dont l'aspect fait battre son cœur, il a rencontré un grand nombre de gens

dont la figure lui est connue, et qui pourraient facilement se rappeler la sienne. Deux ou trois ont fixé
les yeux sur lui avec une attention qui l'a inquiété.

Cependant il est impossible à Victor de s'éloigner
sans avoir tenté de nouveaux efforts. Il n'ose plus
prononcer un nom trop bien connu dans le canton
par la malheureuse célébrité qu'il lui a donnée ; mais
dans les entretiens qu'il renouvelle toutes les fois
qu'il en peut trouver l'occasion, il espère toujours
obtenir quelques éclaircissements, apprendre quelques circonstances qui pourront le mettre sur la voie
des découvertes. Hélas ! quatre jours se sont passés
dans les mêmes angoisses, et rien n'a ranimé son
espoir.

XXVI

FIN DE L'HISTOIRE DE VICTOR

ÉVÉNEMENT DÉCISIF

Chaque jour Victor, établi dans la maison de poste, qui se trouvait la dernière de la ville, parcourait les villages environnants, s'arrêtant à causer avec tous ceux dont il croyait n'être pas connu ; mais il n'apprenait rien. Un matin en rentrant chez lui, après une assez longue et inutile excursion, il vit beaucoup de monde dans la cour de la maison de poste. Plusieurs femmes du peuple s'acharnaient à accabler d'injures et de menaces un jeune postillon, qui se contentait de hausser les épaules sans répondre. Cependant, harcelé de près par une des plus furieuses, il haussa son fouet et fit mine de l'en frapper ; elle prétendit même qu'il l'avait touchée, et se jetant sur lui, elle tâcha de le prendre aux cheveux et de lui déchirer la figure avec ses ongles. Celui-ci se mit sérieusement en défense. On les sépara avec beaucoup de peine ; mais le postillon en colère menaça la femme de sa vengeance. Ce qui étonnait Victor, c'était d'avoir entendu ces femmes, au milieu de leurs injures, prononcer deux ou *trois* fois **son** nom de Victor Duchamp. Ne concevant pas la part qu'il pouvait avoir dans cette dispute, il s'adressa au maître de poste pour avoir quelques détails. Celui-ci ne put lui dire bien précisément le sujet de la querelle; seulement l'animosité de ces femmes et de tous les gens du pays contre Jacques (c'était le nom de son postillon) venait de ce que le père de ce jeune homme, paysan des environs et très mauvais sujet, avait eu l'infamie de découvrir aux soldats étrangers plusieurs des cachettes où les habitants avaient mis leurs effets pour les sauver du pillage. Bien que Jacques n'eût partagé en rien les torts de son père, qui s'était vu obligé de quitter le pays, la haine s'était portée tout entière sur le fils, et se manifestait à chaque occasion, surtout de la part des femmes, toujours plus violentes et plus querelleuses, parce qu'elles sont moins occupées que les hommes. Le maître de poste lui apprit encore que le bruit s'était répandu depuis deux jours dans le canton que Victor Duchamp y avait reparu; là-dessus il lui expliqua ce que c'était que Victor Duchamp; il lui raconta mille bruits étranges auxquels sa disparition avait donné lieu dans le temps. Le maître de poste, qui était un homme de sens, n'y ajoutait aucune foi; mais le crédit que ces bruits avaient pris dans le pays et la complainte sur les aventures réelles ou prétendues de Victor Duchamp avaient tellement fixé son nom dans la mémoire des habitants de ce canton, qu'ils étaient disposés à le rattacher à tout ce qui arrivait d'extraordinaire dans les environs. « Ainsi, par exemple, » continua le maître de poste, « un de

nos paysans prétend l'avoir vu rôder à pied dans le
pays depuis environ quinze jours ; il assure qu'il l'a
bien reconnu, quoiqu'il soit fort changé et qu'il ait
pris, dit-il, un nom allemand. Là-dessus ils se sont
persuadé que Victor Duchamp était venu avec les
troupes allemandes, et qu'il y est resté avec plusieurs
autres traîneurs qu'on ramasse de temps en temps.
Et comme il connaissait bien le pays, on dit qu'il les
a sûrement conduits aux endroits où il y avait à
prendre, et qu'il a bien pu s'entendre avec Morel, le
père de Jacques. »

D'après ces informations, Victor vit bien qu'il ne
pouvait demeurer plus longtemps dans le pays, surtout ayant contre lui en ce moment la rumeur publique, qui pouvait l'exposer à quelque esclandre. Il
demanda des chevaux, et partit accompagné de Jacques. Ils n'avaient pas fait un mille, que leur cheval, animal vicieux que le maître de poste venait
d'acheter à très bon marché sans le connaître, commença à s'emporter ; le pauvre postillon eut besoin
de toutes ses forces et de son habileté pour se tenir
dessus. Enfin, après beaucoup d'efforts inutiles, il
fut jeté à terre. Heureusement il ne se fit aucun
mal ; et se relevant aussitôt, il courut après son cheval, qu'il parvint à rattraper. Comme il voulut le
corriger à coups de fouet, l'animal, retenu par la
bride, fit de telles ruades, que de ses pieds de derrière il atteignit un tas de pierres placées sur le bord
de la route pour la raccommoder, et en fit rouler
une assez grosse au bas de la chaussée, élevée en cet
endroit d'environ quinze pieds au-dessus d'une prai-

rie. Aussitôt ils entendirent partir d'en bas des cris
perçants, et virent se relever et s'éloigner avec peine
une femme dont la tête et le visage étaient tout en
sang. Dès que cette femme reconnut Jacques, ses cris
se changèrent en hurlements, et l'on distinguait par
intervalles les mots d'*assassin*, de *brigand*. C'était la
même femme avec laquelle il s'était querellé deux
heures auparavant : plusieurs paysans qui travaillaient près de là accoururent près d'elle, et mena-
cèrent Jacques de lui faire un mauvais parti. Victor
en ce moment venait de le rejoindre; il mit pied à
terre et lui dit de l'aller attendre à quelque distance
avec les chevaux. Jacques ne se le fit pas dire deux
fois : il commençait à avoir peur, et sautant sur le
cheval de Victor, il partit au galop, emmenant le
sien, dont il était enfin parvenu à se rendre maître.
Pendant ce temps, Victor était descendu au bas de la
chaussée et arrêtait ceux des paysans qui voulaient
courir après le postillon; il calma la femme blessée
en lui donnant de l'argent pour se faire soigner, et
apaisa les autres en les assurant qu'il n'y avait pas
de la faute de Jacques; que c'était un bon garçon,
bien éloigné de faire du mal à personne. Il ajouta
qu'ils avaient bien tort de le persécuter ainsi; que
l'on n'avait rien à lui reprocher personnellement. Ils
en convinrent. Victor, voyant qu'ils commençaient
à entendre raison, engagea les paysans à retourner à
leur travail, et la femme à se laisser reconduire chez
elle. Pour lui, il alla rejoindre Jacques, qu'il trouva
fort aise d'être sorti de ce mauvais pas.

Victor continua sa route, et se rendit à Paris, où

l'appelaient ses affaires ; il espérait y rencontrer
M. Delorme, qu'il était déterminé à mettre dans sa
confidence. A l'aide des relations que son ami avait
dans le pays, il pourrait parvenir à sortir d'une incertitude qui lui devenait impossible à supporter.

M. Delorme avait quitté Paris ; on ignorait même
où il était allé, et l'époque à laquelle il devait revenir. Tout ce que l'on pouvait dire, c'est qu'il était
parti pour aller chercher sa femme à la campagne,
et qu'il se proposait de s'arrêter chez plusieurs de
ses amis.

Victor passait tous les jours inutilement chez M. Delorme : il lui avait écrit à tout hasard en plusieurs
endroits, pour le prier de lui indiquer un moyen de
le voir ou de lui faire arriver promptement une
lettre importante ; mais il ne recevait aucune réponse, et les jours s'écoulaient. Désespéré, mais retenu par les affaires qu'il était au moment de con-
clure, Victor n'attendait que le premier instant de
liberté pour retourner au seul lieu où il pût désormais espérer de retrouver ses parents, ou du moins
de se procurer quelque lumière sur leur sort, résolu
de tout hasarder, plutôt que de demeurer dans l'état
d'incertitude où il était. Enfin, il reçoit de M. Leblanc une lettre qui en contenait une autre de M. Delorme. Celui-ci n'avait reçu aucune des lettres de
Victor ; c'était à M. Leblanc qu'il s'adressait ; il le
conjurait, si Victor était encore chez lui, ou qu'il
pût savoir en quel lieu il habitait, d'intéresser son
humanité en faveur du malheureux Jacques Morel ;
le témoignage seul de Victor pouvait, disait-il, le

10.

sauver de la mort, ou du moins d'une peine grave.
Quelques gens du pays, plus particulièrement aigris
contre la famille Morel, avaient engagé la femme
blessée à porter plainte contre Jacques, comme ayant
voulu l'assassiner par vengeance. Beaucoup de gens
avaient vu la querelle et entendu la menace de Jacques, aucun ne s'était trouvé au moment de l'action; tout déposait donc contre lui : il n'avait pour
témoin de son innocence que le voyageur qu'il conduisait en ce moment. Mais où retrouver ce voyageur? On savait dans la maison de poste qu'il s'appelait Burkheim; c'était tout : il était parti sans que
personne pût dire où il était allé. Les animosités,
suite des malheurs de tout genre qui avaient désolé
le pays, la licence inséparable de ces temps de trouble
et de désordre, avaient multiplié les violences, et
l'on paraissait déterminé à les punir sévèrement. La
situation du prévenu était d'autant plus fâcheuse,
que la femme qu'il avait involontairement blessée se
trouvait, par suite de cet accident, dans un état fort
alarmant.

M. Delorme venait d'arriver avec sa femme au
château de l'un de ses amis, que le malheur de Jacques avait d'autant plus préoccupé, que cet ami
était le frère de lait de son fils. Informé de l'affaire,
M. Delorme avait été frappé du nom de Burkheim;
et quoiqu'il ne sût pas que Victor fût venu dans le
pays, d'après la description qu'on lui avait faite du
voyageur, et les renseignements qu'il avait été prendre lui-même à la maison de poste, il ne pouvait
douter que ce ne fût lui. Il le suppliait donc de venir

au secours du malheureux Jacques; et quelque inconvénient que pût avoir pour lui ce voyage, s'il
était déjà hors de France, il sollicitait son retour
comme une bonne action digne de lui.

Il n'y avait plus à hésiter. C'était dans cette même
ville, d'où six ans auparavant il s'était échappé à la
faveur de la nuit, qu'il allait reparaître en plein
jour; c'était devant ce même tribunal, qui avait dû
le juger comme coupable, qu'il allait se présenter
comme témoin; et ses efforts réitérés pour se soustraire à l'attention de ses concitoyens n'allaient
aboutir qu'à rendre son déshonneur plus manifeste;
ses vertus ignorées ne le relèveraient même pas de
la honte qui l'attendait. Mais un devoir impérieux
avait parlé, et peut-être Victor éprouva-t-il quelque
joie de la nécessité qui le forçait à marcher d'un pas
ferme au-devant de sa destinée, et à secouer enfin
cette crainte qu'il ne supportait plus qu'avec impatience et dégoût.

Il n'avait pas de temps à perdre, il partit. D'après
les espérances que Delorme avait données à l'avocat
de Jacques de faire arriver le témoin qui leur était si
nécessaire, on avait obtenu la remise de l'affaire;
mais si, au jour désigné pour la reprendre, on ne
pouvait donner aux juges quelques preuves de la
réalité de ces espérances, il était à craindre qu'on ne
les prît pour un subterfuge et un moyen de gagner
du temps. Ceux qui s'intéressaient à Jacques tremblaient que Victor ne fût déjà parti pour Nuremberg,
et qu'on ne pût le rejoindre à temps; ils doutaient
d'ailleurs qu'il consentît à négliger ses affaires pour

un fait qui ne lui était nullement personnel. M. Delorme les rassurait sur ce dernier point; et ce qu'il
leur disait de Victor, l'éloge qu'il faisait de ses vertus, excitaient leur désir de le voir arriver.

Cependant le jour approchait, et Victor n'avait
tout juste que le temps nécessaire pour faire la
route. Retardé encore par quelques légers accidents
de voyage, il n'arriva que le jour même où devait
commencer l'affaire. Il se fit conduire en hâte au tribunal : l'audience était ouverte. L'intérêt de cette
affaire avait attiré une affluence considérable. Victor
fait passer son nom à l'avocat de Jacques; celui-ci
ne peut contenir un élan de joie; il avertit les juges,
qui donnent ordre qu'on le fasse entrer. Tous les
yeux se portent sur Victor.

Malgré le changement de ses traits dû aux chagrins auxquels il est depuis quelque temps en proie,
Victor ne s'était point flatté d'échapper au souvenir
de ses concitoyens; aussi n'est-il pas étonné de voir
se manifester bientôt, dans quelques parties de l'assemblée, une sorte d'agitation : il est l'objet des
chuchotements de la foule. Au moment de son apparition dans la salle, le maître de poste et un
grand nombre d'autres témoins l'ont reconnu pour
le voyageur qu'accompagnait Jacques lors de l'accident. Tous le désignent sous le nom de Burkheim,
et ce nom, chaque fois qu'il est prononcé, excite dans
l'assemblée un murmure qui va en augmentant. Les
juges eux-mêmes semblent fixer leurs regards avec
défiance sur le témoin amené devant eux. Enfin, Victor appelé à témoigner prononce sans hésiter le ser-

ment de dire *la vérité, toute la vérité, rien que la vérité*. On lui demande son nom; il répond : « Victor Duchamp. »

A cette réponse, il s'élève dans l'assemblée un mouvement général, causé par l'étonnement des uns, la satisfaction des autres de voir leurs doutes éclaircis ou leur opinion confirmée. Lorsque le silence est rétabli, Victor est de nouveau interrogé sur la raison qui l'engage à prendre tantôt un nom, tantôt un autre.

« Je ne manquerais pas ici de témoignages, » dit-il, en tournant les yeux vers l'assemblée, « pour prouver que *Victor Duchamp* est mon véritable nom. » Il est interrompu par une sorte de murmure affirmatif. « La raison qui me l'a fait quitter et qui m'a obligé de fuir mon pays est aussi malheureusement beaucoup trop connue de la plupart de ceux qui se trouvent ici : je ne crois pas utile d'expliquer celle qui m'y ramène. Peut-être y a-t-il pour moi quelque danger à me présenter devant ce tribunal. Je sais que j'ai été accusé; je ne sais si je suis absous. Mais que je sois ou non considéré comme coupable dans une autre affaire, mon témoignage demeure intact dans celle-ci. Je sens que la valeur de ce témoignage peut être diminuée par la défaveur attachée à mon nom; cependant, on pensera, j'espère, que, libre et désintéressé dans l'affaire qui vous occupe, je n'ai pu être amené ici que par le désir de rendre hommage à la vérité, et qu'après m'être dérobé six ans à la honte et peut-être au danger de l'accusation que j'ai subie, je ne viens pas m'y ex-

poser volontairement pour le plaisir de soutenir un
mensonge. Je déclare donc, comme témoin oculaire,
que le hasard seul a causé l'événement qui fait le
sujet de ce procès, et que Jacques Morel est parfaitement innocent du crime dont on l'accuse. »

Victor s'arrête un moment. L'expression ferme et
cependant modeste qu'il donne à ses paroles a produit dans l'assemblée une impression favorable.
M. Delorme, présent à l'audience, peut à peine revenir de son étonnement; il se lève et demande à
être entendu comme témoin. « Je viens témoigner, »
dit-il, « pour Victor Duchamp. » Après quelque délibération, on consent à l'écouter. Alors il exprime
sa surprise et sa douleur d'avoir involontairement
et par deux fois compromis l'homme qu'il estime le
plus, et à l'amitié duquel il a dû secours et protection
dans la situation malheureuse où il s'est trouvé en
Allemagne. Victor Duchamp, dit-il, est connu à Nuremberg sous le nom de Burkheim ; il y est regardé
comme un des hommes les plus vertueux de la ville,
en même temps que l'un des négociants les plus habiles.

Après avoir cité sommairement ce qu'il sait de sa
conduite, de son caractère, M. Delorme ajoute : « Je
dois dire, de plus, qu'avant même de connaître
M. Victor Duchamp sous le nom de Burkheim, j'a-
vais appris à le regarder comme un homme d'honneur faisant tout ce qui était en son pouvoir pour
réparer l'erreur d'un moment. » Puis venant à l'offre
qui lui a été faite, de la part de Victor, d'être remboursé du prix de la bague : « Pour acquitter, » dit-

il, « cette dette qu'il regardait comme sacrée, combien de sacrifices n'a-t-il pas dû s'imposer ! »

Le discours de M. Delorme, prononcé avec la chaleur de l'amitié et le ton de la vérité, avait ému tout l'auditoire. Un marchand de la ville se leva à son tour, et dit : « Je déclare que j'ai reçu le payement de tout ce que me devait M. Victor avant son départ, avec les intérêts à un taux plus élevé que je ne l'aurais demandé. La personne chargée de me payer allégua pour raison que l'argent d'un marchand, comme cela est vrai, devait porter un intérêt plus fort. J'avais toujours cru que c'étaient les parents de M. Victor qui me faisaient payer ; je suis maintenant convaincu que c'était lui-même. »

Un autre marchand se lève et fait la même déclaration. Un murmure favorable accueille ces différents témoignages.

Victor demande à ajouter quelques mots : « Puisque j'ai eu le malheur d'avoir mon nom mêlé à une affaire qui m'était totalement étrangère, qu'il me soit permis d'ajouter encore quelques explications, après quoi j'attendrai ce que le tribunal voudra ordonner de moi. »

Au mouvement qui se fait alors, il ne lui est pas difficile de deviner quel serait le jugement si l'assemblée était chargée de le prononcer. Il poursuivit : « Celui qui s'est rendu coupable d'un tort grave n'a pas le droit de chercher à écarter l'éloge ; il doit le recevoir avec reconnaissance, comme un témoignage dont il a besoin. C'est donc en souvenir de ma faute que j'ai dû me soumettre à entendre tout ce qu'on a bien voulu dire ici à mon sujet, et que je dois prier le tribunal de vouloir bien le prendre en considération, lorsqu'il prononcera sur ce qui me concerne. Maintenant, si ces témoignages, si mon repentir et plusieurs années d'une conduite que j'ai tâché de rendre irréprochable ont inspiré quelque intérêt, j'en demande la preuve la plus sensible, je la demande à tous ceux qui sont ici, » dit-il avec énergie, en se tournant vers l'assemblée : « rendez-moi mes parents, rendez-les-moi, s'il en est temps encore ; apprenez-moi du moins s'ils existent ; délivrez-moi de l'horrible tourment qui me dévore. Vainement je les ai cherchés, vainement, depuis un mois, j'erre dans ce pays ; je n'ai trouvé que la chaumière où je les avais forcés de cacher leur douleur. Ils avaient fui seuls, malades, sans appui, et ne sont pas revenus. Désespéré, j'ai parcouru tous les lieux où la guerre avait fait le plus de malheureux ; partout j'ai appris ce qu'ils avaient souffert, nulle part je n'ai pu savoir s'ils étaient encore vivants. Par pitié, si quelqu'un connaît ici leur sort, quel qu'il soit, dussé-je m'entendre dire : Vos parents n'existent plus, et vous êtes la cause de leur mort ! que je ne meure pas sans savoir tout le mal que j'ai fait. »

A ces paroles prononcées avec l'accent de la plus violente douleur, un frémissement de pitié agite toute l'assemblée ; une voix étouffée fait entendre ces mots : « Mon fils ! mon fils ! » Tous les regards se tournent vers le côté d'où vient de partir ce cri ; Victor s'y précipite, la foule s'ouvre pour lui laisser passage ; un vieillard, appuyé contre la muraille est près de se trouver mal; Victor est aux pieds de son père. « Mon père, mon père, au nom de Dieu! et ma mère? — Elle vit, elle est en cette ville. »

Alors Victor ne voit plus rien, n'entend plus rien: il baigne les mains de son père d'un torrent de larmes; sa voix ne peut suffire à l'expression de son inconcevable bonheur. Son père aussi pleure sur son front en répétant : « Mon fils! mon cher fils! » On ne peut dire ce qui se passa alors. Ce sont des moments dont le souvenir reste toujours, mais dont la peinture est impossible.

Cet incident avait interrompu l'audience : l'heure était avancée, les juges décidèrent qu'elle serait remise au lendemain; et M. Delorme se porta caution pour Victor, en attendant qu'on eût examiné l'état de son affaire. Il sortit, soutenant son père, et accompagné d'une foule nombreuse, maintenant aussi prévenue en sa faveur qu'elle l'avait été contre lui. Le maître de poste racontait à ses voisins que, bien loin que Victor Duchamp fût un ennemi des gens du pays, tout le temps qu'il l'avait eu chez lui, sous le nom de M. Burkheim, il l'avait vu plus de vingt fois frémir de douleur en écoutant le récit de ce qu'ils avaient souffert; il en avait reçu des secours pour les malheureux, et Victor avait même prévenu ses demandes. Ces discours se répétaient, et ajoutaient à l'impression produite par la scène qui venait de se passer; en sorte que ce peuple qui, trois heures auparavant, eût peut-être poursuivi et menacé Victor, lui formait en ce moment une espèce de triomphe

Lorsqu'on fut arrivé à quelque distance de la mai-

son habitée par M. Duchamp, Victor pria ceux qui
l'accompagnaient d'épargner à sa mère une trop forte
secousse. On respecta son désir, et on le laissa continuer sa route seul avec son père. En chemin, M. Duchamp lui apprit qu'après avoir quitté la ville, ils
avaient éprouvé des malheurs qui les avaient presque
réduits à la misère. Au moment de l'invasion ils se
trouvaient dans la plus grande détresse; un ami, la
seule personne de la ville qu'ils eussent mise dans
leur confidence, les pressa de venir se réfugier chez
lui; ils s'y étaient d'abord refusés; mais enfin, lorsqu'ils eurent été obligés de fuir, se trouvant sans
ressources, ils se déterminèrent à profiter de l'asile
qui leur était offert. Ils arrivèrent comme ils purent,
à travers mille fatigues et mille dangers. Depuis, ils
avaient toujours été malades, surtout madame Duchamp, privée entièrement de l'usage de ses jambes:
ainsi, n'étant pas sortis depuis leur arrivée, comme
ils habitaient d'ailleurs une maison assez écartée, ils
avaient lieu de penser que jusqu'à ce moment on
n'avait pas été instruit de leur retour dans la ville.
Cependant, depuis plusieurs jours ils avaient su par
leur ami que le bruit s'était répandu dans le pays
qu'on y avait revu Victor : madame Duchamp en
avait ressenti une telle agitation, que depuis ce
temps elle n'avait pu goûter de sommeil. Elle passait tout son temps assise près de la fenêtre, dans
l'espérance de revoir son fils. Enfin, ce matin même,
l'ayant reconnu de loin dans la rue, elle avait appelé
son mari, qui, le reconnaissant aussi, s'était empressé, quoique souffrant encore d'un accès de

Victor se précipite dans la chambre, la soutient dans ses bras.

T. 2. page

goutte, de le suivre; mais comme Victor allait vite, il n'avait pu le rejoindre; il ne l'avait cependant pas perdu de vue : et très inquiet de ce qu'il pouvait avoir à faire au tribunal, il y était entré après lui. M. Duchamp dit à Victor, que, déterminé à se faire reconnaître, il avait attendu la fin de l'audience pour s'approcher de lui; mais qu'il avait été incapable de résister davantage à l'expression de la douleur de son fils; qu'il s'était jeté dans ses bras sans savoir ce qu'il faisait.

Victor et son père eurent la précaution de prendre une petite porte de derrière, pour que madame Duchamp ne les vît pas arriver. Le père entra seul : Victor attendait à la porte.

« Où est mon fils? que fait mon fils? » s'écria-t-elle aussitôt qu'elle vit son mari. — Il est près d'ici, » répondit M. Duchamp d'un air joyeux, qui suffisait pour rassurer sa femme, mais qui augmenta son impatience. « Où est-il? pourquoi ne l'amenez-vous pas? — Il va venir. — Pourquoi n'est-il pas avec vous? Il est venu, j'en suis sûre, il est là. » En disant ces mots avec une extrême vivacité, elle se lève et fait quelques pas vers la porte. Son mari qui ne l'avait pas vue marcher depuis six semaines pousse un cri de frayeur : Victor se précipite dans la chambre, soutient sa mère dans ses bras; muette, tremblante, immobile, mais rayonnante de joie, elle demeure les yeux attachés sur son fils, comme pour se repaître de la vue de son enfant. « Mon fils! » dit-elle enfin, « tu m'as rendu mes forces! » En effet, Victor s'étonne de ne pas la trouver changée; tant le

bonheur a ranimé cette figure, un instant auparavant décomposée par la souffrance.

A ces premiers moments d'émotion succédèrent
des moments d'une inexprimable félicité : Victor
leur raconta sa vie, ses peines; ils ne voulurent plus
qu'il leur parlât de son repentir. Il leur dit quelle
existence honorable il avait su se procurer, et les
moyens qu'elle lui donnait de rendre l'aisance à leur
vieillesse. Les amis de M. Duchamp, ceux de Victor
vinrent le voir : il les reçut avec une cordialité franche; mais la gravité de ses manières et de son maintien ne leur permit pas de se rappeler sa jeunesse.

Le lendemain, Jacques fut acquitté. On examina
ensuite l'affaire de Victor; mais le désistement de
M. Delorme et le défaut de preuves empêchèrent
qu'elle n'eût aucune suite. Victor raconta simplement les faits tels qu'ils s'étaient passés, et détruisit
l'effet des calomnies dont Collet l'avait chargé pour
se justifier; il put jouir du bonheur d'avoir regagné
l'estime, après avoir risqué de la perdre.

Les affaires de Victor le rappelaient en Allemagne;
l'âge de ses parents ne lui permettait guère de les y
conduire avec lui; il trouvait d'ailleurs un obstacle
dans l'aversion que les Allemands conservaient contre les Français, ce qui lui faisait désirer de cacher
encore quel était son pays. Il conserva donc son nom
de Burkheim, et partit après avoir établi ses parents
d'une manière commode au milieu de leurs amis et
de leurs anciennes habitudes, leur promettant de
revenir les voir tous les ans.

Victor ne manqua pas de s'arrêter chez M. Leblanc

pour le faire jouir des nouveaux bienfaits que la Providence venait d'accorder à son fils adoptif, et pour en jouir lui-même quelques instants dans la société de celui à qui il les devait, et dans l'asile où il avait commencé à les mériter. Pour la première fois, depuis six ans, Victor goûtait enfin le repos; mais il éprouva un léger serrement de cœur quand le mot de bonheur fut prononcé par M. Leblanc; car il songea qu'il retrouverait Hélène mariée, qu'il n'aurait jamais le droit de justifier sa conduite envers elle, et de consoler cette âme si douce, qu'il avait contristée par son apparente injustice.

Victor eut le chagrin d'apprendre, par une lettre de M. Flemming, que l'on avait des craintes sur la solidité de la maison Milnung. M. Tenmahl venait de mourir assez subitement; depuis la retraite de Victor, il avait profité de l'indolence de M. Milnung et de la facilité de Frédéric pour s'emparer des affaires; il paraissait clair qu'il avait abusé du crédit de son associé pour réparer le désordre de sa fortune, et il était fort incertain que celui-ci se trouvât en état de faire face aux nombreux engagements que l'on découvrait tous les jours. En effet, en arrivant à Nuremberg, il apprit que la veille M. Milnung avait cessé ses payements. Cependant le mal n'était pas assez grand pour être irréparable; quelques secours auraient bientôt tiré M. Milnung de cet embarras momentané. Mais l'espèce d'apathie dans laquelle il était tombé, le peu de confiance qu'on avait dans la capacité de son fils pour les affaires, ne permettaient à aucun négociant de hasarder des

fonds entre leurs mains. On fit entendre à Victor
que, s'il était resté à la tête de leurs affaires, on
aurait été plus disposé à l'aider. Il promit de s'en
charger de nouveau, sut réveiller l'intérêt en faveur
d'une famille malheureuse et estimée; enfin, il obtint l'assurance qu'on viendrait au secours de M. Milnung, et courut lui annoncer cette nouvelle. Il
trouva la famille rassemblée et plongée dans une
profonde tristesse. Rébecca rougit en le revoyant;
Frédéric poussa un cri de joie, et l'embrassa avec sa
vivacité ordinaire. M. Milnung lui tendit la main
d'un air d'amitié mêlée d'un peu d'embarras. Hélène
troublée s'était levée en le voyant entrer; elle se
rassit aussitôt, les yeux baissés sur son ouvrage.
Victor, en la voyant, sentit se réveiller toute son inquiétude qu'il n'avait oubliée que pour songer au
malheur de ses amis. Il promena ses regards dans la
chambre, et ne vit point le cousin : Hélène portait
encore ses vêtements de jeune fille. « Je ne vois pas
votre beau-frère, » dit-il à Frédéric à demi-voix
et en hésitant. — Mon beau-frère, » reprit Frédéric
avec étonnement, «il n'est plus question de tout
cela. Vous ne le saviez pas? »

Victor lui serra presque involontairement la main.
Frédéric le regarda encore plus étonné, et sourit. De
ce moment, Victor sentit qu'il pouvait se retrouver
enfin véritablement heureux, et commença par rendre le bonheur à toute cette famille en leur faisant
part des offres dont il était chargé. Sans leur dire
précisément la condition qu'on y avait mise et qui
les aurait blessés, il sut leur faire agréer son inter-

vention dans leurs affaires, ce que l'amitié et la confiance de M. Milnung, le caractère bon et simple de Frédéric, rendirent extrêmement aisé. La seule Rébecca ressentit quelque chagrin. Ce n'était pas à lui qu'elle aurait voulu devoir la réparation des torts de son père ; mais elle n'osait faire d'objection. Hélène ne dit mot non plus, se contentant de jouir de la vue de Victor, plus digne de son estime et de la reconnaissance de sa famille : depuis longtemps elle s'était accoutumée à n'en pas demander davantage.

L'arrangement fut bientôt conclu. M. Milnung reprit ses payements, et, grâces aux soins et à l'activité de Victor, à la docilité avec laquelle Frédéric se laissa diriger par lui, leurs affaires reprirent un cours favorable. Victor les voyait tous les jours, et tous les jours goûtait davantage la douceur des premiers moments qu'il avait passés avec eux. Rébecca elle-même commençait à lui sourire, et les couleurs de la santé reparaissaient sur le visage d'Hélène.

Victor apprit par Frédéric que le mariage était entièrement rompu. Le jeune Gabriel avait contracté à l'armée des goûts et des habitudes qui ne paraissaient nullement propres à assurer le bonheur d'une femme ; il avait d'ailleurs montré si peu d'empressement à profiter des dispositions de son oncle en sa faveur, que celui-ci, fort refroidi par sa conduite, avait facilement cédé aux représentations de son fils et de sa belle-fille, déjà assez mal disposés pour leur cousin ; ils craignaient, en outre, dans l'état où étaient alors les affaires, de voir entrer dans la famille un homme qui, loin de lui apporter aucun secours, n'aurait fait probablement qu'ajouter à ses embarras.

Victor, voulant alors rendre tout à fait légitimes les espérances qu'il commençait à concevoir, résolut d'apprendre à la famille Milnung qui il était, et les raisons qui l'avaient forcé jusqu'alors à déguiser son véritable nom. L'aveu était difficile : il y a des mots qu'un homme d'honneur a bien de la peine à laisser sortir de sa bouche. Enfin, un jour qu'ils étaient rassemblés, Victor, après avoir fait tomber la conversation sur ceux des événements de sa vie qu'ils connaissaient, parut réfléchir un instant, puis il leur dit : «Eh bien! il me reste encore une épreuve à subir, et ce n'est peut-être pas la moins dure.» Puis regardant fixement M. Milnung, il ajouta : «C'est celle de me faire connaître à vous.» M. Milnung sourit et regarda son fils.

«Me connaîtriez-vous?» demanda Victor avec une extrême vivacité. — Voyons seulement,» dit Frédéric en souriant à son tour. — Non,» reprit alors Victor d'un ton très sérieux, «vous ne me connaissez pas. Si vous saviez ce que j'ai à vous dire, vous m'en épargneriez l'aveu. — Mon cher Burkheim,» dit Frédéric en lui tendant la main, «un homme comme vous n'est-il donc pas au-dessus du souvenir d'un moment d'oubli? — Frédéric,» dit Victor en serrant sa main avec force, «je le sens actuellement plus que jamais, elle est irréparable la faute dont, en aucun moment de la vie, au milieu de ses plus chers amis, on ne peut parler sans un effort de courage. — Eh bien! mon cher Victor,» interrompit

M. Milnung, en lui frappant sur l'épaule, « ne parlons de rien. »

Victor, surpris de s'entendre appeler par son vrai nom, apprit que M. Milnung avait été mis au fait de tout par des lettres de M. Delorme : celui-ci n'avait pas cru commettre une indiscrétion. Pendant son séjour à Nuremberg, Rébecca, à qui son mari n'avait pu cacher ce qu'il savait du secret de Victor, imaginant sans doute que M. Delorme le connaissait, lui avait demandé plusieurs fois avec intention s'il ne trouvait pas que M. Burkheim avait tout à fait l'air d'un Français; pour elle, elle ne pouvait s'ôter de la tête que c'en était un. Un jour que son mari était absent, elle ajouta : « Nous en avons comme cela un grand nombre, qui se font chasser de leur pays pour quelque sottise, et s'imaginent que le nôtre est assez bon pour eux. » M. Delorme, attribuant ce propos à l'aversion de Rébecca pour Victor et pour les Français, n'y fit pas alors une grande attention; mais depuis, en se le rappelant, il ne douta point qu'on ne fût instruit dans la maison de tout ce qui concernait Victor; et quelques jours après que celui-ci eut retrouvé ses parents, M. Delorme, ayant à répondre à une lettre de M. Milnung, ne put se refuser au plaisir de lui apprendre la manière dont Victor était enfin délivré de l'espèce de proscription qui pesait sur lui, et il ajoutait : « Dites, je vous prie, à madame Rébecca que maintenant il sera bien reçu dans tous les pays qu'il voudra habiter. » M. Milnung, ne sachant ce que cela voulait dire, en demanda l'explication à sa belle-fille; celle-ci, un peu embarrassée de

11.

la donner, ne fut cependant pas fâchée de satisfaire
sa curiosité sur Victor. Comme M. Delorme avait
passé sous silence beaucoup de détails dont il les
croyait instruits, on lui écrivit pour en savoir davantage. Alors, voyant qu'il n'y avait pas moyen de réparer son imprudence, il prit le parti de ne leur rien
cacher, mais en ayant soin de rapporter tout ce qui
pouvait atténuer la faute de Victor, et d'ajouter plusieurs détails qu'il avait appris de M. Leblanc, détails qui établissaient le caractère de Victor de la
manière la plus honorable. Son repentir si constant
et si vrai, et dont Frédéric avait été le témoin, les
rapports sous lesquels il s'était fait connaître à eux,
effacèrent à leurs yeux les torts de sa jeunesse, et rien
n'altéra l'estime qu'ils avaient appris à lui porter. Il
en reçut ce jour même des témoignages non équivo-
ques. Rébecca, dont il commençait à gagner l'affection et qui avait un peu à s'excuser, lui dit en souriant : « Vous voyez bien, monsieur Burkheim, que,
si j'ai voulu vous connaître, c'était pour vous aimer
davantage. » Victor sourit aussi. Frédéric, assis près
de sa femme, l'embrassa avec tant de vivacité et de
tendresse, pour la remercier d'avoir été aimable envers son ami, qu'elle n'en fut que plus disposée à lui
donner souvent cette satisfaction.

« Maintenant que vous savez tout ce qu'il peut y
avoir à dire contre moi, » reprit Victor, « répondez,
mes amis, à une question dont la décision importe
à tout le reste de ma vie. Si je me présentais pour
entrer dans une famille où je fusse connu... comme
vous me connaissez maintenant, croyez-vous que je

dussé espérer d'être accepté? — Je réponds pour moi, » dit Frédéric en riant : « Si vous voulez ma fille, je vous la donne.—Et moi, » reprit M. Milnung du même ton, « je consens comme père et grand-père. »

Victor n'avait plus rien à demander. Il se rapprocha d'Hélène ; elle était assise près de la fenêtre, et n'avait pris aucune part à la conversation. Ses yeux étaient baissés sur son ouvrage, mais ses mains tremblaient tellement, qu'elle ne pouvait travailler. Victor se tint assis près d'elle. « Vous connaissez mes torts, » lui dit-il ; « m'ont-ils ôté votre estime? » Hélène étonnée, interdite, se sentait hors d'état de lui répondre. Victor insista : « Mon Dieu! » dit-elle sans lever les yeux, « comment aurais-je pu cesser de vous estimer? — Mais, moi, » reprit Victor, « tant que j'ai cru n'être pas connu de vous, j'aurais craint de vous tromper en vous demandant cette estime, cette amitié qui me sont si nécessaires. Je ne l'ai point osé ; maintenant, Hélène, me permettez-vous de vous dire ce que, pendant cinq ans, je me suis contraint à vous cacher? »

Hélène ne pouvait croire que ce fût à elle que s'adressait ce discours ; accoutumée depuis si longtemps à se voir négligée par l'homme dont elle avait une si haute opinion, elle n'imaginait pas que ses sentiments eussent intéressé personne. Confuse, troublée, elle était en ce moment incapable de se rendre compte de ses propres idées, et bien plus encore de proférer une parole.

« Ma chère Hélène, » ajouta Victor, « un seul mot

qui me rassure; quand vos parents me témoignent de l'amitié, que je puisse seulement croire que vous partagez leurs sentiments. »

Hélène hésita, leva les yeux sur lui, les tourna du côté de ses parents, les baissa de nouveau. « Hélène, » reprit Victor d'un ton plus pressant, « de vous et d'eux dépend le bonheur de ma vie. »

Alors elle se leva lentement, et jetant de nouveau sur Victor un regard timide et doux, elle alla s'asseoir entre son père et son frère. Frédéric et Rébecca se regardèrent en souriant; Victor se rapprocha d'eux; une joie douce et profonde remplissait son âme et animait sa physionomie : Hélène s'en aperçut, et ne put conserver aucun doute sur la vérité de ce qu'il lui avait dit. Dans sa conversation, Victor saisit la première occasion de lui adresser la parole; Hélène se hâta de lui répondre; et cette fois elle le regarda plus longtemps, rougit un peu, mais sourit en lui répondant. De ce moment, sans qu'ils se dissent rien de plus, la confiance se trouva rétablie entre eux. Hélène reprit cette habitude qui lui était si naturelle, de consulter ou de deviner le goût et l'opinion de Victor; Victor, de son côté, ne manqua pas de prendre Hélène pour l'objet de toutes ses attentions.

M. Milnung, qui n'avait pas deviné le secret de leur froideur, s'aperçoit avec joie de leur bonne intelligence; Frédéric lui a confié les sentiments de Victor, et M. Milnung est heureux de penser que celui auquel il doit la raison de son fils, le rétablissement de sa fortune, fera encore le bonheur de sa

fille. Victor s'occupe de lier une société entre M. Flemming et M. Milnung, et l'on ne doute pas qu'après
cet arrangement, qui le mettra en communauté d'intérêts avec ses amis, il ne devienne bientôt le mari
de l'aimable et bonne Hélène.

XXVII

CHANGEMENT DE DOMICILE

—

Comme Raoul finissait sa lecture, Lapierre entra dans la chambre, et se mit à ranger et à épousseter d'un air empressé, se disant : « Il faut que je range bien vite la chambre de madame. — Il ne se passera pas à présent une heure avant qu'elle arrive. — Elle voudra peut-être se coucher en arrivant. — Le plaisir de revoir monsieur lui vaudra mieux, je crois, que le lit. » Raoul, instruit ainsi par l'obligeant Lapierre de ce qu'il désirait savoir, et voyant qu'il ne cherchait qu'à entrer en conversation, se préparait à lui demander par quel hasard Victor était demeuré à Épinal pour attendre l'arrivée de sa femme, au lieu de se rendre en Allemagne, comme il lui avait paru en avoir d'abord le projet; mais Lapierre lui épargna encore cette question. « Sans la mort du père Milnung, » dit-il, s'adressant cette fois à Raoul, « c'est pourtant nous qui serions à cette heure à courir sur les grands chemins d'Allemagne, où l'on ne court pas vite; ma foi, madame a mieux fait de venir

chercher monsieur que de l'attendre. — C'est en effet
la mort du beau-père de Victor qui a dérangé ses
projets, » dit Raoul, qui ne voulait pas avoir l'air
d'ignorer ce que Lapierre avait envie de lui apprendre. — Puisqu'il avait à mourir, » dit celui-ci,
« le pauvre cher homme a aussi bien fait de s'y prendre à temps. On nous avait écrit sa maladie. Monsieur avait tout de suite quitté ses affaires; oh! il
n'avait pas barguigné! Quoique ça, ça dérangeait fu-
rieusement monsieur; et il faut être juste, il était
bien désagréable pour monsieur, qui cherche à s'é-
tablir en France, de courir comme ça en Allemagne à
propos de rien... Je dis rien, ce n'était pas que c'était
son beau-père et que c'était aussi un brave homme;
mais il est mort à présent, c'est comme rien. On nous
a donc écrit ça, et que madame était si tellement dé-
solée, qu'il n'y avait rien à faire avec elle que de la
mettre en voyage pour venir trouver monsieur, et
qu'on l'embarquait dans une voiture par l'occasion
d'une de ses amies, aussi une Allemande de là-bas,
qui a épousé un monsieur d'ici. »

Raoul sortit en réfléchissant à l'indifférence avec
laquelle Pierre parlait de la mort de M. Milnung, le
beau-père de son maître, et de la désolation que cette
perte causait à sa maîtresse. « Cela l'arrange, » se
disait-il, « de n'avoir plus à courir la poste en Allemagne; il n'y voit pas autre chose. » Et Raoul pensa
que lui-même avait tiré un grand avantage de la
mort de M. Milnung, puisque, sans cet événement,
Victor serait parti pour l'Allemagne, et lui-même
mis en prison avec les contrebandiers. N'était-ce pas

aussi la mort de Roussel qui avait été cause de la
rencontre d'Abel et de Marie au cimetière? Combien
de malheurs ne faut-il pas quelquefois pour contribuer à l'arrangement des choses que l'on désire !
Cette pensée le mit mal à l'aise, et il ne put délivrer
son cœur du poids qui l'oppressait, qu'en s'écriant
avec une sorte d'anxiété : « Mon Dieu, conservez la
vie de mon père ! »

Une voiture de poste entrait dans la cour. Lapierre
se mit à courir en disant : « Voilà madame ! » Raoul,
enchanté d'être distrait de ses tristes réflexions, courut sur les pas de Lapierre, entraîné par le désir de
voir plus tôt cette Hélène à laquelle il venait de s'intéresser. Mais son attente fut trompée, et Lapierre,
qu'un coup d'œil avait déjà instruit, lui dit : « Ce
ne sont pas eux; c'est l'aveugle, M. de Revolles. Il
est aveugle de naissance; il n'y voit pas du tout,
quoiqu'il ait les yeux clairs comme vous et moi. Je
le connais bien, nous étions chez eux il n'y a pas
huit jours, à une terre qu'ils viennent d'acheter par
là, du côté de Dijon. Ils retournent sûrement à la
campagne qu'ils ont à deux petites lieues d'ici, et ils
s'arrêtent pour parler au maître de poste qui fait
leurs affaires à la ville. »

Pendant ce colloque de Lapierre, Raoul s'occupait
à regarder les personnes qui descendaient de cette
voiture. C'étaient une jeune femme, deux enfants
avec une bonne, et un jeune homme d'une belle
figure; bien qu'aveugle, il paraissait adroit à se conduire lui-même. Cependant tous ses mouvements
annonçaient sa cécité. On pouvait la deviner surtout

aux sollicitudes de sa jeune femme, qui, toujours les yeux sur lui, sans le fatiguer de soins, sans l'avertir par un secours importun de l'infirmité qu'il aimait à oublier, savait écarter de lui les dangers et les obstacles, et lui rendre faciles les mouvements qu'il se plaisait à exécuter seul. Par une faiblesse bien naturelle à un homme affligé d'une si cruelle infortune, il cherchait à paraître et à se croire lui-même fort peu assujetti aux inconvénients de son infirmité. La canne légère qu'il agitait avec grâce ressemblait beaucoup plus à une badine qu'à un bâton d'aveugle; elle suffisait pour l'avertir de la rencontre des corps qui ne pouvaient être déplacés. Par les soins de madame de Revolles, les autres obstacles étaient toujours évités à temps. Elle devinait la direction qu'allait prendre son mari, presque avant qu'il l'eût déterminée lui-même, et la cécité de M. de Revolles paraissait avoir doublé chez sa femme la promptitude et la finesse de la vue, comme elle avait augmenté chez lui la délicatesse des autres sens.

Ils étaient descendus de la voiture, pour la faire raccommoder, avant de la ramener à leur maison de campagne, où ils se rendaient en effet, comme l'avait supposé Lapierre. Madame de Revolles voulut profiter de cet intervalle pour mener chez son médecin le plus jeune de ses enfants qui était un peu incommodé et que la bonne portait sur les bras. L'aîné, petit garçon d'environ quatre ans, refusa de la suivre, disant qu'il était fatigué, et qu'il aimait mieux demeurer avec son père dans le jardin de l'auberge,

séparé de la cour par une petite barrière. Le domestique était allé chercher l'ouvrier charron pour faire
remettre la voiture en état. On voyait que madame
de Revolles n'était pas sans inquiétude en laissant à
la garde de son mari son jeune enfant; en vain elle
l'engagea à la suivre, le petit garçon insista pour
rester; et M. de Revolles ayant dit qu'il n'y avait rien
à craindre, ce mot ferma la bouche à madame de Revolles, qui ne voulait pas affliger le cœur de son
mari en lui rappelant qu'il ne pouvait exercer aucune surveillance. Elle se contenta d'asseoir l'enfant
sur un banc du jardin, lui recommandant bien de
rester à côté de son père; elle ferma avec soin la
barrière, et pria tous les gens de l'auberge, l'un après
l'autre, de prendre garde à son fils.

Il y avait à peine deux minutes que madame de
Revolles était sortie de l'auberge, lorsqu'un des chevaux de la poste, s'échappant de l'écurie, restée ouverte pour y faire entrer ceux qui venaient d'arriver, se met à galoper dans la cour. Les gens de
l'auberge courent d'abord à la porte de la rue pour
la fermer, comptant qu'il leur sera plus facile de
rattraper le cheval dans la cour; mais pendant ce
temps l'animal saute par-dessus la barrière du jardin qui était fort basse, et s'approche du banc où
M. de Revolles était assis avec son fils. L'enfant s'ef-
fraye, et avant que son père ait eu le temps de le retenir ou même d'être averti du danger, il quitte le
banc et se met à courir de toutes ses forces. Il ne crie
point, il a trop peur; son père, qui s'est aperçu de
son départ, entend le galop du cheval; il se lève

éperdu, courant du côté où le bruit lui apprend qu'est le danger. Un buisson de ronces l'arrête et le fait tomber; il ne peut se débarrasser des épines qui se multiplient autour de lui, mais il appelle à grands cris son fils, et sa voix augmente le désordre. On était entré dans le jardin pour y reprendre le cheval; l'enfant profite de l'ouverture de la barrière pour se sauver dans la cour. Le cheval, éludant les gens qui le poursuivent, a suivi le même chemin. L'enfant se réfugie dans l'angle d'un puits adossé contre un mur. Le cheval, après différents détours, est arrivé à l'autre angle; Raoul, qui le suit de près, va l'atteindre; mais l'animal lui échappe et tourne autour du puits, se dirigeant du côté où est l'enfant. Le pauvre petit grimpe sur une pierre; puis, ne se croyant pas assez en sûreté, cherche à monter sur le rebord du puits; un mouvement de plus, et il va se jeter dedans. Pendant ce temps le malheureux père, retenu par la barrière, étend les bras vers son fils près de périr sous ses yeux qui ne le voient pas. Mais Raoul l'a vu, il a compris l'imminence du danger; il monte sur le bord du puits, et saisissant d'une main la double corde qui soutient les seaux, il s'élance sur le bord opposé. Il chancelle un moment, des cris se font entendre dans la cour; on craint pour Raoul, on le croit perdu, mais il se retient : l'enfant, que son mouvement a renversé sur la pierre sans lui faire beaucoup de mal, est sauvé, et le cheval étonné s'est détourné et s'est laissé prendre.

Cependant les cris de l'enfant au moment de sa

chute, ceux des gens de la maison en voyant le danger que courait Raoul, ont porté l'horreur dans le cœur de l'aveugle. « Mon enfant, mon pauvre enfant! » peut-il à peine s'écrier d'une voix éteinte; il se sent défaillir, mais son fils est dans ses bras, rapporté par Raoul, qui les presse l'un et l'autre en répétant : « Le voilà, il n'a aucun mal. » L'enfant a cessé de crier. « Parle donc, mon fils! Louis, parle donc! » lui répète son père, encore saisi d'un mortel effroi. L'enfant lui répond et commence à le caresser; alors le pauvre père a peine à ne pas succomber à l'excès de sa joie. Il interroge, écoute son fils, n'écoute que lui; il entend à peine toutes ces voix qui lui racontent à la fois et le service de Raoul et le danger auquel il s'est exposé. L'excès même du malheur qu'on lui a épargné l'empêche de le comprendre. Enfin il demande à son fils : « Pourquoi montais-tu sur le bord de ce puits? — Mais pour sauter de l'autre côté comme a fait ce monsieur quand le cheval courait après moi. »

Alors M. de Revolles conçoit tout ce qui est arrivé, et le premier saisissement de la terreur une fois passé, il est tout entier à la reconnaissance qu'il doit au sauveur de son fils. En ce moment le domestique de M. de Revolles s'approche de son maître, lui pousse le bras en disant à demi-voix : « Eh! monsieur, c'est M. Raoul. » Celui-ci, occupé à caresser l'enfant pour se faire pardonner de l'avoir jeté à terre, se retourne, et reconnaît Denis, un jeune paysan de Foligny, entré récemment au service de M. de Revolles, qui venait en effet d'acheter une terre dans le pays. Tout

disparaît pour Raoul devant la frayeur qui le saisit
en ce moment ; remettant doucement l'enfant entre
les bras de son père, il s'éloigne du milieu du groupe
étonné ; personne n'avait entendu ou n'avait compris
l'exclamation de Denis, et on attribua la retraite de
Raoul à quelque douleur subite, causée par l'effort
qu'il se sera donné en sautant par-dessus le puits.
Raoul passe près de Lapierre, lui serre le bras en
lui disant tout bas : « Faites taire cet homme, je
vous en prie, jusqu'à ce que je lui aie parlé. — Soyez
tranquille, » répond Lapierre enchanté de l'importance qu'il vient d'acquérir, « j'en fais mon affaire. »
Raoul remonte dans sa chambre, l'esprit bouleversé
de mille émotions et de mille pensées ; il est décidé
à s'en aller sur-le-champ ; le péril où il se trouve
le dispense de ses promesses envers Victor.

Il avait à peine rassemblé quelques idées, qu'il vit
entrer dans sa chambre M. de Revolles, tenant son
fils à qui il ne permettait plus de quitter sa main, et
conduit par Denis, dont la vue fait de nouveau frissonner Raoul.

« Monsieur de Foligny, » lui dit M. de Revolles en
entrant, « ne craignez rien. Denis est discret. Quels
que soient vos motifs pour demeurer inconnu, soyez
certain que ni lui, ni moi, ni personne ne peut se
croire le droit de faire aucune démarche qui doive
vous affliger. » Puis, ayant demandé à Raoul la permission de causer un instant avec lui, il renvoya
Denis en lui recommandant de nouveau un absolu
silence, que celui-ci promit d'observer exactement.
M. de Revolles s'étant 'alors assis, son fils sur un

de ses genoux, il dit à Raoul : « Monsieur de Foligny, je ne vous parlerai pas de ce que je sens, de ce
que je vous dois, je ne le pourrais. » En disant ces
mots, sa voix s'altérait, ses yeux se remplissaient
de larmes, et baissant son visage sur la tête de son
fils, il présenta sa main à Raoul, qui la serra avec
émotion, et crut sentir dans cette étreinte une amitié
naissante. M. de Revolles continua : « Je viens seulement vous demander une grâce. Vous êtes mal ici;
vous y êtes peu en sûreté. Donnez-moi la joie de vous
offrir un asile chez moi; on ne viendra pas me questionner sur l'ami que je reçois; nous concerterons à
loisir les moyens de vous réconcilier avec M. votre
père. Peut-être serai-je assez heureux pour réussir.
J'ai eu le bonheur de lui rendre ces jours-ci un service en contribuant à faire placer un homme auquel
il s'intéressait vivement. J'avais recommandé une
autre personne pour la même place. Un mot de M. de
Foligny me fit connaître que son protégé avait plus
de droits et plus de mérite que le mien. J'abandonnai, comme je le devais, ma recommandation, et
j'appuyai fortement la sienne. Il a attaché à cette
condescendance et au sentiment de justice qui me
l'avait inspirée plus de prix que la chose ne vaut; et
à la manière dont il m'a témoigné qu'il m'en savait
gré, je pense, quoique notre connaissance date à
peine de quelques jours, que je ne serai pas sans
influence auprès de lui, surtout quand j'aurai à faire
valoir la généreuse action qui m'a donné le bonheur
de vous connaître. »

Raoul hésitait; il ne voulait ni paraître accepter

la médiation de M. de Revolles, ce qu'il ne trouvait pas loyal; ni la refuser, ce qu'il croyait dangereux; d'ailleurs, il était tenté d'essayer, au moins pour un pour ou deux, de la retraite qu'on lui offrait. Il sentait qu'il n'était déjà plus libre avec Victor, et se débattait inutilement contre ce malheur de sa situation, qui ne lui permettait plus d'espérer de liberté dans la société des personnes raisonnables. M. de Revolles renouvela ses instances, et Raoul ne s'était pas encore déterminé à répondre, lorsque madame de Revolles entra ou plutôt se précipita dans la chambre, tremblante, et les yeux pleins de larmes. « Pauvre ami ! » dit-elle en se jetant au cou de son mari, tandis que silencieusement elle serrait son fils avec passion contre son cœur.

« Ma Louise, » répondit M. de Revolles, « comment ai-je imaginé que je pusse un instant me passer de toi? » Puis il présenta Raoul à madame de Revolles, et lui dit qu'il désirait vivement jouir de sa société, au moins pendant quelques jours. L'émotion de Louise en remerciant Raoul valait plus que toutes les paroles; et ses instances pour l'engager à venir chez elle témoignèrent si naturellement du désir qu'elle avait de le faire consentir, que Raoul, eût-il eu des raisons pour refuser, ne s'en serait pas senti le courage. Victor rentra dans le moment. Lapierre, qui l'attendait au passage pour être le premier à l'instruire de ce qui venait d'arriver, l'avait mis, chemin faisant, au fait de tout. Il connaissait beaucoup M. et madame de Revolles; c'était chez eux qu'il se trouvait à la campagne lorsqu'il fit connaissance de Raoul. Il fut enchanté de voir son ami disposé à passer quelques jours dans cette famille, dont le bonheur se composait de tous les bons sentiments qui peuvent honorer la vie. « Adieu, mon cher Raoul, » lui dit-il, de manière à n'être entendu que de lui ; « je n'ai pas besoin de vous répéter, je suppose, que je compte sur votre promesse. — Soyez tranquille, » reprit Raoul, « elle tient, puisque je ne l'ai pas encore retirée. —.Adieu, » répéta Victor, souriant un peu de la sécheresse et même de l'espèce d'aigreur que Raoul avait mise dans sa réponse. Celui-ci le sentit et rougit. — Nous nous reverrons bientôt, » dit-il, comme pour expliquer sa froideur. — Je crois bien que nous ne sommes pas brouillés, » dit Victor en s'éloignant avec le même sourire, mais d'un ton qui n'avait rien que d'amical. Le bruit d'une voiture ayant en ce moment annoncé l'arrivée d'Hélène, son mari sortit pour aller au-devant d'elle. On jugea convenable de ne pas troubler ces premiers instants de leur réunion, et Raoul emporta la tristesse d'un nouveau tort, dont il espéra se distraire dans la société de ses nouveaux amis.

On arriva bientôt avec Raoul chez M. de Revolles. Tout était simple et vrai dans son intérieur, parce que tout était réglé par l'affection. M. de Revolles vivait avec sa mère, femme d'une rare bonté, et qui l'adorait. Plusieurs des domestiques de la maison avaient soigné son enfance ; il était encore pour eux M. Augustin, et sa femme mademoiselle Louise. Elle était sa parente, avait été élevée avec lui, et il partageait l'affection que l'on ressentait pour elle.

Madame de Revolles la mère et Louise sa belle-fille n'avaient qu'une pensée, le bonheur d'Augustin ; cette pensée était devenue l'âme de tout ce qui leur obéissait. Entouré de soins dirigés avec une rare intelligence, M. de Revolles souffrait aussi peu que possible des résultats de sa triste infirmité. Cependant il ne pouvait les éviter tous, et son caractère, naturellement vif, l'exposait quelquefois à des contrariétés qu'il ne supportait pas toujours avec calme ; cependant, après le premier mouvement, il était rare que la raison et la bonté ne reprissent pas aussitôt le dessus ; ou si l'impatience se prolongeait un peu, un doux mot de Louise le faisait rentrer en lui-même. « Vous savez bien, » disait-il alors, « que vous vous êtes chargée d'avoir pour moi de la raison comme des yeux. » Et une caresse de Louise accompagnait le sourire de tendresse qu'elle lui adressait avec confiance, bien sûre qu'il le devinait.

« Il faut bien de la philosophie, » lui dit une fois Raoul, « pour supporter, comme vous le faites, une pareille privation. — Point du tout, » répondit gaiement M. de Revolles ; « vous croyez, vous autres, qu'il est incommode d'être aveugle ; moi je ne m'en doute pas : je vis avec ma cécité comme on vit avec son caractère, sans m'en jamais prendre à elle des inconvénients qu'elle m'occasionne. Si un chien vient se jeter entre mes jambes, je jure contre le chien, et pas du tout contre mes yeux, qui n'ont pas su le voir et m'avertir de l'éviter. Si un domestique ne se rencontre pas là pour me trouver ma canne dans quelque coin où je l'aurai mise, je m'emporte contre le domestique, et dis qu'il est bien insupportable d'être si mal servi ; car vous jugez bien que je n'irai pas m'emporter contre moi, et prêcher qu'il est bien désagréable d'être fait de manière à ne pas pouvoir trouver sa canne soi-même. Voyez-vous, on s'arrange toujours pour être en paix avec son plus proche voisin ; c'est pourquoi on aime mieux bien vivre avec ses défauts qu'avec ceux des autres. »

Raoul, tout en souriant, sentit la vérité de cette observation, qui cependant n'avait pas été faite pour lui. Mais, l'instant d'après, M. de Revolles, qui venait d'embrasser son fils avec transport, en souvenir du danger qu'il avait couru, dit à Raoul : « On n'a jamais reçu de sa mère les preuves de tendresse que j'ai reçues de la mienne ; eh bien ! si je n'avais pas eu d'enfants, je n'aurais jamais su combien je dois l'aimer. Mais quand je pense que ma mère a senti pour moi ce que je sens pour cet enfant, alors mon cœur se fond de reconnaissance et d'amour ; je ne sais comment la payer. »

Il avait pris le bras de Raoul, et se promenait avec lui dans le salon : « Mon cher ami, » lui dit-il en s'arrêtant, « pardonnez-moi si je vous donne ce conseil ; pour croire que vous savez tout ce qu'on doit à son père, attendez que vous ayez eu des enfants. »

Ils étaient en ce moment assez éloignés du reste de la société pour que Raoul crût pouvoir dire à M. de Revolles avec un soupir : « Je n'ai jamais eu le bonheur d'inspirer une tendresse pareille. — Mon cher Raoul, je vous le répète, attendez que vous ayez eu des enfants, et vous me direz alors si vous croyez possible qu'un père honnête homme, sensible, comme M. votre père a la réputation de l'être, malgré la raideur de ses manières, n'ait pas senti plus d'une fois pour son fils des mouvements de tendresse auxquels on aura de la peine à trouver des équivalents. Dites-moi, M. de Foligny n'a-t-il que vous d'enfant?

— J'ai une sœur tendrement aimée de mon père, » répondit Raoul en rougissant; « il est vrai que son caractère est plus doux et plus aimable que le mien.

— Probablement que M. de Foligny n'établit aucune différence entre vous deux, ou, s'il en établit une, peut-être est-elle en votre faveur. »

En effet, les domestiques avaient souvent rappelé à Raoul, sous la forme du reproche, les transports de joie qu'avait éprouvés M. de Foligny à la naissance de son fils : on lui avait entendu dire plus d'une fois que, si son fils répondait à ses idées, il n'aurait à se défendre que de s'y attacher avec trop de passion; et Raoul lui-même conservait un souvenir confus des tendres caresses de son père dans sa première enfance.

« Mon cher Raoul, » continua M. de Revolles, « un père a ses défauts tout comme un autre homme. Si par hasard ces défauts sont de nature à lui rendre ceux de son fils plus sensibles et plus difficiles à supporter, il mettra moins de sang-froid à les juger, moins de patience à les reprendre; les deux caractères se choqueront sans cesse, et finiront par se croire incompatibles; tous les deux certainement auront manqué à leurs devoirs, et ceux de père, j'en

conviens, sont les plus sévères; car un père doit toujours être envers ses enfants exempt de torts, de
faiblesse ou d'erreur. Mais lorsque le fils voudra
s'autoriser, pour manquer aux siens, des fautes
qu'aura pu commettre son père dans son éducation,
il ne dira autre chose que ceci : « Mon père ne s'est
pas trouvé tellement supérieur aux faiblesses humaines, que sa vertu pût suffire à tous mes défauts;
en conséquence, je suis dispensé envers lui de tous
mes devoirs. » Pensez-vous, mon cher ami, que le
monde ou la conscience puisse trouver une pareille
raison suffisante? — Vous n'avez rien à m'apprendre
là-dessus, » dit Raoul; « je sais aujourd'hui beaucoup de choses que j'ignorais il y a un mois. Je
n'avais réfléchi sur rien; mais je n'étais pourtant pas
si difficile à conduire qu'on l'a pensé, et soyez sûr
qu'avec un peu de cette tendresse qui vous a si constamment entouré, on m'aurait épargné le parti désespéré que j'ai pris, et que je regrette aujourd'hui
d'autant plus sincèrement, qu'à mes yeux il est tout
à fait irremédiable. »

M. de Revolles sourit. « Nous parlerons de cela
une autre fois, » dit-il; « mais en attendant de-
mandez à ma mère si la tendresse des parents suffit
pour les garantir des sottises de leurs enfants. Priez-
la de vous raconter le tour que j'ai voulu lui jouer. »

« Augustin! veux-tu te taire? » lui dit presque en
riant sa mère, dont il s'était rapproché en disant ces
paroles. — « Non, ma mère, il faut que, pour leur
instruction, les pères et les mères soient avertis de
ce qu'on gagne à trop aimer ses enfants. — Ingrat! »

lui dit madame de Revolles; et une tendre caresse
d'Augustin répondit à ce doux reproche de sa mère.

« A propos, » dit un M. du Roulet qui était venu
d'Épinal dîner avec eux, « avez-vous reçu ici le signalement d'un jeune homme qui s'est, à ce qu'on dit,
sauvé de chez son père? — On aurait pu me l'en-
voyer, que cela aurait eu peu d'inconvénients pour
lui, » répondit M. de Revolles, qui cherchait à empêcher l'attention de se porter sur Raoul, dont il devinait le trouble et l'embarras.

« Au reste, » ajouta M. du Roulet, « le commissaire de police, que j'ai vu avant de venir ici, m'a
dit qu'il n'avait point paru dans la ville ni dans les
environs. — Je conçois qu'il ne soit pas tout à fait
aussi facile à trouver que je l'ai été. — Comment! »
dit Raoul étonné, « serait-il possible que vous eussiez
jamais songé à quitter madame votre mère? — De-
mandez mon aventure à M. du Roulet; il se fera un
plaisir de vous la raconter. »

Augustin prit alors, d'un air gai, le bras de sa
mère, pour la conduire dans le jardin : « Quant à
nous, ma mère, » lui dit-il, « allons-nous-en, pour
n'être pas là quand on racontera les folies de notre
jeunesse. »

Louise n'était pas en ce moment dans la chambre; Raoul pria vivement M. du Roulet de lui raconter l'histoire de M. de Revolles; M. du Roulet se
rendit à son désir, comme on le verra dans le chapitre
suivant.

XXVII

L'AVEUGLE

———

Augustin de Revolles est aveugle de naissance. Après avoir passé plusieurs années à consulter les médecins et les oculistes les plus habiles, il fallut renoncer à toute espérance de guérison. Madame de Revolles, sa mère, restée veuve de bonne heure avec cet unique enfant, avait concentré sur lui toutes ses affections; et l'état où elle le voyait servant de motif et de prétexte à toutes les faiblesses maternelles, il ne lui paraissait pas permis, comme elle le disait elle-même, d'ajouter une seule contrariété au malheur de ce pauvre enfant. En sorte qu'avec de l'esprit et d'heureuses dispositions, Augustin, gâté à l'excès, devint le petit être le plus intolérable qu'il soit possible d'imaginer. Comme son infirmité ne lui permettait de rien faire par lui-même, il fallait toujours que tout le monde fût à ses ordres, d'autant plus que madame de Revolles, craignant pour lui une foule de dangers, s'était constamment occupée à donner le change à sa vivacité naturelle, qui l'aurait volontiers porté à des entreprises dont la seule pensée faisait frémir sa mère. On ne peut se faire idée de tous les moyens qu'elle employait pour le retenir en place, des craintes qu'elle tâchait de lui inspirer sur tout ce qui l'entourait, pour l'obliger à ne jamais faire un pas sans elle, ni un mouvement qu'elle ne pût diriger. Mais comme elle n'y réussissait guère, Augustin n'étant pas disposé à croire que ce qu'il désirait pût avoir des inconvénients, il fallait, pour le retenir, avoir recours à des amusements de toute sorte, et souvent payer sa soumission par les plus ridicules complaisances. Ses fantaisies augmentaient en raison de l'habitude qu'il avait de les voir satisfaites; et quelles que fussent ces fantaisies, si on entreprenait d'y résister : « Pauvre enfant ! » disait aussitôt madame de Revolles, « n'est-il donc pas déjà assez malheureux ! »

Les conséquences de cette faiblesse, bien excusable, mais bien dangereuse, devenaient de jour en jour plus funestes. A quatorze ans, Augustin joignait aux caprices d'un enfant les vices d'un homme avancé en âge. Haut, impérieux, égoïste, il ne connaissait au monde d'intérêts que les siens, et ne concevait pas que le plaisir ou le bonheur d'un autre pût entrer en balance avec le moindre de ses désirs. Ce n'était pas qu'il manquât de sensibilité, mais elle n'avait jamais été exercée; comme on ne l'avait occupé que de lui, il n'avait jamais pensé à ce que pouvait sentir un autre. Les domestiques de la maison étaient excédés de ses hauteurs et de ses exigences; et, sans l'extrême bonté de madame de Revolles, qui se chargeait tou-

jours de réparer envers tous ce que leur faisait souf-
rir son fils, aucun n'aurait pu consentir à y rester.
La pauvre mère supportait tout avec une patience
admirable, sans penser même qu'elle eût besoin de
patience, tant il lui était impossible de vouloir autre
chose que ce que voulait son cher Augustin. Elle
voyait peu de monde, parce qu'Augustin ne l'aimait
pas; il avait assez d'esprit pour se sentir moins à
l'aise devant les étrangers, et ne voulait pas que rien
lui imposât la loi de se mieux conduire. Elle ne
sortait presque jamais, parce qu'Augustin ne voulait pas qu'elle le l issât seul, ou si par hasard elle
en avait obtenu la permission, au moment du départ
Augustin changeait d'avis, il fallait rester; elle l'embrassait tendrement, en disant : « Cher enfant! tu as
du plaisir à être avec moi. » Et le quart d'heure
d'après il la quittait pour aller tourmenter quelque
domestique.

Mais l'objet particulier de sa tyrannie était sa cou-
sine Louise de Martel. Louise, privée de ses parents,
avait été élevée par madame de Revolles. Elle avait
environ un an de moins que lui, et comme les enfants
ne sont pas toujours disposés à la complaisance, on
pouvait espérer que cette société aurait l'avantage de
l'accoutumer à quelques contradictions; mais par
malheur, on peut le dire, Louise était à peu près du
caractère de sa tante, qu'elle aimait passionnément,
parce que, dans son inépuisable bonté, en paraissant
prodiguer tout à son fils, madame de Revolles avait
encore de quoi dédommager les autres. Ainsi, quand
ce n'aurait été que pour faire plaisir à sa tante,

Louise se serait naturellement dévouée à l'objet de
ses affections ; mais de plus, l'état de son cousin et
les privations qu'il lui imposait lui paraissaient quelque chose de si malheureux, qu'il lui suffisait d'y
penser pour n'avoir plus la force de conserver contre
lui aucun mécontentement ; quand, à force de la
tourmenter de toutes les manières, il avait enfin
lassé sa patience, si elle parlait de le quitter, ou
refusait de jouer davantage avec lui : « C'est fort bien
fait, » lui disait-il ; « les gens qui voient clair peuvent aller où ils veulent, et faire ce qui leur plaît. »
Alors, incapable de tenir contre un pareil reproche,
Louise revenait et subissait toutes les taquineries,
tous les caprices qu'il voulait lui faire supporter. Il
est vrai que, dans ces occasions, madame de Revolles, témoin de ce qu'endurait sa nièce, la cares-
sait, l'appelait sa *bonne Louise*, et Louise trouvait la
récompense de ses sacrifices dans le plaisir de les voir
appréciés.

Augustin eut une maladie de croissance qui fut
assez longue, et le rendit, tant qu'elle dura, plus
insupportable que jamais. Sa mère ne pouvait le
quitter ni jour ni nuit ; comme son sommeil était
souvent interrompu par des souffrances, si elle n'était
pas là lorsqu'il se réveillait, il se plaignait assez haut
pour que madame de Revolles, couchée dans la
chambre voisine, l'entendît et accourût. Vainement
essayait-on de l'engager à plus de ménagement ; ou
bien, s'il cédait aux représentations, c'était avec une
humeur qui faisait payer à madame de Revolles, au
moment de son réveil, les courts instants de repos

dont il l'avait laissée jouir ; si bien que très souvent, dans la crainte qu'on ne la réveillât pas aussitôt que son fils le désirait, et ne se sentant pas le courage de réprimander sérieusement ses domestiques d'une désobéissance qui venait de leur affection, elle aimait mieux ne pas se coucher et supporter ainsi seule, selon sa coutume, les inconvénients d'un excès de tendresse dont elle n'avait pas la force de rien retrancher.

Elle était d'un tempérament trop délicat pour résister à de telles fatigues. A peine Augustin fut-il rétabli, qu'elle tomba dans un état de langueur qui devint bientôt d'autant plus inquiétant, qu'Augustin ne ménageait pas plus la maladie de sa mère qu'il n'avait ménagé sa santé ; il lui donnait des accès de fièvre en l'obligeant à se promener des heures entières par un temps froid ou humide, l'étourdissait de ses jeux les plus bruyants dans les moments où ses nerfs, ébranlés par le défaut de sommeil, lui faisaient éprouver le besoin d'un absolu repos. Jamais un refus ou une objection, de madame de Revolles ne faisait supposer à son fils qu'il lui en coûtât quelque chose pour l'obliger ; jamais le son de sa voix ne trahissait la souffrance dont il ne pouvait apercevoir sur son visage les traces trop frappantes. D'ailleurs, Augustin l'aurait-il remarqué ? Si quelquefois, en l'absence de sa mère, on tâchait de lui faire comprendre le tort de sa conduite envers elle, il répondait ordinairement : « Je vois bien qu'il vous est fort égal que je m'ennuie. » Et madame de Revolles, pour peu qu'elle devinât qu'on eût essayé d'obtenir

de son fils un peu plus de délicatesse, se hâtait
d'écarter toute idée faite pour exciter en lui des scrupules dont il était, en vérité, bien peu susceptible.

Son état empira bientôt de telle sorte que les médecins déclarèrent qu'il était absolument indispensable, d'abord qu'elle allât passer au moins un hiver
dans le Midi, ensuite qu'elle se séparât pour quelque
temps de son fils. Quand ils ne se seraient pas for-
mellement expliqués sur ce dernier point, la séparation eût été la conséquence naturelle du voyage,
parce que la chaleur était fort contraire à Augustin,
qui même avait eu pendant l'été plusieurs maladies
graves. Elle se refusa d'abord absolument à ce qu'on
lui conseillait ; mais cependant on parvint à l'effrayer
de l'idée de mourir et de laisser son fils privé de son
appui. Comme elle était fort pieuse, son confesseur
fit agir des motifs de religion, et M. Leblanc con-
tribua aussi très efficacement à la décider. Il la connaissait depuis son enfance, et avait même eu part à
son éducation. Comme elle était née, s'était mariée
et avait toujours vécu à Mulhausen, dont l'habitation
de M. Leblanc est très voisine, il ne l'avait jamais
perdue de vue. Elle avait en lui la confiance qu'on
a dans un père. M. Leblanc n'avait point effrayé cette
confiance par une sévérité inutile sur des faiblesses
qu'il regardait comme incurables. Sa raison est in-
dulgente, il comprend ce qu'il désapprouve. Madame
de Revolles se sauvait auprès de lui par son univer-
selle bonté. C'était auprès de son fils que M. Leblanc
essayait quelquefois la puissance de sa raison ; Augustin l'aimait, quoique devant lui il se sentît plus

contenu ; mais la conversation de M. Leblanc l'intéressait tellement, qu'elle lui faisait oublier ses caprices, et lui laissait peu de chose à faire pour être
supportable. C'était encore là un des motifs de la
confiance de madame de Revolles. Aussi ne put-elle
supporter l'idée de s'éloigner de son fils, que lorsque
M. Leblanc lui eut promis de s'en charger pendant
son absence. Ce parti une fois pris, elle éprouva encore bien des irrésolutions qui augmentèrent son mal
de telle manière, qu'une de ses amies, qui devait
faire le voyage avec elle, se détermina à l'emmener
comme par une espèce de coup d'autorité, en la faisant monter en voiture presque dans un moment où
elle ne s'y attendait pas.

Elle n'avait rien dit à Augustin de son voyage;
ce n'était pas qu'elle n'eût formé le projet de lui en
parler, mais elle avait toujours retardé dans la
crainte du chagrin que cela devait lui causer, et
peut-être aussi dans la secrète espérance de ne pas
partir, en sorte qu'au moment où on vint l'enlever
pour ainsi dire de force, il ne savait encore rien. S'il
l'eût su, tout aurait manqué. Au moment du départ,
on parvint à obtenir d'elle de ne le pas embrasser,
de peur de se trahir et de lui faire mal par cette nouvelle inattendue. Partir sans le voir eût été impossible ; elle le regarda au travers de la vitre, jouant
dans le jardin, tout près de la fenêtre. Elle se mit à
genoux, pria Dieu les mains fortement jointes et les
yeux élevés vers le ciel, regarda encore son fils, baisa
la vitre et se laissa entraîner.

M. Leblanc s'était établi dans la maison de madame

de Revolles, à Mulhausen. La proximité lui permettait de se rendre de là chez lui en très peu de temps, et il se trouvait aussi près de ses affaires que s'il n'eût pas quitté sa propre demeure. D'ailleurs, c'est l'homme du monde qui sait le mieux s'arranger pour rendre un service sans trop de peine et d'incommodité. Il était chez madame de Revolles au moment de son départ, sans quoi on n'aurait jamais pu l'y déterminer; il lui promit de se charger de l'apprendre à Augustin, et les domestiques eurent défense de lui en dire un mot avant que M. Leblanc lui eût parlé. On avait fait la même défense à Jeannot, petit garçon de huit ans, qui était presque toujours avec Augustin et lui servait habituellement de guide. Il retourna près de lui, tandis que M. Leblanc s'occupait de consoler Louise, désespérée d'avoir vu partir sa tante et d'être obligée de quitter la maison où l'on ne jugeait pas convenable qu'elle restât sans madame de Revolles, en sorte qu'on devait la mettre chez une dame du voisinage, d'où elle avait bien promis à sa tante d'aller tous les jours passer avec Augustin une partie de la journée.

Augustin s'amusait dans le jardin à tresser un panier, occupation qu'il avait prise en goût depuis quelque temps et dans laquelle il se faisait aider par Jeannot. C'était Barthélemi, le domestique de madame de Revolles, qui le leur avait appris et leur préparait l'osier. Barthélemi venait de partir avec sa maîtresse. En s'occupant du panier avec Augustin, Jeannot s'aperçut qu'ils n'auraient pas assez d'osier pour achever l'anse. « Comment ferons-nous, » dit-il,

« à présent que M. Barthélemi est parti? » On ne lui
avait défendu que de parler de madame de Revolles,
et ses idées n'avaient pas été plus loin.

« Barthélemi! » demanda Augustin étonné, « où
est-il allé? — Je ne sais pas, » répondit le petit garçon, embarrassé de la sottise qu'il avait faite. « Quelque part qu'il soit allé, il faut bien qu'il revienne, »
dit Augustin. « Je ne crois pas, » dit Jeannot toujours plus troublé.

Augustin se met en colère, lève la main pour le
frapper; Jeannot s'esquive et s'enfuit. Augustin indigné le rappelle, mais inutilement; Jeannot n'avait
plus là madame de Revolles pour le faire rester, le
protéger et le dédommager. Alors Augustin va frapper avec violence à la fenêtre de la chambre où il
croit encore sa mère; il l'appelle et ne reçoit aucune
réponse. Confondu de ce qu'on n'obéit plus à sa
voix, il s'achemine, tremblant de colère et d'impatience, vers la chambre, dont il connaît bien le chemin; il entre, cherche, appelle encore; même silence; il va dans l'antichambre, toujours appelant
du ton dont on ordonne et avec un accent d'indignation qui ferait trembler sa pauvre mère, si elle
était à portée de l'entendre.

« Votre maman! elle est bien loin si elle va toujours le même train, » lui dit brutalement un homme
qui venait de rencontrer sa voiture et qu'on avait
chargé de dire plusieurs choses que la précipitation
du départ avait fait oublier. Augustin demeure immobile; l'idée que sa mère est sortie sans le lui dire,
sans consulter sa volonté, est quelque chose qui le

confond. Il entend la voix de M. Leblanc qu'on a
averti et qui le cherche ; il s'avance de son côté.
« Est-il donc vrai que maman soit sortie ? » lui demanda-t-il avec une vivacité impérieuse. Alors M. Leblanc le prend par la main, l'emmène, et avec tous
les ménagements possibles, lui apprend ce que désormais on ne peut lui cacher.

Augustin fut d'abord comme frappé d'une sorte
de stupeur ; c'était là une chose dont la possibilité
ne s'était pas présentée à son esprit, qu'il ne comprenait pas même lorsqu'il l'entendait. L'idée que
sa mère, que quelqu'un même autour de lui pût
prendre une résolution dont il n'était pas l'objet, se
déterminer à un parti qui n'avait pas pour but son
intérêt ou son plaisir, renversait toutes ses habitudes, confondait toutes ses notions. A cette première impression, succédèrent de violents transports,
non de douleur, mais d'une indignation amère et
profonde. Ses larmes étaient celles du dépit, et les
paroles qui lui échappaient n'exprimaient que les
mouvements d'une âme irritée. M. Leblanc, après
lui avoir dit avec sa douceur accoutumée tout ce
qu'il fallait qu'il sût et qu'il comprît, le laissa à lui-
même, bien sûr que le meilleur moyen de le ramener
était de n'y pas prendre trop de soin ; mais Louise
n'était pas capable d'adopter un procédé si raisonnable : elle vint pour mêler ses larmes à celles de
son cousin ; il la reçut avec colère, disant qu'elle
avait su que sa mère devait partir, et s'était enten-
due avec tout le monde pour le tromper. La pauvre
Louise ne pouvait nier et n'osait avouer, elle pleurait

en silence. « Pardi, M. Augustin, » dit la gouvernante, « si vous aviez été raisonnable, on vous en
aurait bien parlé aussi ; mais on aurait eu beau
vous dire que cela était nécessaire pour sa santé, en
auriez-vous moins fait tout votre train pour l'empêcher de partir ? » Augustin frémit de colère à ce reproche, auquel il ne pouvait répondre : il s'indignait
qu'on osât lui faire un devoir de ce qui n'était pas
de son goût, et le blâmer de se préférer aux autres.

A l'heure du dîner il ne voulut point se mettre à
table. « Comme vous voudrez, » lui dit M. Leblanc
d'un ton de complaisance ; et il dit à Louise qui conjurait son cousin de venir dîner : « Ma chère enfant,
ne le tourmente pas, il est tout simple qu'il n'ait pas
faim. » Louise voulut rester avec lui, il la refusa
durement. « Je conçois, » dit M. Leblanc du même
ton, « qu'il aime mieux rester seul ; » et il emmena
Louise tout en larmes. Les domestiques eurent ordre
de ne faire aucune attention à ce caprice, en sorte
qu'Augustin fut privé du plaisir qu'il s'était promis
de mettre toute la maison en émoi. Après le dîner,
Louise, qui avait à peine mangé, prit sur la table
tout ce qu'elle put attraper, pendant que M. Leblanc
faisait semblant de ne pas regarder, et le porta à son
cousin qu'elle trouva assis dans un coin, l'air sombre
et le cœur gros de larmes qu'il retenait par fierté ;
il ne put s'empêcher de marquer un peu de satisfaction, quand Louise lui dit ce qu'elle apportait.
« Je vois bien, Louise, » répondit-il en soupirant,
« qu'il n'y a plus que vous ici qui preniez soin de
moi. » Et il consentit à manger. Louise en fut si ra-

vie, qu'elle l'appelait son cher Augustin, cherchant
tout ce qu'elle pouvait imaginer pour lui faire plaisir. Un peu adouci par ces tendres soins, Augustin
commença à causer avec elle d'une manière assez
calme ; mais Louise s'étant avisée de dire : « Ma
pauvre tante ! elle est bien triste dans ce moment-ci, »
au nom de sa mère, Augustin reprit l'air sombre, et
Louise n'osa plus rien dire.

Le soir, lorsqu'on lui dit que Louise allait quitter
la maison, quoiqu'on lui promît qu'elle viendrait
passer toutes les journées avec lui, ce furent de nouveaux accès dont l'amertume se tournait toujours
contre sa mère ; on voyait qu'il ne pouvait lui pardonner. On essaya de lui faire valoir le sacrifice qu'a-
vait fait madame de Revolles de ne pas emmener
Louise, afin de la lui laisser. « Pour moi, » dit-il
avec aigreur, « il ne lui en a pas coûté grand'chose
de me quitter. — Vraiment, » reprit la gouvernante
de Louise, qui se gênait moins qu'une autre pour
dire à Augustin ses vérités, « est-ce qu'on aurait pu
guérir la pauvre femme, tant qu'elle vous avait là
après elle pour la tourmenter? au moins elle aura
un peu de repos pendant quelque temps. »

A ces mots, Augustin changea de couleur ; ses lèvres tremblaient. « Ainsi, dit-il avec une colère qu'il
pouvait à peine contenir, vous croyez que c'est pour
se débarrasser de moi que ma mère s'en est allée?
— Elle aurait bien fait, toujours. »

Augustin était hors de lui-même : vainement Louise
tâchait de réparer ce qu'avait dit la gouvernante.
« Eh bien ! je m'en irai aussi, » disait-il, « je la

débarrasserai tout à fait de moi. Où est M. Leblanc? »
demanda-t-il brusquement; « je veux lui parler;
dites-lui qu'il vienne pour que je lui parle. » C'était
ainsi qu'il avait coutume de faire demander sa mère.
On n'osait pas ainsi déranger M. Leblanc; mais
Louise, qui craignait par-dessus tout de désobéir à
Augustin, descendit le chercher, en lui rapportant
tout effrayée qu'Augustin disait qu'il voulait s'en
aller de la maison. « Le pauvre enfant, » dit M. Leblanc d'un ton de compassion; « il serait bien aisé à
rattraper. » Il monta ensuite chez Augustin, qui,
aussitôt qu'il l'entendit, lui demanda, d'une voix
altérée par la colère, s'il était vrai que sa mère fût
partie pour se débarrasser de lui.

« Non, mon cher Augustin, » lui répondit M. Leblanc : « mais près de vous elle ne pouvait penser
qu'à vous; on l'a en quelque sorte forcée de s'éloigner pour qu'elle eût le loisir de s'occuper d'elle. »

Cette réponse ne satisfit point Augustin; il recommença à dire qu'il ne demandait pas mieux que de
quitter la maison; qu'alors il ne gênerait plus personne; qu'il voyait bien qu'il était abandonné; que
c'était une indignité, dans l'état où il était, de n'a-
voir pas plus d'égards pour lui.

« Mon cher Augustin, » lui dit M. Leblanc, en lui
mettant la main sur le bras pour s'en faire écouter,
« n'avez-vous pas autre chose à me dire? » Augustin, étonné, ne répondit rien. M. Leblanc reprit du
ton le plus affectueux : « Mon cher enfant, toutes les
fois que ma présence, que ma conversation pourront
vous être de quelque utilité ou de quelque agrément,

ne craignez pas de prendre mon temps, je suis à vous
de toute mon âme ; mais ce que vous dites là depuis
un quart d'heure pouvait tout aussi bien se dire sans
que j'y fusse ; ainsi, mon bon Augustin, quand je ne
vous serai pas plus nécessaire que cela, faites-moi le
plaisir de ne pas me déranger. » Et il s'en alla.

Augustin demeura consterné de ces paroles, et du
ton dont elles avaient été prononcées, qui ne lui laissait rien à dire, pas même la possibilité de supposer
un sentiment ou une intention dont il eût à se plaindre. Il éprouvait le plus violent déplaisir qu'il eût
senti de sa vie, sans avoir à qui l'imputer, sans avoir
quelqu'un à en faire souffrir. Il sentait que ses caprices n'avaient plus de prise sur personne ; qu'une
invincible raison s'élevait autour de lui comme un
mur d'airain pour le contenir et le contraindre de
tous côtés. Cette conviction produisit sur lui un effet
impossible à exprimer. En redoublant l'aigreur de
ses ressentiments, elle les concentra au fond de son
cœur, et sur un seul objet : il lui sembla que sa mère
était la seule de qui il pût se plaindre ; la seule envers
qui il eût le droit d'être injuste, ingrat, égoïste, parce
que c'était la seule qui n'eût jamais rien exigé de lui.
Il se coucha sans dire une parole, ne dormit pas, et
passa la nuit à se livrer aux mouvements les plus
coupables, aux projets les plus insensés ; le désir de
punir sa mère en lui causant une grande peine devint
son désir dominant. Il savait bien que sa mère ne
pouvait sentir une grande peine que des maux qui
tomberaient sur lui : il résolut de s'exposer à des
malheurs pour que le coup en retombât sur elle. Au-

gustin n'était pas d'un caractère timide, quelque
chose qu'eût faite sa mère pour diminuer sa hardiesse
naturelle; d'ailleurs la passion qui l'entraînait ne
lui permettait pas de rien considérer. Il se détermina
à s'enfuir de la maison aussitôt qu'il en trouverait
l'occasion, afin de se venger, et par l'inquiétude de
sa mère, et par les maux qu'elle apprendrait ensuite
qu'il aurait soufferts, de ce qu'il regardait comme
un crime envers lui.

Plein de cette pensée diabolique, il s'assoupit à
peine quelques instants, et se réveilla de très bonne
heure. Il entendit partir M. Leblanc pour aller chez
lui, d'où on lui dit qu'il devait revenir deux heures
après. Il demanda à se lever; accoutumé comme on
l'était à respecter ses fantaisies, après quelques représentations on lui obéit. Il voulut descendr e au jardin; et comme l'air était encore frais, il se fit donner
sa redingote; il demanda un fort gros morceau de
pain, parce qu'il avait, dit-il, longtemps à attendre
jusqu'à l'heure du déjeuner, et descendit avec Jeannot. Il se fit porter sa chaise, et le panier qu'il avait
commencé, dans un endroit peu éloigné d'une porte
de derrière, qui demeurait ouverte toute la journée,
parce qu'elle donnait sur une ruelle que le jardinier
était obligé de traverser pour aller à sa maison. Cette
ruelle était longue, entre deux murs de jardin; il n'y
passait presque jamais personne, et elle donnait sur
la campagne. Augustin ayant entendu que le jardinier était arrivé, de manière qu'il n'avait pas à
craindre de le rencontrer, dit à Jeannot de demander où l'on achetait de l'osier, ét de lui en aller cher-

cher sur-le-champ. Il s'informa en même temps de
l'endroit où était le jardinier, sous prétexte de l'appeler s'il avait besoin de quelque chose. « Je ne le
vois pas, » dit Jeannot, « il faut qu'il soit là-bas derrière les arbres. » C'était ce que voulait savoir Augustin. Alors, aussitôt que Jeannot fut éloigné, sûr
de n'être pas vu, il se glissa le long d'une charmille
jusqu'à la porte qu'il trouva ouverte. Après avoir
bien écouté s'il n'entendait personne dans la ruelle,
il se mit à marcher aussi vite qu'il le pouvait, mais
prêtant l'oreille au moindre bruit, parce que, s'il
eût rencontré quelqu'un, il aurait feint de se promener. Il arriva au bout sans rencontrer personne,
et alors s'engagea dans un sentier détourné qu'il
connaissait bien, parce que, dans ses promenades,
son plaisir était de reconnaître les lieux par quelques
signes sensibles au toucher. Il avait beaucoup de mémoire comme la plupart des personnes privées d'un
sens, et dont les idées sont par conséquent moins souvent distraites que celles des autres. Il s'amusait à
s'exercer sur tous les plus petits détails des lieux par
lesquels il passait. Louise l'aidait dans cet exercice :
elle l'avertissait d'une pierre, d'un filet d'eau, d'un
creux, d'une éminence; il s'attachait à en retrouver
le lendemain la place précise, en sorte qu'il était parvenu à connaître son chemin à une assez grande
distance de la maison de sa mère, et à y marcher
presque avec autant de sûreté que dans sa chambre.

Il avait pris la route où il était le plus sûr de ne
pas rencontrer de maison; et comme il craignait
qu'on ne le reconnût, aussitôt qu'il entendait quel-

13.

qu'un, ou il se détournait s'il trouvait un sentier à
sa portée, ou il entrait et se cachait dans les vignes,
surtout s'il entendait qu'on vînt du côté de la ville.
Il avait l'ouïe extraordinairement fine, en sorte que
le bruit l'avertissait d'ordinaire avant qu'on pût le
voir ; enfin le hasard voulut qu'il parcourût un grand
espace sans être vu ou remarqué de personne. D'un
autre côté, on avait été très longtemps chez lui sans
s'apercevoir de son départ. Jeannot s'était amusé en
chemin, avait été plus d'une heure à rentrer ; le jardinier, ne sachant pas qu'Augustin fût dans le jardin,
n'y avait pas pensé ; lorsque Louise arriva, on ne faisait que commencer à le chercher ; personne ne pouvait supposer qu'il fût sorti de la maison. Louise
seule, frappée de ce qu'il avait dit la veille, soutenait, en pleurant, que son cousin s'en était allé : il
fallut bien finir par le croire ; mais avant que M. Leblanc fût rentré, eût remis un peu de calme dans la
maison, où toutes les têtes étaient perdues ; avant
qu'il eût donné et fait exécuter les ordres nécessaires,
il se passa encore assez de temps. On se répandit de
différents côtés, mais on ne prit pas celui qu'il fallait. Augustin se trouva donc avoir beaucoup d'a-
vance, et arriva dans un endroit qu'il ne connaissait
plus.

Il était fatigué, il avait chaud et soif ; il s'assit par
terre, et commença à réfléchir sur ce qu'il avait à
faire. Jusque-là, emporté par sa passion, il n'avait
songé qu'à méditer son projet, ensuite à l'exécuter : il
ne s'était pas demandé une seule fois ce qui lui en
arriverait ; il n'avait pensé qu'à ceux qu'il voulait af-

fliger et punir; il y pensa encore dans ce moment.
Toujours plus aigri par les souffrances qu'il commençait à éprouver, il les attribua à sa mère, comme
si elle en eût été coupable. Il se représenta l'inquiétude où devaient être tous les gens de la maison, et
il éprouva la joie de la vengeance. « Pourquoi, » disait-il, « n'ont-ils pas eu plus de soin de moi? » Il
pensa que M. Leblanc devait être bien troublé, bien
agité, d'avoir si mal gardé le dépôt qui lui était confié; et il se réjouit de punir ainsi M. Leblanc de sa
raison, de sa fermeté et de sa douceur. Il songea
aussi à l'affliction où devait être Louise. Pour elle, il
n'avait rien à lui reprocher; cependant il mit aussi
quelque satisfaction en songeant qu'il affligeait
Louise, tant l'égoïsme rend cruel et détestable, tant
il immole avec plaisir tout ce qui n'est pas lui aux
plus odieux caprices de son humeur et de son amour-
propre.

Comme la soif était ce qui le pressait le plus, il se
détermina à demander au premier passant qu'il en-
tendrait le chemin d'un moulin dont il savait le nom,
et qu'il jugeait n'être pas éloigné de là; il comptait
que le bruit du moulin le conduirait au ruisseau qui
le faisait aller, et qu'il n'aurait pas besoin d'entrer
dans la maison, où il avait peur qu'on ne le retînt.
Son projet était ensuite de tâcher de gagner le grand
chemin; et s'il rencontrait quelque charrette qui
allât en s'éloignant de la ville, d'y demander une
place, et de se faire conduire le plus loin possible,
toujours en refusant de dire qui il était, afin qu'on
eût de la peine à le retrouver, car c'était là son uni-

que but. Il se remit en marche, et au bout de quelque temps il entendit plusieurs voix d'enfants qui paraissaient jouer ensemble et se disputer d'un ton grossier comme celui d'enfants de la lie du peuple. Il alla de leur côté, et leur demanda le chemin du moulin.

«Par là,» dit un des petits garçons, en le montrant. — Je n'y vois pas,» dit Augustin. — Comment! est-ce que vous êtes aveugle?» lui demanda brutalement le petit garçon. — Vraiment oui,» dit un autre; «il a l'air d'un aveugle. — Ah! que cela est drôle, un aveugle!» s'écrièrent-ils tous à la fois et en se mettant à sauter autour de lui sans lui répondre. C'était une troupe de petits mendiants vagabonds, enfants sans aucune notion de morale et de religion, et qui, à l'irréflexion naturelle de leur âge, dont La Fontaine a dit : *Cet âge est sans pitié,* joignaient ce défaut de principes et de sentiments, suite naturelle de la vie qu'ils menaient. Au lieu donc de leur inspirer aucune compassion, Augustin ne leur parut qu'un objet d'amusement et de dérision. «Prenez garde de tomber,» disait le plus petit, et il lui passait la canne entre les jambes pour le faire trébucher. «Vous avez un grand trou à votre droite,» lui criait l'autre, et il le poussait à gauche dans une ornière pleine de boue. Un d'eux lui enleva sa canne, et ils se mirent à courir autour de lui, en lui frappant les mains qu'il étendait pour la reprendre. En se défendant contre eux de ses mains et de ses pieds, il perdit un moment l'équilibre : son chapeau tomba; un de ces petits malheureux s'en empara, en disant : «Ceci est pour moi;» les autres sautèrent à ses poches, lui prirent son argent èt tout ce qu'il avait. Augustin résistait courageuse-ment, mais sans succès; ils étaient six qui l'assail-laient de tous côtés, sans qu'il pût prévenir leurs attaques invisibles pour lui; il les accablait d'injures et de menaces dont ils se moquaient; il criait de toute sa force; mais, hélas! personne ne paraissait l'entendre. Dans la violence de la lutte, un des pans de sa redingote se déchira; celui qui le tenait donna une nouvelle secousse et acheva de le détacher. En-couragé par cet exemple, ils essayèrent d'en faire autant à l'autre. Un d'eux s'avisa qu'avec un cou-teau ce serait plus aisé. Aussitôt les couteaux furent tirés et toutes les parties de l'habillement d'Augustin arrachées, coupées, déchiquetées. Couvert de lam-beaux, meurtri, blessé en quelques endroits par la pointe des couteaux, épuisé de fatigue et de douleur, Augustin commençait à perdre la force de crier et celle de se défendre; il ne savait plus quelle serait la fin de ses malheurs, quand tout d'un coup, sans qu'il en devinât la raison, les petits scélérats le quit-tèrent et s'enfuirent chargés de son butin.

Augustin, resté seul, se mit à pleurer, sans oser faire un seul mouvement. Il n'avait même plus sa canne pour se conduire, et l'idée des dangers qui commençaient à se présenter à son esprit s'augmen-tait du sentiment de sa faiblesse et de sa fatigue. Bientôt il entendit les pas de quelqu'un qui venait vers lui, et dont la vue avait déterminé la fuite de ses persécuteurs. Dans l'état où il se trouvait, une rencontre quelconque était au moins autant un sujet d'espérance que de crainte; il essuya ses larmes et s'avança du côté de celui qui arrivait, sans savoir cependant encore ce qu'il voulait lui demander; car il commençait à ne plus être bien sûr de ce qu'il désirait.

«Je suis aveugle,» dit-il en étendant les mains vers lui; «de petits misérables en ont profité pour me dépouiller. — Aveugle!» lui dit l'homme, qui se trouvait alors tout près de lui, et qui lui parut être une sorte de paysan; «eh! tes yeux sont plus clairs que les miens. — Je le suis pourtant,» reprit Augustin; «aidez-moi, je vous en prie, à trouver un asile, au moins pour aujourd'hui et cette nuit. Je meurs de soif, de faim et de fatigue.»

Il dit ces derniers mots d'un ton si accablé, que l'homme parut en avoir pitié. «Où loges-tu!» dit-il, «je t'y conduirai. — Je ne puis retourner aujourd'hui chez moi,» dit Augustin avec agitation, et ses larmes recommençant à se faire un passage, malgré tous ses efforts pour les retenir : «je vous en prie, conduisez-moi à quelque endroit plus près. — Mais qui es-tu? d'où viens-tu? si tu es aveugle, comment cours-tu les champs tout seul?»

Augustin ne pouvait répondre, les larmes le suffo-quaient.

«Je parie,» dit l'homme tout d'un coup, comme s'avisant d'une idée nouvelle, «que tu t'es échappé du dépôt de mendicité. Allons, allons, viens, je vais t'y reconduire, tu y seras toujours mieux qu'ici. --Au dépôt de mendicité!» s'écria Augustin indigné : «Non, en vérité; conduisez-moi dans quelque maison. — Vraiment, on t'y recevrait bien dans une maison! Je suis maire de ma commune, entends-tu? ce n'est pas moi qui y introduirai un vagabond de plus; allons, allons, au dépôt de mendicité! » Il le prit par le bras pour le faire avancer; Augustin résistait, l'autre se mit en colère et lui dit : «Mais es-tu bien aveugle? je gagerais que non. » Pour l'éprouver, il fit semblant de vouloir lui donner un coup de poing dans la figure. Augustin, qu'il tenait toujours par le bras, devina quelque chose de son mouvement, et porta les mains en avant pour se garantir, sans savoir précisément de quoi.

«Ah! je savais bien, » s'écria l'homme, « que tu voyais clair. Ah! c'est comme cela que tu veux m'attraper, pauvre aveugle! Allons, marche; c'est à la maison de correction que tu iras. Je mettrais ma main au feu que tu en as plus fait qu'il n'en faut pour cela. Eh! mon garçon, pourquoi ne t'es-tu pas sauvé avec tes petits camarades que j'ai vus s'enfuir par là-bas? Ah! tu as voulu m'attraper! tant pis pour toi! » Et chaque mot était accompagné d'une poussée fort rude pour le faire avancer. En vain Augustin résistait, protestait; il fallait avancer, quand tout à coup une voix bien connue s'écria : «Le voilà! » et Louise, sautant par-dessus les herbes, les pierres, les trous, arrive, se jette au cou d'Augustin, qu'elle appelle son cher Augustin et qu'elle inonde de ses larmes. Augustin, saisi, tremblant de joie, de surprise, de confusion, ne sait que pleurer et recevoir les caresses de Louise. L'homme étonné,

voyant arriver M. Leblanc, lui dit d'un air assez
embarrassé : « Ma foi, monsieur, si vous connaissez
ce garçon-là, je vous demande bien pardon... je ne
savais pas... mais, ma foi, vous avez grand tort de
le laisser courir ainsi tout seul. » M. Leblanc lui
répond d'un ton amical; l'homme s'en va en lui faisant encore des excuses, et en murmurant qu'il est
pourtant bien singulier de ne pas mieux garder ses
enfants. M. Leblanc prend Augustin par la main :
« Mon cher enfant, » lui dit-il, « nous avons laissé
ma carriole à quelques pas ; venez, elle vous ramè-
nera ; vous devez avoir besoin de vous reposer. »
Augustin se laisse conduire, sans oser prononcer
une parole. Honteux de l'état où il se trouve, de ce
qu'il a fait, pour la première fois il sent qu'il n'y a
pas un seul moyen de s'excuser ou d'expliquer son
action d'une manière raisonnable. Peut-être si on
lui faisait des reproches, il retrouverait de l'amertume pour y répondre, il accuserait pour se défendre; mais on ne lui en donne pas une seule occasion.

Lorsqu'ils sont dans la carriole, Louise, après les
premiers transports de sa joie, s'étonne de l'état de
son pauvre cousin, lui demande ce qui lui est arrivé;
Augustin lui répond le plus brièvement qu'il lui est
possible; il est maintenant honteux de ce qu'il a
souffert, parce qu'il sent que c'est lui-même qui se
l'est attiré. Louise s'apitoie, s'indigne contre ces
affreux petits garçons, poursuit Augustin de questions auxquelles il voudrait éviter de répondre.
M. Leblanc ne cherche point à augmenter son em-

barras, il n'a pas l'air non plus de songer à le plaindre; mais comme si ce qui lui est arrivé lui paraissait tout simple : « Je crois, mon cher Augustin, »
dit-il, « qu'il pourra vous être utile par la suite d'a-
voir fait une semblable expérience; entouré comme
vous l'avez été de soins de tout genre, il était assez
simple que vous ne devinassiez pas des dangers dont
vous avez toujours été à l'abri. Ce que vous avez
éprouvé est bien peu de chose; cependant cela suffit,
je crois, pour vous donner une idée des inconvénients beaucoup plus graves auxquels vous pourriez
être exposé par une démarche imprudente. » Augustin rougit sans répondre; pour la première fois de sa
vie, il avait le sentiment d'une faute.

En arrivant, après qu'il eut bu et mangé pour réparer ses forces, M. Leblanc lui conseilla de se mettre
quelques heures dans son lit, et il y consentit, en
partie pour échapper aux questions et aux reproches, dont les domestiques, avec une tendresse assez
aigre, ne cessaient de l'accabler sans qu'il osât leur
imposer silence.

Aussitôt qu'il fut dans son lit, il s'endormit d'un
sommeil profond, qui lui fit oublier toutes ses fatigues. A son réveil, M. Leblanc vint le trouver, et
lui dit qu'il allait écrire à sa mère, à qui il avait
promis de lui donner de ses nouvelles : il lui demanda du ton dont on demande un conseil, s'il
croyait qu'il fallût lui mander ce qui s'était passé
le matin. Augustin se trouva dans l'impossibilité de
répondre. Tout ce qu'il aurait voulu dire à sa mère,
il ne pouvait le dire à M. Leblanc; ce n'était pas sur

lui qu'il avait voulu produire un grand effet; mais
d'ailleurs cet effet qu'il s'était promis était totalement manqué; et de son entreprise il ne restait plus
que le ridicule toujours attaché aux coups de tête
qu'on n'a ni la force ni les moyens de soutenir. Il
se tut donc, et M. Leblanc reprit toujours du ton le
plus simple : «Je pense qu'il vaut mieux ne lui en
pas parler. Quel motif lui donnerions-nous? je ne
le conçois pas trop; et cela l'inquiéterait d'autant
plus qu'il lui serait impossible de le comprendre.
J'aurais beau lui dire la vérité tout entière, elle croirait toujours qu'on lui cache quelque chose.» Augustin, de plus en plus embarrassé, ne put que répondre faiblement : «Je crois bien, en effet, qu'il
vaut mieux ne lui en pas parler.» Et, en ce moment,
c'était véritablement ce qui lui paraissait le plus dé-
sirable.

«Je le puis d'autant plus,» reprit M. Leblanc sans
avoir l'air de remarquer son embarras, «qu'il faut
éviter de lui donner des secousses. Votre pauvre
mère, mon cher Augustin (on ne vous l'a pas dit de
peur de vous affliger, mais je vous crois maintenant
assez raisonnable pour qu'on vous doive la vérité sur
tout), votre pauvre mère est dans un état bien dangereux; s'il ne s'améliorait pas, » ajouta-t-il, «je
ne puis vous le dissimuler, vous seriez exposé à un
malheur bien plus grand que celui d'être séparé
d'elle pendant quelques mois.»

Augustin tressaillit; jamais cette idée ne s'étai
présentée à son imagination. M. Leblanc, sans chercher à le trop effrayer, continua à lui expliquer les

raisons qui avaient déterminé le voyage de sa mère, en évitant d'appuyer sur celle qu'Augustin aurait pu regarder comme un reproche; il lui raconta du ton simple de la conversation toute la peine qu'on avait eue à la décider; ses douleurs, sa résistance au moment du départ. «Comme vous ne saviez pas tout cela, mon cher Augustin,» ajouta-t-il, «vous n'auriez pu manquer de lui marquer votre chagrin, et alors elle ne serait pas partie.»

Augustin ne dit rien, mais il était ému; toutes ces choses, auxquelles il n'avait jamais pensé, le mettaient dans une situation nouvelle : jusqu'alors on l'avait traité en enfant gâté, mais toujours en enfant; car c'est traiter en enfant que de gâter, puisque c'est supposer qu'on n'aura pas la force de supporter les contrariétés qu'imposent le devoir et la raison. M. Leblanc, en le traitant comme un homme, lui faisait connaître des devoirs et des sentiments dont il n'avait pas eu l'idée, et qui lui présentaient sa conduite sous un jour odieux et ridicule; en même temps, il lui savait un gré infini de ne pas chercher à l'humilier, d'autant que, d'après ses propres réflexions et le soin même que prenait M. Leblanc d'éviter ce sujet de conversation, il ne pouvait douter qu'il ne le blâmât beaucoup. Ainsi, Augustin, qui jusque-là s'était persuadé qu'on lui devait tout, et qu'il ne devait rien à personne, sentit alors qu'il pourrait avoir des obligations à quelqu'un, et désira de mériter, par une meilleure conduite, l'estime qu'il était bien aise qu'on lui témoignât.

M. Leblanc écrivit à madame de Revolles, comme

il en était convenu avec son fils, sans lui parler de rien, de manière à la tranquilliser tout à fait. Pendant les deux premières journées de son voyage, cette pauvre mère avait été livrée à une telle douleur, et les accidents de sa maladie parurent en augmenter à tel point, que son amie crut un moment qu'elle serait obligée de la ramener, comme elle l'en conjurait avec les plus touchantes instances; mais insensiblement le mouvement du voyage la calma. Comme elle voyageait à petites journées, la lettre de M. Leblanc, qu'elle reçut en chemin, lui rendit la force d'achever sa route assez paisiblement pour que l'on pût concevoir dès lors de grandes espérances de son rétablissement.

Pendant ce temps, Augustin donnait quelque signe d'amélioration dans son caractère; il avait été touché de la douceur et de l'affection que lui avait montrées Louise, dans ces moments où il sentait si bien qu'il avait eu tort, et la tourmentait beaucoup moins. Quant aux domestiques, moins délicats que Louise et M. Leblanc, ils ne cessaient de lui rappeler assez durement la folie qu'il avait faite, et en tout se montraient beaucoup moins soumis à ses caprices et à ses hauteurs, que lorsque madame de Revolles était là pour les y engager. Augustin, qui, tout en commençant à réfléchir, voulait pourtant encore pouvoir se livrer avec eux à ses habitudes de despotisme, se persuadait que, comme domestiques, ils étaient obligés de tout supporter, et que ses caprices ne pouvaient être injustes envers des gens payés, en sorte que ses emportements contre eux étaient perpétuels, et lui attiraient quelquefois, de leur part, des réponses auxquelles il n'était pas accoutumé.

Un jour, entre autres, sur quelque mécontentement que lui avait causé la cuisinière, il la traita avec tant de hauteur, et se servit à son égard d'expressions si humiliantes, que cette femme outrée sortit de la chambre, en disant qu'il était bien ridicule d'être si insolent quand on avait besoin de tout le monde.

M. Leblanc étant arrivé en ce moment, Augustin, violemment irrité, le pria de réprimander fortement la cuisinière. Louise, avec sa bonté ordinaire, voulut tâcher de l'excuser, sans cependant trop condamner son cousin.

« Marianne a grand tort, » répondit M. Leblanc, « il y a des égards d'humanité qui doivent passer avant tout. — Je n'ai pas besoin de son humanité, » dit Augustin piqué; « mais il faut qu'elle fasse son devoir. — Certainement, tous les domestiques ont des devoirs à remplir envers leurs maîtres; mais votre état exige de ceux qui vous servent des soins, des ménagements, une patience qui passent les devoirs des domestiques ordinaires, et qui, s'ils ne sont pas le fruit de l'attachement, sont du moins prescrits par l'humanité : c'est à ceux-là que Marianne a manqué. — Elle a manqué de respect tout simplement, » reprit Augustin en colère. « Il est sûr que, si Marianne tenait beaucoup à garder sa place, elle serait bien obligée de se taire, et de tout supporter; mais je viens de la rencontrer; si je l'avais laissée faire, je crois qu'elle m'aurait demandé son congé, tant elle était en colère. Ainsi, sous ce rapport-là, nous n'avons pas trop moyen de lui imposer silence. — Qu'elle s'en aille, » s'écria Augustin, « je ne demande pas mieux. — Non, » reprit M. Leblanc, « c'est une bonne fille, quoique un peu vive ; elle est très pieuse, il me sera aisé de lui faire sentir qu'en vous affligeant par un reproche aussi dur, elle a essentiellement blessé la charité. — Vous êtes bien bon, vraiment, monsieur Leblanc, » dit Augustin avec un ton de hauteur dédaigneuse, « de vouloir qu'elle me serve par charité ; je vous en prie très fort, laissez-la aller. — Mais, mon cher Augustin, » reprit M. Leblanc toujours du ton le plus simple, et sans paraître s'apercevoir de l'humeur d'Augustin, « ce sera la même chose avec celle qu'on prendra à sa place. — Ainsi, vous lui direz qu'il faut qu'elle ait la bonté, l'humanité, la charité de me servir. — Non pas de vous servir, mais de vous supporter. — Et moi, monsieur Leblanc, » dit Augustin avec une colère qu'il ne pouvait plus contenir, « je ne supporterai jamais qu'un domestique s'imagine me faire une grâce quand il m'obéira. — Il ne s'agit pas là de l'obéissance ; elle est, jusqu'à un certain point, du devoir de tout domestique. Ainsi, en supposant que nous prenions une nouvelle cuisinière, je n'aurai pas même besoin de lui dire qu'il faudra vous obéir dans toutes les choses possibles et raisonnables : cela va tout seul ; mais quand je la préviendrai, car il faudra bien l'en prévenir, qu'après avoir obéi et servi de son **mieux,** elle sera souvent maltraitée ; que jamais un mot de douceur ou de bonté ne sera la récompense de son zèle, et que souvent une légère inadvertance lui attirera les expressions les plus humiliantes, voulez-vous que je lui dise qu'il est de son devoir de trouver cela bien et juste? Vous voyez bien, mon cher Augustin, que cela est impossible; mais je lui dirai : Voilà un pauvre jeune homme qui a besoin de tout le monde; si on n'avait pas soin de lui, que deviendrait-il? que les gens qui ont un bon cœur aient de la patience avec lui, et supportent charitablement ses défauts, dont il n'a pas la force de se corriger. Je suis sûr qu'elle comprendra cela. »

Augustin n'y tenait plus, des larmes de dépit coulaient le long de ses joues. « En vérité, monsieur Leblanc, » dit-il avec amertume, « vous me faites sentir mon état d'une manière bien cruelle. — Point du tout, » reprit M. Leblanc du même ton de simplicité, « car je crois que dans l'état où vous êtes, vous auriez encore plus de moyens qu'un autre, si vous vouliez, de vous faire servir avec zèle et attachement. Mais comme il paraît que vous ne le voulez pas, je vous indique les autres motifs qu'on peut avoir pour vous servir au moins avec patience. »

Augustin ne trouva rien à répondre, mais il tremblait et rougissait de colère; Louise, troublée et embarrassée de la leçon que recevait son cousin, tâchait de s'occuper d'autre chose; elle achevait d'arranger le déjeuner d'Augustin, que Marianne avait laissé à moitié préparé. Lorsqu'elle lui présenta sa tartine de beurre, il lui dit d'un ton amer : « C'est sûrement aussi par charité, Louise, que vous vous occupez de

moi. — O Dieu ! Augustin, » s'écria Louise affligée,
« pouvez-vous dire cela ? — La bonté est si naturelle
à Louise ! » dit M. Leblanc.—Mais point du tout, monsieur Leblanc, » reprit-elle vivement, « il n'y a pas
à cela de bonté, c'est tout simplement parce que j'ai
de l'amitié pour Augustin, et que j'aime à lui faire
plaisir. — Sûrement, ma chère enfant ; mais quand
Augustin prend avec vous ses airs impérieux ou son
ton de dureté, vous n'auriez pas grande envie de
l'obliger, si votre bon naturel ne vous faisait sentir
ce qu'on doit d'égards et de patience à un parent
malheureux. — Eh bien ! c'est que vous vous trompez
très fort, » dit Louise d'un ton fâché, et presque les
larmes aux yeux ; «depuis quinze jours Augustin a
été très aimable, il ne m'a pas dit une seule chose désagréable. — Cela serait-il bien possible, mon cher
ami ? » dit M. Leblanc gaiement, et en prenant la
main d'Augustin, qui la retira sans rien dire. « Allons, » reprit M. Leblanc du même ton, «je vois bien
qu'il ne veut pas convenir qu'il sache les moyens de
se faire aimer, il aurait trop peur qu'on ne l'enga-
geât à s'en servir. »

Après cette conversation, Augustin demeura quelques jours sombre et soucieux, malgré tous les soins
de Louise, à laquelle il témoignait cependant plus
de douceur et d'affection que jamais. Il ne reparla
plus de Marianne, que M. Leblanc avait engagée à
rester ; il la reçut seulement quand elle revint pour
la première fois le servir avec un air de mauvaise
humeur, mais sans lui rien dire de fâcheux. Son ton
avec les domestiques continua d'être peu aimable,

mais il ne les maltraita plus injustement, et ne les
tourmenta plus par ses caprices. Il est vrai que M. Leblanc lui en laissa peu l'occasion. Comme il était
beaucoup avec Augustin, que sa conversation intéressait par-dessus tout, celui-ci, se trouvant rarement avec les domestiques, et ne se plaisant plus dans
leur société, n'avait plus à leur demander que les
choses de leur service. Aussi, quand par hasard
M. Leblanc s'absentait pour un peu de temps, Augustin éprouvait un grand vide, mais il n'osait pas,
comme avec sa mère, témoigner son mécontentement. En sorte que cette affection timide que lui
inspirait son respectable ami, ce besoin qu'il avait
de sa présence, cette crainte de lui déplaire, le respect qu'il ne pouvait manquer de concevoir pour sa
sagesse et pour sa vertu, étant témoin de ses occupations habituelles, devinrent pour lui une sorte de
passion, et son imagination ne fut plus occupée que
du désir d'être approuvé de M. Leblanc, et d'obtenir
quelque importance à ses yeux. Un jour, ayant dîné
la veille dehors, M. Leblanc refusa une invitation
pour rester avec Augustin; celui-ci en fut vivement
reconnaissant, et lui dit qu'il avait bien de la bonté.
M. Leblanc lui répondit, comme Louise, que ce
n'était pas de la bonté, et saisit cette occasion de lui
dire combien il était content des progrès de son esprit
et de son caractère, ce qui enchanta Augustin. Il lui
fit comprendre en même temps que, malgré l'état
de dépendance où le tenait son infirmité, il avait
tout autant de moyens de faire plaisir aux autres
qu'ils en avaient de lui faire plaisir. « Car enfin, »

lui disait-il, « ces petits soins que vous êtes obligé
de recevoir d'eux, quoiqu'ils vous soient infiniment
utiles et même nécessaires, ne font pas votre bonheur ; ce qui vous rend heureux, c'est la société des
personnes qui vous plaisent et l'affection des gens
que vous aimez; vous pouvez donner ce même bonheur aux autres en vous faisant aimer d'eux ; et par
la reconnaissance et l'affection avec laquelle vous
recevrez leurs soins, vous pouvez faire qu'ils aient
autant de plaisir à vous les rendre que vous à les recevoir. »

Augustin fut très touché de ce que lui disait
M. Leblanc, et le comprit encore mieux quelques
jours après. Jeannot étant tombé sur une pierre se
fendit la tête et perdit connaissance de la force du
coup, si bien que pendant quelques moments on le
crut mort. Augustin était là; le désespoir de la
pauvre Marianne, et ensuite sa joie presque extra-
vagante lorsqu'elle vit que son fils vivait encore,
l'émurent si vivement, que, pendant que dura le
danger, il ne fut occupé que de Jeannot et de la
crainte qu'il ne mourût de cet accident, ne pouvant
supporter l'idée que la joie et les espérances de la
pauvre Marianne se trouvassent trompées. Il envoyait savoir continuellement des nouvelles, n'attendait pas qu'il fît jour pour en demander, et, une
fois qu'on tardait à revenir, il lui prit une telle
crainte qu'il ne fût arrivé un malheur, qu'étant encore dans son lit, il se leva, trouva seul ses habits, et
arriva à la chambre de Marianne si tremblant, qu'il
avait peine à se tenir sur ses jambes, et qu'apprenant,

au contraire, que l'enfant allait beaucoup mieux, il fut prêt à se trouver mal d'émotion. Les domestiques, et en particulier Marianne, lui surent un gré infini de cette preuve de son bon naturel, et il apprit par Louise qu'ils s'en étaient entretenus avec sensibilité, et qu'à cette occasion ils s'étaient étendus sur les bonnes qualités qu'il montrait depuis quelque temps, et avaient dit que M. Augustin devenait bien plus aimable. Cette disposition bienveillante inspira naturellement à Augustin une disposition pareille, et le porta à traiter les domestiques d'une manière propre à gagner encore davantage leur affection; ils répondirent à cette nouvelle conduite par un zèle plus soigneux, plus attentif, plus prévenant, et les rapports d'Augustin avec ceux qui le servaient devinrent aussi doux qu'ils avaient été aigres et pénibles.

L'approbation de M. Leblanc, qui ne manquait pas de remarquer tout ce qu'Augustin faisait de bien, était pour lui un puissant encouragement. En même temps il commença à éprouver le désir de s'instruire. Tant qu'Augustin s'était contenté qu'on lui obéît, il n'avait point senti le besoin de se faire estimer. Aussi les différents maîtres que sa mère avait essayé de lui donner, ou avaient été promptement renvoyés parce qu'il n'avait pas voulu se soumettre à leurs leçons, ou s'étaient retirés d'eux-mêmes, fatigués de son indocilité et de son inapplication. Il demanda à les reprendre, et se livra à l'étude avec autant d'ardeur que le lui permettait son infirmité. M. Leblanc le secondait en causant avec lui sur les choses que lui enseignaient ses maîtres, et auxquelles il donnait, comme on peut le juger, bien plus de développement et d'intérêt qu'aucun d'eux n'eût pu le faire. Louise l'aidait aussi de tout son pouvoir; elle lui lisait tout haut, lui répétait les choses qu'il voulait apprendre jusqu'à ce qu'il les retînt par cœur. Il sut qu'on pouvait apprendre à écrire à des aveugles au moyen des caractères moulés. M. Leblanc, à sa prière, lui en fit venir, et se chargea de lui donner des leçons.

Ce qui augmentait le plus l'ardeur d'Augustin, c'était l'idée de surprendre sa mère par ses progrès. A mesure que ses sentiments s'étaient rectifiés, il avait mieux senti ce qu'il lui devait et combien il avait abusé de sa bonté. Il avait un grand désir qu'elle revînt pour la faire jouir de son changement. Elle était partie depuis un an, et elle annonçait son retour prochain. Augustin ne s'occupait pas d'autre chose; il attendait, tous les courriers, la lettre qui devait annoncer le jour du départ, lorsque M. Leblanc en reçut une de l'amie de madame de Revolles, qui lui disait que, bien qu'elle fût beaucoup mieux, et même pour le moment presque entièrement rétablie, les médecins s'accordaient à penser qu'il était à désirer qu'elle passât encore un hiver dans le Midi pour consolider sa santé, qui, sans cela, pouvait être exposée à une rechute. Elle priait donc M. Leblanc d'employer tous ses efforts pour l'y décider, ce qu'elle craignait qui ne fût difficile, tant elle était tourmentée du besoin de revoir son fils.

A la réception de cette lettre qui contrariait si fort

ses désirs, Augustin, qui n'avait pas encore perdu tout à fait son ancien caractère, éprouva une humeur qu'il ne prit pas la peine de dissimuler. Il demanda de quoi on se mêlait, et si sa mère n'était pas dans le cas de juger ce qui lui convenait le mieux. M. Leblanc lui demanda à son tour si, quand les médecins qui la voyaient tous les jours étaient d'un avis, il n'était pas bien hardi de prononcer contre eux de si loin. Il ajouta qu'il se ferait scrupule, en pareil cas, de s'en rapporter à sa propre opinion, et qu'il se croyait obligé d'écrire à madame de Revolles dans le sens qu'on lui indiquait. Augustin n'osa s'y opposer, mais il dit qu'il ne croyait pas que cela eût beaucoup d'effet : M. Leblanc parut être de son avis. Augustin se flatta donc que les efforts qu'on ferait à cet égard seraient inutiles, et il commença à compter les jours qui devaient s'écouler jusqu'à la réception de la réponse.

Le lendemain, il demanda à M. Leblanc s'il avait écrit.

« Pas encore, dit celui-ci ; je sens très bien que cela sera inutile. Il n'y aurait que vos instances qui pussent la déterminer. — Mes instances ! » dit Augustin troublé ; « quelles instances puis-je faire ? Au reste, monsieur Leblanc, » reprit-il avec assez de dépit, « mandez pour moi tout ce que vous voudrez. — Ce que je manderai de votre part à votre mère ne servira de rien ; mais, mon cher Augustin, vous comptiez surprendre votre mère à son retour par un exemple de votre écriture. Une lettre lui fera bien plus de plaisir, et je suis persuadé que la possibilité

14.

de recevoir quelquefois de vos nouvelles par vous-
même serait pour elle une chose décisive. »

Augustin demeura quelques instants pensif; puis
il dit d'un air moitié gai, moitié fâché : « Monsieur
Leblanc, vous êtes un enjôleur. »

M. Leblanc se mit à rire et lui dit : « Je suis bien
aise de voir qu'on ne vous attrape pas, et qu'ainsi ce
que vous ferez, vous le ferez par vous-même et de
votre propre volonté. »

Augustin sentit bien qu'il n'y avait pas à reculer;
d'ailleurs il était flatté de penser que lui seul pouvait influer sur la détermination de sa mère. Cette
idée s'échauffant dans sa tête à mesure qu'il pensait
à ce qu'il pourrait dire à sa mère pour la décider, il
lui écrivit avec les plus fortes instances, lui promettant, si elle restait encore six mois comme on le désirait, de lui écrire tous les huit jours. Cette lettre,
comme l'avait espéré M. Leblanc, fit un si grand
plaisir à madame de Revolles, qu'elle produisit
l'effet désiré. L'amie de madame de Revolles écrivit
à M. Leblanc, transportée de joie, que maintenant
les médecins répondaient de son entière et complète
guérison; et elle dépeignait en même temps d'une
manière si touchante la joie de madame de Revolles
à la réception de la lettre de son fils, que moitié
affection pour sa mère, moitié satisfaction d'avoir eu
tant d'empire sur elle, Augustin fut très content de
ce qu'il avait fait.

Enfin arriva le moment tant désiré. Madame de
Revolles annonça son retour. Les jours, les heures,
les instants, sans cesse comptés et recomptés, attei-

gnirent leur terme. Augustin le premier de tous entendit dans le lointain le bruit de la voiture. Son cœur battait : le cœur de Louise battait aussi et pour Augustin et pour madame de Revolles. La voiture entra; Augustin placé sur le perron, les bras étendus, se trouva bientôt dans les bras de sa mère. Il sentit ses pleurs, le tremblement qui l'agitait, il entendit sa voix entrecoupée de sanglots, et ses mots sans suite, et ses transports qui ne pouvaient trouver une expression. Le cœur d'Augustin fut pénétré de cette tendresse si touchante; il connut dans toute sa force le plaisir d'être aimé, et ce plaisir-là ne va pas sans le désir d'être aimable. Madame de Revolles s'aperçut peu d'abord du changement qui s'était opéré chez son fils; car à peine avait-elle jamais pu s'avouer qu'il eût un défaut; mais elle vit bientôt qu'il était plus heureux et plus aimé, et ce fut à ceux qui l'aimaient qu'elle en sut gré.

En la quittant pour retourner chez lui, M. Leblanc lui dit en souriant : «A présent, c'est Augustin que je charge d'empêcher que vous ne me le gâtiez. » Et il dit à celui-ci : «Mon cher Augustin, vous êtes le maître de cette maison; s'il s'y fait quelque chose de déraisonnable, ce sera votre faute. » Augustin sentit ce qu'avait d'honorable pour lui la confiance de M. Leblanc et la mission dont il le chargeait. Ce fut une raison de plus pour lui de perfectionner son caractère et de veiller sur sa conduite, que personne n'aurait entrepris de gêner.

La seule Louise l'avertissait des torts auxquels il pouvait encore quelquefois se laisser entraîner. A

cette affection d'habitude et de bonté qu'elle avait
eue d'abord pour Augustin avait succédé, depuis
qu'il était corrigé, une véritable amitié; et, comme
son attachement venait des vertus qu'il avait acquises, comme elle était heureuse de le voir aimé
et loué de tout le monde autant qu'il en avait été
blâmé, elle ne pouvait souffrir ce qui le rendait
moins digne d'estime, et prenait tellement à cœur
ses moindres fautes, qu'elle ne lui passait presque
plus rien. Souvent Augustin se fâchait de ce qu'il
appelait ses préventions contre lui; mais il ne se
fâchait qu'un peu. Louise soutenait son dire; et,
après quelques moments de bouderies que chacun
cherchait à abréger, tout se raccommodait. Si la dispute allait assez loin pour qu'il parût véritablement
blessé, Louise commençait à se reprocher sa vivacité
et à croire même qu'elle avait eu tort de le reprendre; mais alors Augustin trouvait sur-le-champ
qu'elle avait eu raison.

Lorsqu'Augustin fut en âge de se marier, il lui
sembla qu'il ne pouvait être heureux qu'avec celle
dont le dévouement et la sincérité avaient obtenu
toute sa confiance; et Louise, de son côté, pensa
qu'il ne pouvait y avoir pour elle de félicité plus
grande que de consacrer sa vie au bonheur d'Augustin. Depuis cinq ans qu'ils sont mariés, elle ne
l'a pas quitté un seul instant, et se trouve si heureuse de lui être continuellement nécessaire, qu'elle
a peur, dit-elle quelquefois, de n'être pas assez fâchée qu'il soit aveugle; et Augustin dit qu'il lui est
bien égal de l'être, puisque Louise voit clair

XXIX

LA CALOMNIE RÉDUITE AU SILENCE

Dès que Raoul fut remonté dans sa chambre,
Denis y vint sous prétexte de lui offrir ses services
et de l'assurer de sa discrétion, mais, en effet, pour
satisfaire sa curiosité et pour avoir le plaisir de causer
un peu avec un *pays*. (Denis sortait pour la première
fois de son village.) Raoul éprouvait une sorte de
crainte d'entendre parler de son père et de sa sœur;
sa fuite, d'ailleurs, se présentait alors à lui comme
une action non-seulement coupable, mais ridicule,
et il n'était nullement tenté de savoir quel effet elle
avait produit sur les autres. Cependant comme Denis
attendait évidemment qu'il lui demandât des nouvelles du château de Foligny, il n'osa s'en dispenser.

« Ah ! » lui dit Denis, « ils ont été terriblement
ahuris, monsieur Raoul, je vous en réponds, quand
ils ont su comme ça au château que vous n'étiez plus
au collége. Ils l'ont appris tout d'abord par le petit
garçon qui apportait la lettre de M. le principal
Alors M. Laforêt, comme il savait ce qu'il y avait

dans la lettre, l'a portée à M. le comte, et est resté
là sans faire semblant de rien, pendant qu'il la lisait,
parce que, comme il dit, monsieur pouvait se trouver
mal, ou avoir besoin de quelque chose enfin. Quoique ça il n'y a rien eu, quoique M. Laforêt m'ait dit
qu'il n'avait jamais vu à monsieur une figure aussi
terrible que pendant qu'il lisait cette lettre. Et puis
mademoiselle Adrienne est entrée, toute pâle et qui
pleurait. M. le comte lui a donné la lettre; mais
quand elle a regardé sa figure, elle tremblait si fort,
la pauvre demoiselle, qu'elle ne savait plus où elle
en était. Alors monsieur a repris son air ordinaire;
il a embrassé mademoiselle Adrienne, et lui a dit :
« *Ma fille, je pourrais encore avoir un plus grand
chagrin que ça;* » qui voulait dire, comme dit M. Laforêt, si mademoiselle Adrienne mourait, ou quelque chose de même. »

Raoul soupirait et n'avait pas grande envie d'en
entendre davantage; pourtant il ne put se dispenser
de demander comment se portait son père. Cette
nouvelle lui avait donné un accès de fièvre, cependant il allait mieux; mais on ne lui avait jamais
entendu prononcer une seule fois le nom de son fils.

« Il y en a qui disent, » continua Denis, « qu'il
n'est pas trop fâché de ça, parce que vous ne lui don-
niez que du chagrin, et qu'il profitera de ce que vous
n'y êtes plus pour faire un testament où il donnera
tout à mademoiselle Adrienne. »

Raoul fit un mouvement de tête pour marquer
combien une pareille idée lui semblait ridicule. Un
mois auparavant, rien n'aurait été plus aisé que de

le lui persuader; mais il avait appris à mieux juger de toutes choses et à mieux connaître son père. Denis, qui le vit peu disposé à l'écouter davantage, s'en alla en lui souhaitant le bonsoir, et en l'assurant qu'il avait bien raison de ne pas se laisser rattraper, car il n'y ferait pas bon pour lui.

Ce récit avait réveillé dans le cœur de Raoul mille sensations pénibles : il était blessé de la manière dont on jugeait les dispositions de son père à son égard, et s'indignait des pensées d'intérêt qu'on pourrait lui supposer à lui-même s'il retournait volontairement dans sa famille. Sans doute l'opinion de Denis et de Laforèt était de peu de poids, et devait naturellement se ressentir de leurs habitudes peu élevées; mais retourner dans sa famille pour s'y voir exposé à l'improbation des derniers domestiques, n'avoir rien à répondre à leurs justes reproches, c'était pour lui une idée insupportable. Raoul ne s'était pas cru indécis jusqu'alors sur son projet de départ; il lui parut cependant qu'il venait de se décider sans retour; et le lendemain, quand M. de Revolles voulut entamer le sujet de la réconciliation, il rencontra une résistance à laquelle il ne s'était pas attendu. M. Leblanc, qui venait lui dire adieu en passant pour retourner chez lui, les trouva dans cette discussion. Sans cesse réduit au silence par les arguments de ses deux amis, Raoul leur parla enfin, en rougissant d'indignation, des propos que lui avait rapportés Denis, et de ceux que ferait tenir son retour. « Espérez-vous donc, » lui dit M. Leblanc, « que l'on ne dira rien de vous après la sottise que

vous avez faite? cela ou autre chose, que vous importe? — J'aime mieux toute autre chose. — Vous
verrez qu'on vous donnera à choisir! — C'est vous, »
s'écria Raoul avec une sorte d'emportement, « ce
sont mes amis qui veulent m'obliger à choisir le
parti le plus humiliant pour moi, le plus désagréable! — Point du tout, » reprit M. Leblanc avec son
calme ordinaire, « ils vous indiquent le seul choix
qui vous soit libre. — Je suis toujours libre de m'en
aller, j'espère, » répondit Raoul avec une fierté un
peu inquiète. — Oui, » dit M. Leblanc, « vous êtes
libre de faire une sottise de plus, mais voilà tout;
car, après cela, vous ne savez plus du tout comment
vous la payerez, et une sottise se paye toujours.
Votre vie va être une contravention perpétuelle, et
vous croyez éviter l'amende? Non, mon cher ami; la
nécessité de la punition vous poursuit, elle ne vous
fera pas grâce. Toute la question est de savoir si
vous voulez vous acquitter librement, de bonne volonté, ou vous laisser prendre au corps par le créancier. »

Raoul ne répondit rien; M. Leblanc changea de
conversation. Avant de s'en aller, il prit Raoul à
part, et lui témoigna quelque chagrin sur les nouveaux désagréments auxquels il craignait que Victor
ne fût exposé. Un homme qui avait intérêt à l'empêcher de former des relations dans le pays s'était
emparé des propos qu'avait tenus Collet, et les exploitait avec une incroyable activité. Raoul s'étonna que
Victor ne fît pas rétracter ce misérable; mais il était
parti, et d'ailleurs de la bouche de Collet une justi-

fication était au moins aussi humiliante qu'une accusation.

« Mais, » dit Raoul, « si vous étiez resté à Épinal,
votre témoignage aurait eu du poids en sa faveur. —
Mon cher Raoul, » répondit M. Leblanc, « le témoignage des autres est excellent à celui qui n'en a pas
besoin. Quand un homme est bien établi dans l'esprit
de tout le monde, chacun est enchanté d'en entendre
dire du bien; mais c'est tout autre chose s'il faut les
prier d'écouter le bien qu'on veut leur dire de vous.
— Le malheur de Victor l'a privé pour le moment de
cette bonne réputation dont il a besoin. — Si quelqu'un est en état de la lui rendre, c'est lui-même. Il
s'est si bien affranchi du joug de sa situation en
comptant sincèrement avec elle, en lui accordant
tout ce qu'il lui doit, que personne ne peut la manier
aussi bien que lui. Personne ne peut parler pour lui
de sa faute avec autant de mépris qu'il en parle; personne ne peut l'élever au-dessus de sa propre conduite autant qu'il s'y élève lui-même. Mon cher enfant, soyez-en sûr, les situations ne sont jamais rien
que par la manière dont on s'y place. Il n'y en a point
qu'on ne puisse soutenir avec honneur quand on y
est entré avec courage. »

Ils continuèrent de marcher l'un à côté de l'autre jusqu'à la porte, où M. Leblanc avait laissé sa carriole.
Avant d'y monter, il se retourna vers Raoul, et lui dit
d'un ton plein d'amitié : « Mon enfant, j'ai très bonne
opinion de vous, je vous serai bien obligé de la justifier.»
Raoul reçut cet adieu avec émotion, et son dernier regard à M. Leblanc fut un regard de reconnaissance.

II.   15

Il passa une partie de la matinée à se promener dans le jardin, livré à ses réflexions. Quelque temps avant le dîner, M. de Revolles le fit prier de passer chez lui. Il y trouva M. du Roulet, qui venait d'instruire M. de Revolles de ce qui arrivait à Victor. M. de Revolles savait bien en gros que Victor avait eu des torts de jeunesse qui avaient été effacés par la conduite la plus honorable; et d'après l'opinion qu'il avait de lui, il était porté à croire que ces torts devaient être fort légers. Il avait donc été aussi surpris qu'affligé de ce que venait de lui apprendre M. du Roulet des bruits répandus dans la ville. M. du Roulet lui-même hésitait à y croire. « Cependant, » lui disait-il, « c'est déjà quelque chose de bien extraordinaire que la liaison de Duchamp avec des hommes tels que Spalberg et Collet. Il est étrange aussi qu'il n'ait pas démenti hautement les infamies que l'on fait circuler sur son compte, qu'il n'en ait pas recherché et éclairci la source. L'arrivée de sa femme peut l'avoir occupé; mais enfin ceci est pour lui d'une grande importance; il est impossible qu'il l'ait totalement ignoré, et cependant depuis vingt-quatre heures on ne l'a point vu; il semble qu'il se tienne caché, et qu'au lieu d'aller la tête levée au-devant de la calomnie, si c'en est une, il y succombe et n'ose la combattre. Les ennemis de Victor ont bien profité de cet intervalle et de son inaction, et, pour achever d'éloigner ceux qui par estime pour lui seraient disposés encore à prendre son parti, ils sont déterminés à trouver un moyen de lui faire quelques insultes publiques, parce qu'ils savent que rien ne discrédite plus un homme. »

M. de Revolles, affligé de ces détails, avait fait chercher Raoul pour les lui apprendre, et savoir de lui s'il était instruit du fond de l'affaire. Raoul se trouva embarrassé. Bien que Victor ne pût que gagner à ce que ses secrets se trouvassent entièrement connus, cependant il ne se croyait pas le maître d'en disposer sans sa permission. D'ailleurs il sentait qu'il y aurait de l'inconvénient à révéler les premières scènes de sa vie sans pouvoir exposer en son entier le tableau général de sa conduite, ce qui était impossible en une simple conversation; enfin, après avoir réfléchi un instant : « Ce n'est pas à moi, » dit-il, « à vous instruire de ce qui concerne M. Duchamp; tout ce que je puis vous dire, c'est que, s'il m'a mis dans cette confidence, c'est pour mon avantage, pour me faire profiter de l'exemple de ses vertus, et que, si jamais il m'arrive de faire quelque chose qu'on approuve, c'est à lui que je le devrai. Ensuite, adressez-vous à lui, personne n'est plus franc sur ce qui le regarde, et vous verrez bientôt, j'en suis sûr, par la manière dont il vous répondra, que c'est un homme qui n'a rien à cacher ni à craindre. »

Raoul avait prononcé ces paroles avec une chaleur d'amitié et de conviction qui fit impression sur ses auditeurs; ils approuvèrent sa réserve et se déterminèrent à attendre les explications que Victor lui-même ne pouvait manquer de donner bientôt, Raoul les ayant assurés qu'il n'était pas homme à supporter longtemps une pareille situation. Cependant, Raoul

ayant pris M. de Revolles à part, lui dit qu'il était
déterminé à retourner à Épinal chercher Victor, et
lui apprendre ce qui se passait. M. de Revolles parut
inquiet d'abord pour la sûreté de Raoul; car il croyait
important pour son avenir que son retour vers son
père fût tout à fait volontaire. Mais, d'après ce que
leur avait rapporté la veille M. du Roulet, Raoul ne
se croyait point en danger. « D'ailleurs, » dit-il, « il
faut que tout ceci finisse ; je commence à n'avoir pas
plus de goût que Victor pour des positions équivo-
ques. » Il vit bien alors s'élever chez M. de Revolles
une autre inquiétude qu'il ne savait pas trop comment exprimer. «Rassurez-vous, » lui dit Raoul ; «si en
ce moment je puis être tenté de quelque chose, c'est
d'ajouter une bonne action de plus à toutes celles
qu'a déjà faites Victor dans le cours de sa vie. »

Raoul partit aussitôt qu'on fut sorti de table; les
chevaux de M. de Revolles le conduisirent jusqu'à
une petite distance de la ville, où il désirait arriver
de bonne heure. Il se rendit à l'auberge de Victor et
le fit demander. Il le trouva instruit de ce qu'il avait
eu l'intention de lui apprendre. « Ils ont déjà commencé, » lui dit Victor, « on s'est empressé d'arranger pour aujourd'hui un dîner d'hommes, où je
devais naturellement être invité, et dont ils ont eu
avec affectation le soin de m'exclure. Les gens à qui
j'ai affaire ici sont du dîner; témoins de cet affront,
ils en concluront que je le mérite. Ce premier pas est
décisif; on espère bien que je ne m'en relèverai pas.
— Comment donc n'avez-vous rien fait pour l'empêcher? — Je n'avais rien à faire : quand j'aurais été

m'adresser tour à tour à ceux qu'on a prévenus contre moi, qu'en serait-il arrivé? Quelques-uns auraient été touchés de mes explications, d'autres plus, d'autres moins; ils auraient ensuite discuté ensemble le degré de confiance et d'égards qu'on pouvait m'accorder; je n'aurais jamais su positivement sur quel pied j'étais avec eux; je ne veux point d'une estime équivoque. — Je conçois que vous avez le droit de la dédaigner, cependant... — Non, mon cher Raoul, je ne puis rien dédaigner; cela ne convient qu'à l'homme irréprochable. Des droits que j'ai perdus, le plus beau c'est de mépriser la calomnie. Dans la plus méprisable de toutes, il y a pour moi un fonds de vérité devant lequel je suis obligé de plier. — Vous laisserez-vous donc accabler par celle-ci? — Non, sans doute; je sais l'heure à peu près où l'on doit sortir de table chez Bercal, c'est celui qui a donné le dîner, et qui cherche le plus à ameuter contre moi; je m'y rendrai assez tôt pour les trouver encore tous réunis, et là, de manière ou d'autre, je ne sortirai point sans les avoir obligés à s'expliquer avec moi. »

Raoul insistait sur l'embarras d'entrer dans une pareille explication.

« Mon cher Raoul, » lui dit en souriant Victor, « je sais plus d'une action courageuse qu'on accomplirait peut-être volontiers sans l'embarras de la commencer; il faut tâcher de ne pas se laisser intimider par les petites difficultés, elles ont tué plus d'une bonne résolution. » Raoul rougit. « Entrons chez ma femme, » lui dit Victor, « je veux vous faire faire connaissance avec elle; d'ailleurs, une plus longue absence pourrait l'inquiéter. Je ne cache rien à Hélène de ce qui m'est le plus pénible; elle a tout accepté, veut tout souffrir avec moi; cependant je tâche de lui épargner des anxiétés, et je ne l'instruirai de l'incident d'aujourd'hui que quand il sera terminé. »

Raoul entra chez Hélène; la contrariété qu'il éprouvait d'avoir à se contraindre devant elle fit bientôt place à un sentiment plus doux, mais plus pénible encore. Hélène était en grand deuil, et l'expression de sa physionomie, le ton de sa conversation ne faisaient pas contraste avec son costume. Cependant, à travers les souvenirs de son père, on voyait combien elle était heureuse. Et le bonheur chez Hélène était si touchant! Animée d'une continuelle bienveillance pour les autres, il semblait qu'elle eût voulu reporter sur eux quelque chose de sa félicité; et toujours occupée d'eux, sans se distraire un instant du sentiment qui dominait toute son existence, plus elle éprouvait d'intérêt pour quelqu'un, plus il semblait que cet intérêt se reportât vivement vers celui avec qui elle avait besoin de s'unir dans toutes les affections douces. Elle reçut Raoul avec une amabilité charmante; mais, sans s'en apercevoir, c'était à Victor qu'elle adressait les regards où s'exprimait la bienveillance que lui inspirait son ami. En voyant cette existence si complétement absorbée, perdue pour ainsi dire dans une autre existence, Raoul se sentit douloureusement ému, car il songeait à l'explication qu'allait chercher Victor, à ces projets d'insulte formés contre lui. Au bout de trois quarts d'heure, Victor dit qu'il avait à sortir, et proposa à Raoul de l'accompagner.

Aussitôt qu'ils furent hors de la chambre : «Mon cher Victor,» dit Raoul, «n'y aurait-il donc pas quelque autre moyen que celui que vous allez tenter?... Songez-y bien... il ne faut pas faire d'imprudence. »

Raoul était embarrassé de s'expliquer davantage. Victor le comprit et le remercia de ses sollicitudes. «Je sais,» dit-il, «tout ce qu'ont de grave les dangers que peut courir un homme de cœur par suite d'une accusation déshonorante, et je n'ai jamais été moins disposé à en faire un jeu. Je pense d'ailleurs que l'homme qui se bat pour se disculper n'y gagne ordinairement autre chose que de constater un peu mieux la tache dont il veut se laver. J'éviterai donc toujours autant que je pourrai ces sortes d'affaires; mais je crois que le meilleur moyen d'y parvenir est de bien prouver qu'on ne les craint pas. » Raoul en convint, et Victor ajouta qu'il était bien rare qu'on fût sérieusement provoqué sans avoir manqué ou de fermeté ou de modération.

Ils se séparèrent à la porte de Bercal, Raoul dans la plus cruelle agitation, et Victor animé seulement de cette émotion qui le soutenait toujours dans les occasions difficiles. Lorsqu'il entra, on venait de sortir de table, les portes étaient ouvertes, les convives groupés au fond du salon, en sorte qu'il arriva presque auprès d'eux sans être aperçu, d'autant plus qu'ils paraissaient engagés dans une conversa-

tion très animée, et, d'après l'intention qui avait
donné lieu à ce dîner, Victor ne put douter qu'il ne
fût question de lui. Le premier qui l'aperçut fut le
maître de la maison. Surpris de la présence de Victor
qu'il n'attendait pas, il rougit; mais, se remettant
aussitôt, il s'avança d'un pas vers lui, en disant
d'un ton fort haut : «Je m'étonne beaucoup, monsieur, de vous voir ici; qu'y venez-vous faire? — Et
moi, monsieur, » reprit froidement et fièrement Victor, «je m'étonne beaucoup que vous ne le sachiez
pas, connaissant aussi bien l'affaire qui m'y amène.
— Je n'ai, » continua Bercal toujours plus insolemment, «et ne veux avoir aucune affaire avec vous.
— Aussi, » reprit Victor d'un ton fort dédaigneux,
«n'ai-je pas dit que ce fût à vous que j'eusse affaire. »
Et il continua de s'avancer vers les autres. «On n'a
chez moi affaire qu'à moi, » dit en le suivant Bercal,
dont la colère s'échauffait, tandis que les assistants,
voulant prévenir une querelle, se plaçaient entre
eux, et tâchaient de l'engager à se contenir.

«Messieurs, » dit Victor en s'adressant à tous, «je
vous crois trop hommes d'honneur pour me nier que
j'aie été ici aujourd'hui le principal sujet de la conversation. » Le sourire de quelques-uns, le silence
des autres étaient une réponse suffisante. «Il se peut
qu'on veuille bien s'occuper de vous partout ailleurs
qu'en votre présence, » reprit grossièrement Bercal,
qu'on s'efforçait en vain d'empêcher de parler. «Mais
j'ai l'habitude, » répondit Victor d'un ton presque
menaçant, «lorsqu'on s'occupe de moi, de prendre
part à la conversation. Au surplus, monsieur, ce

n'est pas à vous que j'ai l'honneur de parler; avant
de répondre à chacun de vous comme il me convient, et de toutes les manières qui pourront vous
convenir, permettez que je m'adresse à tous. »

La brutalité de Bercal commençait à choquer tout
le monde; un de ceux qui agissaient de concert avec
lui contre Victor lui dit quelques mots à l'oreille, et
lui fit sentir qu'en indisposant ainsi les esprits, il
préparait le triomphe de son adversaire. Outré de
colère, mais obligé de se concentrer, il alla s'asseoir
dans un coin avec une ou deux autres personnes,
comme dédaignant d'écouter ce que Victor pouvait
avoir à dire; celui-ci, demeuré maître du champ
de bataille, demanda pardon à ceux qui l'entouraient
d'une scène aussi désagréable.

« Mais vous n'ignorez pas, » leur dit-il, « de quoi
je viens vous entretenir; et après les discours dont
j'ai été l'objet, vous comprenez, messieurs, combien
pour moi, et si je puis dire pour vous, qui ne voulez certainement pas être dupes d'un misérable, il
est important que l'explication que j'ai à vous donner soit prompte et décisive. »

Tous en convinrent; cependant quelques-uns auraient bien voulu qu'il la remît à un autre jour,
contents, comme sont toujours les gens timides et
indécis, de croire aujourd'hui tout ce qu'il aurait
voulu, pourvu qu'on leur promît de n'en parler que
demain.

« Non, messieurs, » leur dit Victor, « c'est ici,
c'est ensemble que vous vous êtes formé une opinion
sur mon compte, vous ne pouvez exiger que je vous

15.

laisse sortir sans l'avoir rectifiée; cela ne sera pas
long. Je ne prétends pas discuter avec vous des calomnies et me défendre des torts que je n'ai pas. Je
viens vous faire connaître ceux que j'ai, vous juge-
rez ensuite. A dix-huit ans, pressé par des embarras
que m'avait suscités mon imprudence, je cédai à
une tentation que le hasard plaçait sous mes pas;
une bague que j'avais trouvée, dont j'ignorais, et
dont, je l'avoue, je ne cherchai point à connaître
le propriétaire, fut, dans un moment de détresse,
vendue par moi à Collet pour payer une dette impérieuse. La tête m'avait tourné, une heure suffit
pour compléter mon égarement; et aussitôt commencèrent presque à la fois la punition, le repentir
et les efforts pour réparer. Par suite de fausses im-
putations dont me chargea alors, pour se disculper,
le misérable qui m'accuse aujourd'hui, j'avais tout
perdu; jeté dans le monde sans existence, sans nom,
sans patrie, j'ai tout retrouvé. C'est par moi seul
que je suis arrivé où vous me voyez aujourd'hui, et
peut-être pour y parvenir fallait-il mériter quelque
estime ou quelque confiance. Si cependant vous
croyez devoir me retirer la vôtre, si ma faute vous
paraît tellement grave qu'elle ne puisse être effacée,
je n'ai rien à dire; quelque sévère que soit votre
jugement, je ne me crois pas le droit d'en appeler.
Mais j'ai le droit d'exiger qu'il me soit signifié sans
équivoque, que des réponses évasives, de fausses
apparences d'égards ne viennent point couvrir d'ar-
rière-pensées ni d'arrière-discours. Il faut, messieurs,
que je sache où j'en suis avec chacun de vous, que

je puisse vivre avec confiance au milieu de ceux avec qui je m'explique avec tant de franchise. »

Un court instant de silence suivit ces paroles que Victor avait prononcées d'un ton assez fier, quoique sans arrogance. Avant qu'il pût devenir embarrassant pour lui, le négociant avec qui Victor était en traité d'affaires lui tendit la main. « Monsieur Duchamp, » lui dit-il, « je n'ai jamais tant désiré qu'en ce moment de pouvoir m'arranger avec vous. Si, cependant, j'avais encore besoin de quelques explications, pourrais-je vous les demander? me les donneriez-vous? — Toutes celles que vous voudrez, tout aussitôt que vous désirerez, » lui répondit Victor. Et se tournant vers les autres : « Messieurs, si quelqu'un de vous veut bien mettre assez d'importance à me connaître, pour désirer sur ma conduite des détails qui la lui éclaircissent davantage, il n'en est pas un que je ne me fasse un devoir et une joie de vous donner. — A demain donc, » lui dit le négociant, « et je ne doute pas que tout ne se termine à la satisfaction de tous deux, de moi surtout, qui croirai n'avoir jamais fait une si bonne affaire que d'entrer en relation avec vous. »

Cette déclaration si positive du négociant délia toutes les langues que retenaient encore ou la mauvaise volonté, ou le doute, ou l'embarras de se prononcer, ou celui de trouver les expressions. Victor arrêta les protestations d'estime qu'il voyait prêtes à fondre sur lui de tous côtés. « Messieurs, » dit-il en souriant, « je ne veux point abuser de la précipitation d'un jugement porté immédiatement après le plaidoyer, ni profiter, » ajouta-t-il d'un ton plus sérieux, « de la répugnance que pourraient sentir les gens bien élevés à se déclarer en face sur un sujet si délicat. Il est un moyen de m'instruire de votre opinion à mon égard, qui nous épargnera l'embarras, à vous de la prononcer, à moi de l'entendre. Consentez à vous réunir chez moi dans quinze jours, du moins ceux qui me croiront digne de cet honneur. Vous en recevrez tous l'invitation. Tous, » ajouta-t-il en regardant fixement Bercal et ses amis, que le mouvement qui s'était fait avait ramenés vers le groupe. « Ceux qui ont pu se montrer un peu précipités dans leur conduite envers moi ont, d'ici là, le temps d'y réfléchir. » Puis se tournant vers les autres : « Je verrai, dans l'honneur que vous voudrez bien me faire, une déclaration en ma faveur, et vous trouverez bon que je me croie ensuite autorisé à repousser, comme elle le mériterait, toute attaque soit publique, soit cachée, et que l'on voudrait diriger contre moi. »

Après ces mots, accompagnés d'un nouveau regard jeté sur Bercal, Victor sortit avant que son ennemi troublé de ce dénoûment inattendu se fût décidé sur la manière dont il devait prendre la chose. Raoul était à la porte de la rue, devant laquelle il n'avait cessé de passer et repasser avec une extrême anxiété. Victor le rassura du premier mot : « Il n'y a point, » lui dit-il, « d'honnête homme qui résiste à une conduite franche, ni de malhonnête homme qui la puisse supporter. » Il lui raconta comment la chose s'était passée, le tranquillisa sur les suites que pou-

vait avoir l'humeur de Bercal. « C'est, » lui dit-il,
« un homme léger, accoutumé à vivre en mauvaise
compagnie de jeunes gens sans dignité dans la conduite, ce que les badauds appellent de *bons enfants*.
Il a dans ce moment-ci beaucoup d'humeur, il s'en
consolera en se moquant de moi et de la scène que
nous venons d'avoir. Il subira en plein l'humiliation de venir chez moi assister à l'espèce de réparation qu'on va me faire; mais il la tournera en ridicule et croira son honneur sauvé. Les hommes sérieux ne prennent pas garde à ces gens-là, et il faut
les circonstances où je me trouve pour que celui-là
ait pu me faire quelque mal. — Mais, » lui dit Raoul,
« se rendra-t-on à votre invitation ? — Je n'en doute
nullement; d'ailleurs je n'y épargnerai rien : M. de
Revolles se déclarera pour moi sans que je l'en prie;
M. Leblanc reviendra si cela est nécessaire ; et, avec
l'appui de leur amitié, j'aurai certainement, avant
quinze jours, l'opinion en ma faveur. De pareils soins
sont pénibles, » ajouta Victor avec un sourire plein
de tristesse : « il est plus doux, mon cher Raoul,
d'avoir à marcher droit son chemin, sans s'embarrasser les pieds dans de pareilles épines. Une seule
chose me force d'en être humilié, c'est que, comme
j'ai volontairement accepté tout ce qui me parais-
saitjuste, je ne supporte que ce que j'ai voulu. »

Cette idée le ramenant naturellement à la situation de Raoul, il lui demanda s'il avait enfin pris
son parti. «J'ai besoin, » lui dit Raoul, «d'en causer
avec vous. Je coucherai ce soir à Épinal, donnez-moi
un moment ce soir. » Victor le lui promit. Ils en-

trèrent chez Hélène, et s'aperçurent facilement qu'elle
était tourmentée d'une sorte d'inquiétude. Hélène
ne questionnait jamais son mari sur ses affaires,
mais elle était accoutumée à les savoir toutes, et,
depuis son arrivée, elle l'avait vu préoccupé sans
en connaître la raison; il était sorti plusieurs fois
dans le jour, et ne lui avait point dit une seule fois
où il allait. Quand il rentra, ses regards ne l'inter-
rogeaient point, mais il était clair qu'ils attendaient
une réponse. Raoul crut devoir les laisser en liberté,
et sortit en rappelant à Victor sa promesse. Celui-ci
lui remit, pour s'occuper en attendant qu'il allât le
trouver, les papiers de Spalberg qu'il venait de recevoir à l'instant même. Cet infortuné était mort le
matin dans les meilleurs sentiments et dans une situation d'âme douce et tranquille. Raoul lut avec
intérêt ces papiers adressés à Victor, bien qu'écrits
dans un moment où Spalberg était fort éloigné de
l'espérance de le revoir.

XXX

PAPIERS DE SPALBERG

TENTATIONS QUE J'AI EUES DE REDEVENIR HONNÊTE HOMME

PREMIÈRE TENTATION : LES COUPS DE BATON

C'est à vous que j'adresse ceci, mon cher Burk-heim, quelque part qu'on vous trouve, si tant est qu'on vous trouve encore quelque part. A en juger par votre vie passée, il est plus que probable que j'écris à un homme assassiné depuis trois ou quatre ans dans quelque bois, noyé dans quelque puits, grillé dans quelque incendie. Je pouvais rencontrer une pareille fortune; vous savez que je ne la crains pas; mais il faut accomplir sa destinée, et l'invisible pouvoir qui dirige la mienne m'a toujours paru tellement décidé à me maintenir dans la carrière que j'ai prise d'abord, qu'il faut nécessairement qu'il ait toujours eu en vue, pour quelque fin que j'ignore, de me conduire où j'arrive aujourd'hui, aux galères qui m'attendent au sortir de la prison d'où je vous écris.

Les tentations que je veux vous raconter ne sont

pas trop de celles dont on s'occupe ordinairement entre la prison et les galères; ce sont pourtant les seules dont le souvenir puisse m'être agréable à rappeler dans ma condition actuelle, précisément parce qu'elles sortent du genre, et que le genre ne me plaît pas. Ce sont d'ailleurs les seules tentations dans ma vie auxquelles je n'aie pas succombé, les autres ont eu leur entier effet; mais celles-là, que sont-elles devenues dans ce monde où l'on prétend que rien ne se perd? Dans quelle sorte d'air se sont évaporés ces bons sentiments qui, pendant quelques minutes, ont eu quelquefois une existence si réelle dans mon cœur, qu'ils gonflaient et faisaient battre avec une puissance extraordinaire? Une heure s'était à peine écoulée, que tout s'était évanoui, et au dedans, au dehors de moi, j'en cherchais vainement la trace ou la source. Quelquefois ils ont voulu se présenter à moi dans des moments de loisir; je leur ai dit : « A quoi m'avez-vous servi? Vous n'êtes que des fantômes. »

C'est seulement depuis que je vous ai connu, mon cher Burkheim, que mes bons sentiments m'apparaissent sous une forme solide et durable; ils pourraient servir à quelque chose ; ce serait quelque chose pour moi que de vous les faire connaître; ils ne périraient plus, car vous en conserveriez un souvenir que rien ne pourrait altérer.

J'ai donc pensé qu'il était possible, en effet, que ce qu'on appelle *le bien* fût quelque chose de réel, lorsqu'il va frapper et retentir sans fin au cœur d'un honnête homme. Ainsi, mon cher ami, c'est à vous à donner à ce très peu de bien qu'il y a en moi la seule existence qu'il puisse avoir ; c'est à vous que je désire pouvoir confier cet infiniment petit reste d'un ami qui ne s'estime que d'une seule chose en ce monde, de vous avoir estimé.

Je n'avais guère plus de seize ans, que la vie que j'ai toujours menée depuis m'avait déjà repoussé par ses dégoûts, retenu par l'embarras d'en sortir. Mon père était un assez riche marchand de Bruxelles. Comme il avait perdu ma mère de bonne heure et qu'il n'avait personne pour l'aider à la fois et dans le soin de ses affaires et dans l'éducation de son fils, il soignait ses affaires et s'occupait peu de son fils. Toujours à son comptoir, la pipe à la bouche, il ne me parlait presque jamais ; à table il s'occupait avec son commis des ventes de la journée, des variations du change, et de l'état politique de l'Europe dans ses rapports avec le commerce de détail ; le soir il fumait et buvait de la bière avec ses amis. Comme on lui avait dit que j'avais de l'esprit, il m'envoyait aux écoles publiques, où j'apprenais ce que je pouvais et faisais ce que je voulais.

Je voulais surtout m'amuser ; c'était à mes yeux la véritable destination de la vie, qui me paraissait, à seize ans, quelque chose de fort gai. Je m'amusais donc de toutes les manières dont je pouvais m'aviser, dans toutes les occasions qui pouvaient s'offrir. Heureusement pour ma santé, que mes divertissements n'auraient pas ménagée, le défaut d'argent, et la nécessité d'être exact aux heures que me prescrivait mon père pour rentrer à la maison, rendaient ces

occasions plus rares que je n'aurais désiré. Ceux de
mes camarades qui, un peu plus âgés et libres, m'ai-
daient à trouver des amusements, n'étaient pas gens
qui pussent m'aider à trouver de l'argent, encore
moins m'en donner. Enfin le jeu m'ouvrit une ressource. J'y gagnai, j'y perdis, mais du moins il m'aida
à former ces relations qui donnent toutes les facili-
tés possibles pour se ruiner; je pus faire des dettes,
et j'en fis.

Grâce à la variété des chances de la fortune, on va
quelque temps dans la vie de joueur sans être obligé
de payer; au moment d'une grande détresse un petit
bonheur vient ranimer votre crédit; quand on n'a
plus rien à perdre sur ses gains, on perd sur ses espérances. Cependant les miennes étaient tellement à
bout, que mes créanciers commençaient à perdre les
leurs, et la patience avec. Un d'eux, à qui j'avais emprunté vingt ducats pendant une semaine où il se
trouvait en gain, vint un jour à me rencontrer dans
la rue et me dit : « J'ai tout perdu hier soir, rends-
moi mes vingt ducats. » Il prétendit n'avoir pas aperçu
mon père qui était à deux pas derrière moi. J'ai toujours cru, au contraire, que lui et quelques autres
avec qui il agissait de concert avaient imaginé ce
moyen de ravoir leur argent. Mon père s'approcha :
« Vous devez vingt ducats? me demanda-t-il froidement. — Accompagnés de plusieurs autres, » répondit en riant mon créancier. Puis me poussant du
coude : « Voilà la cloche fondue, me dit-il tout bas,
profitez-en. » Et il se sauva.

Pour moi, je n'étais en état de profiter de rien :

étourdi, bouleversé comme on l'est toujours des premières conséquences d'une première sottise, je ne
voyais plus, n'entendais plus rien, et demeurais à
ma place sans songer à en sortir. Mon père me prit
sous le bras, me ramena à la maison et me fit monter dans sa chambre sans que ni l'un ni l'autre nous
eussions prononcé une seule parole. Quand nous y
fûmes, il me dit : « Combien devez-vous? » Je ne
tentai seulement pas de répondre. Je n'imaginais pas
qu'il me fût permis de prononcer les paroles que
j'avais à dire. « Combien devez-vous? » me répéta-
t-il d'un ton tranquille, mais très positif; « répondez, quand je vous le demande. » Je voulus cette fois
essayer de parler, impossible; mes idées grossissaient
au passage, rien ne pouvait sortir. Alors il mit devant moi une table, du papier, des plumes, de l'en-
cre, approcha une chaise, m'y fit asseoir et me dit :
« Écrivez vos dettes, et surtout n'oubliez rien. » Il
sortit en disant ces mots et m'enferma dans sa chambre.

Je commençais à me remettre et à penser qu'il me
serait fort commode, puisque le plus difficile était
fait, de me voir débarrassé de mes dettes les plus
criardes, car je ne pensais pas les déclarer toutes,
bien qu'en admirant la patience inattendue de mon
père je n'espérasse pas qu'elle pût aller jusqu'à la
somme que j'avais à lui présenter. J'inscrivis donc
les vingt ducats et quelques autres créances exigi-
bles; puis j'attendis, non sans un violent battement
de cœur, le retour de mon père, qui rentra une demi-
heure après.

« Tout y est-il ? » me demanda-t-il après avoir additionné d'un coup d'œil le papier que j'avais honteusement poussé à côté de moi sur un coin de la table. « Êtes-vous bien sûr de n'avoir rien oublié ? » Sa physionomie, en disant ces mots, n'était pas plus refrognée, le son de sa voix pas plus rude qu'à l'ordinaire ; cela me donna courage, je ne répondis rien. « Je vous ai dit, » reprit-il d'un ton qui commençait à s'irriter, « que je voulais absolument que tout y fût. Avez-vous entendu cu non ? Ne me le faites pas répéter une fois de plus. » Et il s'en alla de nouveau.

Pour le coup je résolus de profiter complétement de l'occasion, et je mis avec le plus grand scrupule tout ce que je devais, jusqu'à un raccommodage de bottes que je n'avais pas encore donné à faire. Toutefois, la liste me paraissait si longue et la somme si forte, que je n'avais pas le courage de supporter que mon père y jetât les yeux en ma présence ; et ayant laissé le papier sur la table, je profitai du moment où il le prit pour tâcher de m'esquiver ; mais il me suivait du coin de l'œil et me retint par le bras, ferma la porte en dedans et se mit à lire et à supputer ; après quoi il me renouvela la question, et lorsque j'eus répondu que rien n'y manquait, il prit un bâton et m'en donna autant, aussi fort et aussi longtemps que sa vigueur put le lui permettre. Après cela, il me dit : « A présent, je vais payer vos dettes et vous laisser continuer vos études de même qu'auparavant. Comme je ne puis pas être sur vos talons à vous surveiller, vous continuerez aussi à faire ce qu'il vous plaira ; mais si vous me donnez de nouvelles dettes à

payer, vous me les payerez, vous, comme aujour-
d'hui, en y ajoutant seulement quelque chose pour
l'augmentation des risques; puis, je vous enfermerai
à jamais au pain et à l'eau. » Il sortit après cela, puis
rouvrit la porte et ajouta : « J'oubliais de vous dire
que, si j'apprends de vous quelque escroquerie qui me
déshonore, vous voyez bien ce fusil, il y aura deux
balles pour vous. Réfléchissez là-dessus. » Il sortit ensuite sans fermer la porte ni me demander ma parole;
il me laissait libre sur la sienne.

Rien n'était assurément plus loin de ma pensée en
ce moment que le désir d'abuser de cette liberté. Ce
n'est pas que le sentiment des coups de bâton me dis-
posât à la componction; mais il avait complétement
éteint le goût des plaisirs, et le premier qu'il me permit de sentir avec quelque énergie, ce fut celui du
repos. Au besoin du repos physique, quand je commençai à me remettre des suites de la correction que
j'avais reçue, se joignit une certaine satisfaction du
repos moral que j'éprouvais en songeant que mes dettes
étaient payées; et je ne sentais pas une de mes contusions qui ne me rappelât à la fois l'inconvénient de
faire des dettes et l'avantage de n'en plus avoir. Je fus
donc sage et prudent quelque temps; mes camarades
se moquaient de moi; ils disaient que j'avais peur
des coups de bâton; je le niais d'abord, je m'en offen-
sais; puis j'étais honteux de ne pas vouloir des coups
de bâton, et ce fut le point d'honneur qui me rangea
dans la première sottise. Les autres vinrent ensuite
grand train. Je me trouvai plus obéré que la première fois et ne sachant où faire ressource, car celles

que j'avais trouvées chez mon père n'étaient bonnes
qu'en impromptu. Mes camarades étaient aussi em-
barrassés que moi. Le jeu ne soutient qu'aussi longtemps qu'on a de quoi y perdre; mais pour nous retrouver à ce point, il fallait commencer par regagner.
Nous commencions à en avoir assez pour nous défier
des infidélités de la fortune; nous résolûmes d'y mettre ordre, et il fut décidé que nous gagnerions au
jeu.

La chose fut d'abord proposée comme amusement.
Nous connaissions quelques jeunes gens assez sots.
C'était un plaisir que de les duper, le plaisir en était
d'ailleurs plus facile. Ils étaient riches, cela nous faisait paraître l'action plus légitime, elle était en même
temps plus profitable. Cependant, nous ne nous bor-
nâmes pas longtemps à eux. En frappant toujours au
même endroit, nous aurions trop fait sentir la douleur de la blessure, et on aurait pu finir par en re-
chercher la cause. Nous étendîmes notre domaine, et
sortîmes du cercle de nos amis. Les foires, les mar-
chés aux environs de la ville, où nous étions moins
connus, nous étaient surtout d'une grande ressource.
Il n'était plus question pour moi de la contrainte où
m'avait tenu la nécessité de l'exactitude aux heures.
J'avais trouvé moyen de me procurer la clef d'une
porte de derrière de la maison de mon père. J'avais
donc au moins toute la nuit de libre; et mon père,
homme gros et pesant, se couchait de bonne heure et
dormait longtemps. On commençait une partie avant
que j'arrivasse : j'arrivais, et la fortune commençait
à se déclarer. Un coup d'œil rapide et sûr, le talent

de mes confrères, ma jeunesse qui donnait la vraisemblance à mon apparente naïveté, enfin l'art d'a-
muser les spectateurs aux dépens de leur dupe, tout
me donnait dans ces occasions un rôle si brillant,
que mon amour-propre satisfait s'y attachait par le
plaisir, au moins autant que par le profit. Une certaine fierté, prise je ne sais où, m'aurait peut-être
rendu difficile sur le rôle d'escroc ; j'étais vain de
celui d'habile mystificateur ; et les applaudissements,
qu'on n'avait garde de m'épargner, finissaient toujours par entrer à compte dans ma part sur les gains.
Ils ne m'empêchaient pourtant pas d'être quelquefois
attristé de la consternation ou du désespoir de ceux
que nous avions dépouillés. Là où finissait le diver-
tissement j'étais mal à mon aise, et tout ce qui ne soutenait pas ma gaieté me laissait retomber dans un
certain bon naturel qui, plus d'une fois, si la honte
ne m'eût retenu, m'aurait fait proposer au moins une
petite revanche, afin d'adoucir pour le moment une
détresse dont je n'aurais pas été témoin le lendemain ; mais mes camarades, plus conséquents, étaient
là pour soutenir ma faiblesse, et il fallait bien ensuite
oublier un chagrin qu'on ne me permettait pas de
soulager.

Le jeu n'était pas l'unique but de notre association ; elle avait étendu son commerce à d'autres
branches d'industries, qui engageaient souvent mes
camarades dans des spéculations encore plus hasardeuses. Mais soit que les balles du fusil de mon père
me fussent restées dans la tête, soit toute autre
cause, je n'avais jamais voulu leur prêter mon se-

cours dans ces sortes d'entreprises. Aussi étaient-ils plus riches que moi, et moi toujours endetté avec eux, et par conséquent dans une sorte de dépendance qui commençait à me déplaire. C'était d'indignes canailles. J'ai cependant depuis rencontré bien pis.

Un jour, en passant dans la rue, je vis un garçon de caisse occupé à ramasser des sacs d'argent que je ne sais quel accident venait de faire tomber de la sacoche où il les portait sur son épaule; un des sacs s'était délié, et l'argent répandu absorbait tous ses soins. Un de mes camarades l'aidait, c'était le plus audacieux de tous. J'étais assez convaincu qu'il avait eu part à l'accident, pour ne m'occuper qu'à observer quel profit il en pouvait tirer. L'argent remis dans le sac et bien compté, on s'occupait de rassembler les sacs. Il s'en trouva un de moins. En effet, je l'apercevais sous un tas de bois assez éloigné, où, je ne sais comment, l'autre avait eu l'adresse de le pousser. On cherche vainement, le malheureux porteur se désespère. Il va perdre non-seulement cet argent dont il répond, mais sa place qui le fait vivre. Il a eu le malheur quelques années auparavant, étant ivre, de perdre une somme d'argent assez considérable; le négociant chez qui il est lui a pardonné, en considération de son honnêteté, de sa pauvreté, de sa nombreuse famille, mais en lui déclarant qu'une seconde faute de ce genre le rendrait indigne de toute grâce. Depuis ce temps, il n'a pas bu une goutte de vin; mais on ne le croira pas; il va mourir de faim, lui, sa femme et ses six enfants. Et il pleurait à fendre le cœur. Mon indigne camarade le consolait, jurait

qu'il allait de ce pas se porter témoin pour lui devant
son maître, parlait d'intéresser la ville en sa faveur ;
on eût dit qu'il en tenait toutes les autorités sous sa
main ; le pauvre homme ne savait comment témoigner sa reconnaissance. Le sang me bouillait, mais
les devoirs sacrés de camarade étaient devant mes
yeux. Enfin, le pauvre homme, qui avait un moment
paru consolé, reprenant tout à coup son désespoir,
s'élança comme un homme qui va s'aller jeter dans la
rivière. Je n'y tiens plus, je cours après lui, l'appelant comme si je venais d'apercevoir le sac, et, le
saisissant par le bras, je le ramène au tas de bois, où
il retrouve son sac et sa vie ; ensuite je me sauve et
vais me renfermer, n'osant plus reparaître devant
mes camarades. Il est certain qu'en ce moment j'a-
vais plus peur d'eux que de mon père ; et si, pour
éviter de les revoir, il n'avait été question que de recevoir des coups de bâton, j'aurais été capable de les
accepter ; mais il fallait les demander, cela passait
mes forces.

Le lendemain je fus reçu comme on le juge bien.
J'avais rassemblé tout mon courage ; je me fâchai,
et dis que je voulais pouvoir être honnête homme les
jours où la fantaisie m'en prenait ; on me répondit
que cette prétention-là n'allait qu'aux gens qui n'a-
vaient pas de dettes. Je n'eus rien à répliquer. Cependant on avait besoin de moi ; un de nos camarades se chargea de nous réconcilier ; ce service lui
gagna ma confiance, qu'il avait déjà commencé à
s'attirer en feignant de prendre une certaine part aux
velléités de probité qui me saisissaient quelquefois.

Je lui parlai avec amertume de mon dégoût et de ma dépendance. Il parut partager mes sentiments, s'efforça de les augmenter; mais il finissait toujours par me dire : « Il faudrait payer tes dettes. »

« J'y ai bien pensé, » me dit-il un jour, « il faut les faire payer par ton père. » Je me mis à rire en secouant les épaules et en le regardant. « Oh! » ajouta-t-il, « je ne prétends pas que tu entres en traité pour les coups de bâton, mais il y a un autre moyen. Ton père est un homme prévoyant. Du moment où il t'a annoncé qu'il payerait encore une fois tes dettes, il n'est pas douteux qu'il n'ait mis quelque part de côté la somme qu'il aura jugée nécessaire. Prends-la où il l'a mise, fais-en l'usage auquel il l'a destinée. Ses intentions se trouveront ainsi remplies, et tu n'en retrancheras que les coups de bâton, qui n'ajoutent rien à la moralité d'une action. »

L'argument était spécieux; je ne vis rien à y répondre; je n'ai jamais été fort sur les principes, mais un certain instinct m'inquiétait. Cependant, pour ne pas encourir le ridicule d'une pareille répugnance, je me retranchai sur la difficulté.

« Il n'y en a pas, me dit mon camarade : la fausse clef servira à forcer la porte, on trouvera quelque moyen doux pour forcer le secrétaire. Le lendemain, tu t'éveilleras en te frottant les yeux et en étendant les bras, tout étonné d'entendre crier au vol, tout stupéfait de voir le secrétaire de ton père ouvert et dévalisé : et tu seras libéré sans qu'il en coûte rien à personne; car l'argent reste là, j'en suis sûr, et, tant que vivra ton père, il ne servira pas à autre chose. »

Je demandai du temps pour réfléchir ; mon adroit
camarade eut soin de ne me reparler de la chose que
dans les moments de désespoir, où il me voyait livré
sans défense. Enfin je cédai, je donnai la clef. Elle
ne fut pas plutôt hors de mes mains que j'en pensai
devenir fou. J'allai supplier qu'on me la rendît, on
ne fit que rire de mes instances. Cependant elles devinrent si vives, si ardentes, que l'on parut disposé à
y céder ; mais on exigeait complaisance pour complaisance ; il s'agissait d'une entreprise à laquelle
j'avais refusé de prendre part. Un de mes camarades, neveu d'un joaillier, avait vu chez son oncle un
collier de pierres fines d'un prix assez considérable,
que lui avait confié pour le vendre un quaker qui
passait par Bruxelles et faisait commerce de bijoux.
L'affaire ne s'étant pas arrangée, le joaillier avait
rendu le collier ; mais le jeune homme avait eu le
temps de le faire imiter parfaitement ; il s'agissait
de substituer le collier faux au véritable. On aurait
eu pour cela grand besoin de mon adresse à prendre
un rôle ; mais j'avais obstinément refusé celui-là.
On profita du trouble où j'étais. Tout me paraissait
préférable à ce qui m'avait en ce moment frappé l'i-
magination ; on m'étourdit, on me flatta ; la chose,
si je m'en chargeais, devait réussir haut la main et
sans danger. Le quaker partait le soir même, et ne
pouvait avoir le temps de s'apercevoir de la superche-
rie. D'ailleurs il était homme à ne pas voir les choses
le nez dessus, eût-il eu ses lunettes. Le neveu du
joaillier s'était amusé depuis huit jours à le contre-
faire ; son langage, son costume, sa démarche étaient

le sujet de nos continuelles plaisanteries ; on m'amusa de la scène que j'allais avoir avec lui, je cédai. La clef me fut promise au moment où je remettrais le collier, mes dettes étaient payées, je me trouvais libre. Je me préparai à mon rôle, et au jour tombant (c'était en hiver), je me rendis chez le quaker. J'avais vieilli ma figure et trouvé moyen de me donner un certain air d'importance. Tout réussit d'abord comme on me l'avait promis : le quaker me montra le collier que je feignais d'avoir envie d'acheter ; je le regardai en tout sens, le critiquai en connaisseur, demandai, afin de le mieux voir, une lumière de plus ; le quaker se tourna pour la prendre, j'exécutai l'échange ; mais le commis du quaker, qui, monté sur une chaise, cherchait quelque chose dans le haut d'une armoire, me vit par-dessus le battant de l'armoire placé entre lui et moi, et, dans sa précipitation à se jeter à terre pour sauter sur moi, renversa je ne sais quoi qui me frappa si violemment à la tête, que j'en tombai sans connaissance.

En rouvrant les yeux je me trouvai seul avec le quaker, qui me frottait les tempes et m'administrait les secours nécessaires. A peine eus-je rassemblé mes idées, que je pensai me trouver mal de nouveau.

« Frère, » me dit le quaker aussitôt que je fus en état de l'entendre, « je ne crois pas que tu puisses avoir besoin de tout ce que tu as voulu me prendre ; mais si tu as besoin de la moitié, nous partagerons. »

Je le regardai fixement, comprenant à peine ce qu'il voulait me dire ; il me répéta sa proposition. Alors, ébranlé comme je l'étais par ce qui venait de

m'arriver et par les sentiments qui m'avaient agité
toute la journée, je fondis en larmes.

« Pleure, frère, » me dit le bon quaker, « et,
comme l'a dit le Seigneur, tu seras consolé. C'est par
moi qu'il veut que tu aies aujourd'hui ton pain quo-
tidien. Découvre-moi tes blessures, afin que j'y verse
le vin et l'huile ; les misères renfermées s'aigrissent
dans le cœur et y produisent le venin. »

Mes misères étaient si peu de nature à être racontées au bon quaker, que je ne pouvais que pleurer
sans répondre : il redoublait ses tendres sollicitations,
et ne faisait que redoubler mes sanglots. Jugeant que
la honte seule me retenait : « Si tu manques du pain
des pauvres, » me dit-il, « n'en rougis pas, le Seigneur me l'a remis pour toi. Si c'est du pain de l'âme
que tu as besoin, viens me revoir, je reste encore ici
quelque temps, et nous prierons, nous méditerons,
nous lirons ensemble les saintes Écritures. Si pour
rentrer dans la droite voie tu as besoin de bons offices
qui t'ouvrent la porte fermée, n'épargne pas mes
soins, la charité est le vrai chandelier qui ne doit pas
être laissé à l'abri sous le boisseau, dans la crainte que
l'air n'use trop vite sa lumière. »

Les paroles du quaker me pénétraient le cœur, ses
offres commençaient à recueillir en moi des espérances ; je me déterminai à parler, et à travers les larmes,
les réticences, je parvins à lui faire comprendre la
nature de mes besoins. Le zèle de ce brave homme
n'en fut pas refroidi ; mais sa prudence se mit de la
partie. Il consentait à me porter secours, mais il voulait une conversion, un aveu à mon père, qu'il pré-

16.

tendait faire consentir à m'exempter des dangers du traité. Ensuite, il voulait entrer lui-même dans mes affaires, connaître mes camarades, se mettre en relation avec eux; puis j'entrevoyais des sermons, des lectures, enfin une montagne de chaînes et de difficultés dont la seule pensée m'oppressait déjà la poitrine. Je voulais sincèrement redevenir honnête homme; mais je voulais que ce fût bientôt fait, et le moyen pur et simple de mon père me paraissant de beaucoup plus expéditif, j'aurais voulu de bon cœur que l'opération fût déjà commencée. Enfin, je ne décidai rien avec le quaker; mais je lui promis qu'il aurait bientôt de mes nouvelles, et le quittai en lui demandant le secret pour prix du parfait repentir auquel je m'engageai, décidé à tenir ma parole.

Mon accident, mes émotions, des vulnéraires qu'on m'avait fait avaler, la fièvre qui commençait à me travailler, avaient singulièrement exalté mon cerveau. En marchant, j'achevai de me monter la tête sur la générosité avec laquelle il me semblait que j'avais refusé de compromettre mes camarades, sur la vertueuse résolution avec laquelle je me croyais déterminé à m'exposer à toutes les conséquences de la colère de mon père. J'allai trouver mes camarades dans cette disposition; je fus reçu avec des reproches et toute l'humeur de l'espérance trompée; je voulus faire parler les sentiments qui m'animaient alors, on me hua. Saisi d'indignation, je déclarai que je rompais toute société, et, pour première preuve, redemandai ma clef, que je voulais, disais-je, jeter dans le puits, afin de m'ôter tout moyen de les rejoindre.

On refusa de me la rendre. Je menaçai de tout découvrir; la colère où j'étais leur fit craindre enfin
quelque dangereuse imprudence. On entreprit de me
calmer; on me dit que j'étais malade, que pour mon
intérêt même on ne pouvait rien traiter avec moi
dans ce moment, qu'il fallait remettre au lendemain
et m'aller coucher; il ne fut pas difficile de m'y faire
consentir, j'étais excédé; mais, en m'en allant, je
songeai qu'ils pourraient vouloir faire usage de la
clef dans la nuit, et je retournai leur dire de s'en
garder, parce que je les avertissais qu'en ma qualité
de malade je ferais veiller toute la nuit quelqu'un
auprès de moi. Ils parurent trouver la chose fort
simple, et ne me firent aucune observation.

Je me ravisai en marchant, mes idées recommen-
cèrent à bouillonner dans ma tête, et j'arrivai décidé
à me jeter aux pieds de mon père et à lui dire : «Mon
père, je viens à vous, je viens me remettre en vos
mains pour me sauver du déshonneur où l'on veut
m'entraîner. » J'oubliais alors complétement nos
subtilités de jeu, et quoique je n'eusse aucune raison
de croire que mon père voulût me compter pour
acquit les friponneries que je prétendais n'avoir pas
faites, comme je m'exaltais en vertu, je l'exaltais en
magnanimité, et me représentais tout fini à ma satisfaction; mais je trouvai mon père entre trois de
ses amis, deux pots de bière et des échantillons de
marchandises, engagé dans une discussion importante, m'écoutant et me répondant à peine. Cette situation me parut en désaccord avec le mouvement
que je voulais produire; et, après quelques minutes

d'attente, il me parut que je ferais mieux d'écrire le
lendemain à mon père et d'aller chez le quaker attendre le résultat de ma démarche. Puis m'étant déclaré
malade, ce qui, à la mine que j'avais, n'était pas
difficile à persuader, j'allai me coucher, et la servante
eut ordre de passer la nuit près de moi.

J'étais à peine au lit, qu'un de mes camarades que
mon père connaissait un peu, mais sans le connaître
aucunement pour ce qu'il était, vint le trouver, et
lui dit que je lui avais paru si changé le matin, qu'il
était inquiet de moi et venait savoir de mes nouvelles.
Mon père lui ayant dit que j'avais la fièvre, il parut
désirer par attachement de passer la nuit près de moi.
La servante, qui avait envie de se coucher, appuya la
proposition. Elle faisait assez ce qu'elle voulait dans
la maison, parce qu'elle était bonne cuisinière, active,
intelligente, verbeuse quand elle avait de l'humeur,
ce qui troublait le repos de mon père, et économe
quand il la laissait faire à sa guise. Mon père accepta
donc, et je fus fort étonné de voir entrer dans ma
chambre mon nouveau garde-malade; il me dit que,
dans l'état où était ma tête, on avait craint pour mon
propre intérêt que je ne parlasse imprudemment devant la servante, et qu'il valait mieux que j'eusse
auprès de moi un de mes amis. Il travailla à me calmer et y parvint sans peine; mes idées commençaient
à s'engourdir, et, comme il l'avait prévu, je tombai
bientôt dans un profond sommeil. Alors il attendit
que mon père et la servante fussent couchés et en-
dormis, alla à la chambre de celle-ci, lui dit qu'il
était tard, que je dormais paisiblement, et que j'en

avais pour le reste de la nuit ; qu'il s'allait coucher, et qu'il suffisait qu'elle allât, aussitôt qu'elle serait éveillée le lendemain matin, savoir si j'avais besoin de quelque chose. Il se fit ouvrir la porte de la maison, et la servante, à moitié endormie, s'alla recoucher, bien persuadée qu'elle n'avait rien de mieux à faire.

Vers trois heures du matin, je fus réveillé par un léger bruit. « Tais-toi, » me dit une voix que je reconnus pour celle d'un de mes camarades.

« N'est-ce pas dans le petit salon, » me dit un autre, « qu'est le secrétaire où ton père met l'argent de réserve ? — Vous n'en saurez rien, » dis-je en me levant sur mon séant ; mais j'avais soin de parler bas. — Allons, allons, dépêche-toi ; autrement nous serons obligés de faire du bruit en cherchant. »

Je voulus résister, on me prêcha : « On ne te demande pas, disait-on, d'y mettre la main, tout sera fait sans que tu t'en mêles : plains-toi donc, tandis que nous courrons pour toi tout le risque. »

Je refusais toujours, mais ma fermeté diminuait, la fièvre était tombée et ne m'avait laissé que de l'abattement ; mon réveil subit ajoutait au désordre de mes idées, la moitié de mes facultés était absente, et celles qui me restaient n'étaient pas encore familiarisées avec les bonnes habitudes.

« N'est-ce pas, » me répétait-on, « dans le petit salon, à main droite ? — Qu'en sais-tu ? — C'est toi qui me l'as dit ! — Quand te l'ai-je dit ? — Peu importe. Dans quel endroit du secrétaire ? — Je n'en sais rien. — Dis donc ! s'il faut tout ouvrir, cela fera un bruit

du diable. — Que l'enfer vous confonde ! — Eh bien !
allons ; tant pis pour lui si on entend. — Tu ne veux
pas le dire ? — Je voudrais que vous fussiez pendus.
— Allons-y donc, et arrive que pourra. — Vous êtes
tous des misérables. — Décidément, tu as donc bien
envie qu'on entende ? — Laissez-moi tranquille...
Dans le coffre d'en bas. »

Ils me quittèrent, à l'exception d'un seul qui resta
pour me garder ; j'entendis peu de bruit, toutes les
précautions avaient été bien prises. A un certain signal mon gardien me quitta, et je passai le reste de
la nuit dans l'angoisse que vous pouvez concevoir.
Sur le matin, un sommeil de fièvre avait un instant
fermé mes paupières, lorsque de grands cris m'éveil-
lèrent ; je ne doutai point que l'instant de la terrible
découverte ne fût arrivé, et me cachais, en tremblant,
la tête dans mes draps, lorsqu'on entra en m'apprenant que mon père avait été enlevé dans la nuit par
une attaque d'apoplexie. Quel hasard ! cher Burkheim ; et dans les vues d'une Providence, comment
l'expliquer autrement que par les galères ?

Le désordre du vol se confondit avec le désordre
qu'avait occasionné la mort de mon père ; personne
ne pouvait plus dire positivement s'il y avait eu de
l'argent dans le secrétaire ; personne ne pouvait être
sûr qu'on ne l'eût pas laissé ouvert la veille ; il y eut
des étonnements, des *on dit,* des soupçons, mais rien
de positif ; personne n'avait un grand intérêt à prouver, la chose demeura obscure et bientôt oubliée. On
me nomma des tuteurs ; ils ne me donnèrent pas
beaucoup plus d'argent que mon père, mais ils ne me

rendirent pas si difficile de faire des dettes. Je les payai quand je fus majeur ; alors j'empruntai parce que j'avais de l'argent ; puis j'empruntai parce que je n'en avais plus. Je voulus plus d'une fois me ranger ; j'essayai différents états. J'y réussis d'abord, parce qu'ils m'étaient nouveaux ; je m'en dégoûtai bientôt, parce qu'ils me devinrent monotones. Ce monde-ci, par le côté où je l'ai vu, l'est prodigieusement : il m'ennuyait, j'avais besoin de m'en distraire ; je ne le pouvais que par les secousses, les aventures de tous les jours. Je vouai ma vie aux irrégularités, et la poussai partout où elles voulurent me conduire.

DEUXIÈME TENTATION : LE DÉSINTÉRESSEMENT

Je vous connus, mon cher Burkheim, et je me dis : Voilà un homme qui croit pouvoir remplir sa vie avec des vertus et de belles actions. Cela est bon pour le dimanche, mais les six jours de la semaine il faut encore autre chose.

Je vous connus davantage, et me dis alors : Il a sa manière, ce n'est pas celle de tout le monde ; mais, au fait, elle peut lui convenir.

Enfin, je vous connus tout à fait, et pour le coup je dis : Burkheim est un homme heureux ; il sait tirer d'un événement autre chose que l'amusement de la journée. Il sait lier une de ses actions à l'autre, de manière à ce que chacune l'avance vers son but. Il veut être un homme de bien ; je ne sais pas à quoi cela peut le mener ; mais, en y allant, sa vie se passe d'une manière intéressante.

Quand je vous quittai au sortir de la forêt, le cœur
plein des sentiments que nous avions partagés, je
n'aurais pas demandé d'autres plaisirs ; mais on n'a
pas toujours des dangers à courir, des sacrifices à
faire, et je n'ai pas comme vous la faculté de m'élever
aux joies de la vertu en donnant des leçons d'ortho-
graphe à de petites filles. Cependant vous me restiez
dans la tête, et c'en était assez de votre souvenir et
de la présence de Reichburn pour me dégoûter d'une
existence qui me séparait de vous et que je partageais
avec lui. J'eus encore une fois envie d'en essayer une
autre. Le hasard me fit rencontrer un officier général
que j'avais connu quelques années auparavant. Il
m'avait vu courageux, beaucoup plus que mon état
ne l'exigeait, dans une occasion où il s'était agi de lui
rendre un assez grand **service** : il ne m'en avait pas
demandé davantage pour me prendre en affection, et
ne cherchait pas à savoir ce qui aurait pu le déranger. Il me fit avoir une place dans une administra-
tion militaire. Par un autre hasard, je me trouvai
placé sous un chef d'une probité si rigoureuse, qu'il
était la terreur de tous les employés subalternes. On
l'avait choisi pour rétablir l'ordre dans cette admi-
nistration longtemps livrée au pillage. Il avait fait des
exemples si sévères, qu'on n'osait plus s'y exposer ;
d'ailleurs, il n'eût pas été facile de le tromper : vigilant, minutieux, il voyait tout et ne passait rien. Sans
aucune malveillance, il cherchait partout la faute
qu'il supposait toujours, parce qu'il l'avait presque
toujours trouvée. Sans se targuer de sa probité, qui
lui était naturelle, il commençait toujours par douter

de celle des autres, qu'il avait rarement rencontrée.

Saint-Martin, c'était son nom, me vit d'abord avec défiance, pour cette seule raison qu'il ne me connaissait pas. D'ailleurs, je lui étais arrivé par la voie de protection, qui lui était toujours suspecte. Je fus d'abord tenté de m'amuser à l'attraper; puis mes idées se tournèrent d'une autre manière : il me prit une humeur assez plaisante de ce que cet homme se croyait le seul honnête homme au monde. Je me mis dans la tête de l'étonner par la rigueur de mon exactitude; je parvins en effet à le surpasser : il n'en revenait pas. Je me divertissais de sa surprise, de son application à me retourner par tous les bouts pour découvrir la cause ou s'assurer de la réalité du phénomène, puis des progrès de sa confiance, puis du retour de méfiance qui le saisissait tout d'un coup. Ce plaisir-là eût cependant fini par s'user comme les autres, si un incident ne fût venu le rendre plus piquant.

L'âge, l'assiduité au travail donnèrent à Saint-Martin une maladie sur les yeux, qu'il voulait considérer comme une incommodité passagère et qu'il s'obstina à ne pas ménager. Il continua à tout voir par lui-même, malgré l'affaiblissement progressif de sa vue, dont il ne voulait pas convenir, mais dont il était aisé de s'apercevoir. On se risqua à en profiter, des premiers essais réussirent. Enfin, on lui fit passer sous les yeux et approuver une pièce de comptabilité qui contenait un faux manifeste. On avait eu soin qu'elle ne me fût pas communiquée; mais un employé subalterne m'en avertit. La fraude avait été découverte dans les bureaux par des gens qui n'en profitaient pas, et qui avaient résolu de s'en servir pour perdre Saint-Martin, qu'ils détestaient. S'il était renvoyé, j'avais toutes les chances possibles pour être nommé à sa place, et mon protecteur qui ne l'aimait pas m'avait dit plusieurs fois que si je trouvais moyen de le faire sauter, je pouvais être assuré de le remplacer dès le lendemain. Cette occasion ne me tenta pas. Je n'ai jamais fait de ces petites bassesses sans hasards et sans danger. Puis, je me représentais cette grande figure austère à cheveux blancs, humiliée sous le poids de la honte, que Saint-Martin n'aurait pas supportée quoiqu'il ne l'eût pas méritée ; cela me paraissait inconvenant, déplacé. Il ne put croire d'abord à son erreur, je la lui prouvai, elle fut réparée ; mais il en demeura troublé, confondu. De toute la journée il ne put s'en relever.

Le lendemain il me dit : « Je vais donner ma démission. Faites des démarches pour avoir ma place. Je vous la souhaite, non pas parce que je vous dois tout, non pas parce que vous m'avez rendu le plus grand service qu'on puisse rendre à un homme, mais parce que vous êtes le plus parfait honnête homme que j'aie jamais rencontré. » Sa voix s'émut, en me disant ces paroles, de la joie profonde d'avoir rencontré un si honnête homme ; et moi, mon cher Burkheim, je pensai en pleurer avec lui.

« Attendez du moins, » lui dis-je, « que vous sachiez avec certitude si vos yeux ne se remettront pas.

—Mais en attendant, » me répondit-il, « si je ne fais pas mon devoir, personne ici ne fera plus le sien. Cela

ne peut pas aller ainsi. Quand mes yeux seront revenus, s'ils reviennent, je trouverai bien à me faire employer d'une autre manière. — Vous êtes sans fortune. — En tous cas, j'aurai une retraite ; ma bonne
Rosine (c'était sa fille) est élevée dans mes principes ;
satisfaite de tout ce qui est honnête, toujours bien
dès que sa conscience est tranquille. S'il faut travailler, eh bien ! elle travaillera avec joie pour un père
aveugle et honnête homme. »

Son attendrissement allait augmenter ; j'étais aussi
en train de m'attendrir. « Non, » repris-je ; « vous
vous servirez de mes yeux jusqu'à ce que les vôtres
vous rendent ou vous refusent décidément le service ;
puisque vous avez assez de confiance en moi pour me
désirer votre place, vous devez en avoir assez pour
consentir à ce que je la remplisse pour vous. »

Il réfléchit quelques instants, puis me tendit la
main et me dit : « Vous êtes un brave homme ! J'ai
eu un fils, » continua-t-il, et ses yeux se remplirent
de larmes ; « il est mort, Dieu lui fasse paix ; jamais
il ne serait devenu l'appui de ma vieillesse. Il avait de
l'esprit, des talents, mais il n'éprouvait pas le besoin
impérieux de les employer dans les voies exactes. Il
eût peut-être fait fortune, et je me serais séparé de
lui, j'aurais refusé son secours. De vous j'accepte tous
les services que vous voudrez me rendre. » Et il me
quitta pour aller écrire à sa fille qu'il avait rencontré
un trésor.

Peut-être, quand l'étourdissement de cette scène
fut passé, aurais-je trouvé quelque chose de risible
dans ces émotions qu'avait fait naître en nous deux

la parfaite conviction de mon inaltérable probité;
peut-être me serais-je trouvé par trop ridicule sous le
rôle austère dont je m'affublais; mais nous partîmes
deux jours après pour la ville d'Allemagne où Rosine
était élevée dans une pension. Espérant y séjourner
quelque temps, son père la fit sortir, et tous les jours
je vis Rosine. Tous les jours Rosine, instruite par son
père des sentiments dont j'étais digne, me remerciait
avec tout le bonheur de la reconnaissance. Elle cherchait à trouver, dans tout ce que je faisais, des services rendus à son père pour avoir à me remercier
encore, et je les multipliais pour être remercié par
Rosine. Six mois se passèrent ainsi, je ne vous en dirai
rien; je ne puis plus parler de Rosine. J'ai besoin que
vous sachiez que j'existe encore et comment j'existe;
mais j'ai encore plus besoin que Rosine l'ignore.

Un jour Saint-Martin me dit : «J'ai consulté, je me
suis examiné moi-même; c'est fini, je deviens aveugle. Je vais donner ma démission; mais j'ai fait les
démarches nécessaires pour vous assurer ma place,
appuyez-les de votre côté. »

Je lui répondis que je n'acceptais qu'à une condition; c'est qu'il me permettrait d'ajouter à sa retraite
de quoi la rendre suffisante. Il hésita; mais la pensée
de sa fille l'emporta. J'obtins la place, nous conclûmes
l'arrangement convenu; j'attendis, pour en proposer
un autre, la paix, que l'on croyait devoir être pro-
chaine, et qui me donnait les moyens de rendre mon
existence moins errante, condition sans laquelle je
n'aurais jamais pu espérer que Saint-Martin consentît
à m'accorder sa fille. D'ailleurs, j'aimais à jouir en-

core quelque temps du plaisir d'accumuler les bienfaits. La reconnaissance de Rosine m'avait fait connaître le bonheur ; je voulais le doubler s'il était
possible.

Je fus obligé de faire un voyage qui me sépara d'elle
pour quelque temps, et les paroles que nous nous
dîmes au moment du départ fixèrent tous nos désirs
et nos espérances sur le moment du retour. J'eus
dans ce voyage à examiner des comptes suspects,
plus que suspects pour moi, car c'étaient ceux de
Reichburn. Il avait trouvé moyen d'entrer dans les
fournitures de l'armée d'Allemagne, et les exploitait
avec une impudence dont j'ai vu peu d'exemples; il
volait aux soldats ce qu'il devait leur fournir, et ven-
dait aux ennemis ce qu'il nous avait volé. J'avais de
quoi le faire fusiller; mais faire fusiller Reichburn
pour des choses auxquelles deux ans auparavant je
l'aurais peut-être aidé ! Je me sentais pour cela devenu trop honnête homme. Il avait, de son côté, de
quoi se faire craindre de moi, mais je n'y songeais
pas ; et, s'il eût voulu m'y faire songer, je l'aurais
probablement bravé; mais il me supplia, me parla
de notre ancienne amitié; et pour qu'il ne m'en parlât plus, je hâtai mon affaire. Je palliai, déguisai,
Reichburn fut sauvé. Ce ne fut pas sans périls pour
moi; ma hardiesse, mon habileté suffisaient à peine
à couvrir l'imprudente maladresse de mon protégé.
Je revins un peu inquiet dans la ville, où je devais
rejoindre Saint-Martin. Je le trouvai chez moi. Il s'y
était fait conduire, car il était devenu, dans mon
absence, tout à fait aveugle. Il était instruit de tout.

On avait su quelque chose de l'affaire de Reichburn ; des gens qu'avait mécontentés mon avancement allèrent le lui reprocher. Le nom de Reichburn suffit pour l'alarmer, il le connaissait déjà. Il prit de nouvelles informations, saisit la trace de mes anciennes liaisons avec Reichburn : dès lors tout fut fini.

« Je n'ai pas besoin, je pense, » me dit-il lorsque j'entrai, « de vous dire pourquoi je romps avec vous ; comment vous m'avez trompé, à quel point vous m'avez trompé, c'est ce que j'ignore, ce que je n'ai pas besoin de savoir. Adieu, vous m'avez fait faire, en vous appuyant, la seule action de ma vie que je me reproche. »

L'effort des sentiments qu'il contenait, l'affaiblissement, suite du ravage qu'ils avaient causé en lui, peut-être des souvenirs plus tendres, faisaient couler deux larmes de ses yeux immobiles sur son visage décomposé par la souffrance de son âme. Saisi, renversé, je voulus répondre ; il appela la servante qui l'avait amené, et je ne pus dire une parole. Je courus bientôt chez lui ; je ne pus le voir ni pénétrer jusqu'à Rosine : elle n'avait plus à me remercier. Le lendemain matin, j'appris qu'ils étaient partis dans la nuit pour une petite cour d'Allemagne, où l'on faisait espérer à Rosine une place de gouvernante.

J'étais condamné. Tout me devint indifférent, excepté le supplice auquel j'avais besoin d'échapper. Pour ne pas devenir fou, ou plutôt parce que je n'avais pas la force de le devenir, je cherchai les seules distractions qui ne pussent me rappeler Rosine. Bientôt le désordre de ma vie effaça complétement la trace

qu'il ne m'était plus possible de suivre. L'affaire de
Reichburn commença à faire du bruit, je ne l'empê-
chai pas; il s'en présenta d'autres, je les fis, ou les
refusai, ou les laissai faire selon le caprice, l'intérêt
du moment; j'amassai contre moi les services que
j'avais rendus, ceux que j'avais refusés; je ne vous
dirai pas si je quittai ma place, si on me l'ôta, elle et
moi nous n'allions plus ensemble. Mon protecteur se
laissa persuader qu'un grand chagrin m'avait tout à
fait tourné la tête. Il m'aimait encore, il voulut
adoucir ma chute et m'en distraire; il me proposa
de partir avec lui. Je le suivis, puis je le quittai, et
en 1813 j'étais en Espagne.

TROISIÈME TENTATION : L'ENFANT.

Peu de temps après la bataille de Vittoria, j'étais
dans une ville assez proche des frontières, et occupée
par un détachement français. Des militaires en pays
ennemi ne sont ni pointilleux sur leurs sociétés, ni
sévères sur leurs plaisirs. Je m'étais promptement
trouvé en relation avec les officiers du détachement;
le commandant avait même assez de goût pour moi;
c'était un militaire plus brave que rangé. Il avait
pourtant bien vécu avec une Allemande, qu'il avait
épousée, après l'avoir enlevée à sa famille, et qui était
morte en Espagne, où elle l'avait suivi, lui laissant
un fils, qu'il adorait à tel point, qu'on le soupçon-
nait, chose étrange ! d'avoir commencé à faire pour
lui des économies. Gustave (c'était le nom de l'enfant)
m'aimait beaucoup. Nous parlions ensemble l'alle-

mand, plaisir qu'il n'avait pas souvent depuis la mort de sa mère, et je comprenais mieux que ceux qui l'entouraient certaines idées qu'il tenait de sa mère et de l'éducation qu'il en avait reçue. Gustave avait neuf ans : c'était un enfant charmant. La vie de hasard qu'il avait menée à la suite de son père lui avait donné du courage et de la décision ; la société de sa mère y avait joint qeulque chose de tendre et d'exalté. Je ne sais quel souvenir confus me rappelait ce mélange d'allemand et de français : je m'y étais attaché.

Un soir nous faisions du punch chez son père. Gustave voulut toucher au réchaud d'esprit de vin, il le renversa sur lui ; le feu gagna promptement son léger vêtement de coutil ; je me jetai sur lui, j'étouffai le feu, qui avait heureusement pris à la veste de dessus. Mais à peine éteint, et encore entre mes mains, qui le pressaient pour étouffer jusqu'à la dernière flamme, Gustave s'aperçoit que le feu vient de se communiquer à mon pantalon, se débarrasse de mes mains, et se jette à son tour sur moi, employant les siennes pour me sauver. Ce trait de courage et de présence d'esprit dans un enfant me toucha vivement. Les brûlures qu'il avait reçues pour moi furent les seules dont il se sentit quelque temps ; les miennes étaient plus considérables, mais n'eurent cependant aucune suite fâcheuse. Nous devînmes inséparables ; pour le père, s'il eût eu dans le monde quelque chose de plus cher que son fils, il me l'aurait confié.

Le poste que nous occupions, assez mal gardé, comme cela est souvent arrivé dans les désordres de

la guerre d'Espagne, fut surpris une nuit par les
Espagnols. Éveillé au premier tumulte, je cours chez
le commandant pour lui offrir mes services. Il avait à
peine pris le temps de s'habiller.

« Mon cher ami, » me dit-il, « vous n'en avez
qu'un à me rendre : il faut que j'aille à mes affaires ;
vous, prenez mon fils et ces mille louis que j'avais
économisés pour commencer à lui faire un sort ; si
nous chassons ces gens-là, vous me rendrez tout ; si
je reste ici, vous disposerez de l'enfant et de l'argent
pour son meilleur avantage. Adieu. » Je voulais insister, l'accompagner, partager ses périls. « A mon
fils, à mon fils, » dit-il en me repoussant avec une
anxiété excitée en ce moment par le redoublement
du tumulte, et il sortit rapidement.

Je me décidai à suivre ses volontés, mais j'eus un
combat à livrer. Gustave voulait aller rejoindre son
père, et voulait se battre ; à moitié habillé, il cherchait à tâtons, dans l'obscurité, son petit fusil d'exercice, et n'écoutait ni mes raisons ni mes prières. Je
fus obligé de me fâcher pour qu'il consentît seulement à m'entendre. Je lui dis les ordres de son père ;
je pris le ton de l'autorité. Il pleura, voulut s'arracher les cheveux, mais ne résista point. Je l'emme-
nai malgré son désespoir ; ce ne put cependant être
qu'après qu'il eut trouvé son fusil et sa giberne. Je
le tirai par la main à travers les rues en tumulte ; il
s'arrêtait, se retournait à chaque pas, toujours prêt à
m'échapper pour aller joindre son coup de fusil à
ceux qu'il entendait de loin. Enfin, nous sortîmes de
la ville par le côté opposé à celui qu'attaquaient les

17.

Espagnols, contre lesquels nos soldats, malgré leur surprise, faisaient une vigoureuse résistance.

A peine étions-nous sortis, que Gustave pensa se jeter à mes genoux, pour me conjurer de rentrer : il avait oublié son chien Pédrillo ; c'était un gros caniche très intelligent, qui le suivait partout, et faisait tout ce qu'il voulait. « Pauvre Pédrillo, » disait-il, « il me cherche, j'en suis sûr ; » et Gustave pleurait, et malgré mes efforts nous avancions très peu. Enfin, avant que j'aie pu l'en empêcher, il appelle : « Pédrillo ! Pédrillo ! » Il l'avait reconnu de loin, et un souffle joyeux nous annonce en effet l'arrivée de Pédrillo, qui accable de caresses son jeune maître. De ce moment Gustave marcha comme je voulus, et en silence, ce qui n'était pas toujours aisé à obtenir quand il avait Pédrillo pour causer avec lui. Mais, entouré d'ennemis comme nous l'étions, le moindre bruit pouvait nous perdre ; aussi je fus extrêmement troublé, lorsqu'au bout de cinq minutes Pédrillo commença à grogner, puis à courir en aboyant vers un objet qu'il voyait ou sentait de loin. Doublement inquiet et du bruit que faisait Pédrillo et de la cause qui l'excitait, je n'osais cependant l'appeler pour le faire taire ; mais je disais à Gustave que certainement j'allais l'attacher au premier arbre et le laisser là ; et Gustave tremblait pour son chien, lorsque j'entendis une voix qui parlait à Pédrillo, tantôt d'un ton flatteur, tantôt d'un ton menaçant, comme pour se délivrer de ses attaques. Je reconnus un Français nommé Laporte, espèce d'agent subalterne, que nous voyions quelquefois chez le commandant, où il faisait un per-

sonnage assez équivoque. Établi depuis longtemps en
Espagne, il s'était offert comme pouvant, par ses relations, être utile à l'armée française ; mais nous
soupçonnions, quoique nous n'eussions pu faire partager cette idée au commandant, que Laporte se faisait payer par nous, pour sa sûreté, de l'office d'espion,
qu'il remplissait au profit de nos ennemis. Pédrillo
ne pouvait le souffrir ; nous prétendions que c'était
de l'instinct et nous, nous étions divertis à augmenter cette aversion ; en sorte qu'il avait peine à le voir
sans se jeter sur lui.

« Diable de Pédrillo ! » nous dit Laporte en arrivant auprès de nous, encore tout échauffé de sa querelle avec le chien. « C'est pourtant lui qui m'a aidé
à vous retrouver. » Il nous raconta qu'ayant su chez
le commandant que je venais de partir avec Gustave,
il nous avait cherchés pour aller de compagnie avec
nous, et qu'à la sortie de la ville, ayant vu Pédrillo,
il avait pensé que nous n'étions pas loin ; et qu'en
effet peu de temps après il avait entendu Gustave
l'appeler, et qu'alors il avait pris un chemin plus
court pour rejoindre celui qu'il jugeait que nous
devions avoir suivi. Je lui demandai quelle raison
avait pu l'engager à quitter la ville. Il me dit que
les services qu'il nous avait rendus le mettaient en
danger, si les Espagnols se trouvaient les maîtres.
Cette fuite, le motif plausible qu'il en donnait, ébran-
laient un peu mes soupçons ; d'ailleurs je ne lui connaissais nul motif de vouloir nous nuire, et il pouvait nous être utile.

Je voyais aussi peu de moyens d'éluder sa société.

Je l'acceptai donc avec les apparences de la satisfaction, et Gustave, tout fier du service qu'avait rendu
son chien en nous amenant Laporte, répétait : «Nous
voilà quatre; maintenant, ils seront bien hardis s'ils
nous attaquent.» Laporte riait des secours que nous
pourrions tirer de Gustave et de son chien. «Vous
ne savez donc pas,» reprit Gustave indigné, «que
je n'ai qu'à lui dire : *Pédrillo, pille!*» et aussitôt,
en effet, l'animal, comme s'il n'eût attendu que le
signal de son maître, sauta sur son ennemi, que
nous eûmes assez de peine à en délivrer. Quoique je
retinsse difficilement l'envie de rire que me donna
l'humeur de Laporte, et l'espèce de frayeur que de
ce moment commença à lui causer le chien, je gron-
dai Gustave et l'obligeai d'attacher Pédrillo à son
bras avec son mouchoir, à quoi il ne consentit que
lorsque nous eûmes trouvé moyen de faire le nœud
de manière à ce qu'il pût se défaire sur-le-champ au
moindre signal de danger, et ne gênât ni le courage
de Pédrillo, ni le coup de fusil que son maître prétendait bien tirer au premier ennemi qui se présen-
terait pour inquiéter notre passage. Laporte demanda
si le fusil était chargé; Gustave répondit qu'on pouvait bien penser qu'il ne s'était pas mis en route
sans cette précaution, et encore sans un bon nombre
de cartouches dans sa giberne. Je vantai son adresse
à ajuster, qui était en effet très grande; je n'étais
pas fâché à tout hasard de donner à Laporte une idée
respectable de nos moyens de défense.

Nous n'entendions plus tirer, et Gustave voulait
retourner à la **ville**, convaincu que les Espagnols

étaient repoussés. Je ne pensais pas de même, et
l'opinion de Laporte était conforme à mes craintes,
que je ne communiquais cependant pas au pauvre
Gustave; car j'étais bien certain que, si la ville était
prise, le commandant n'existait plus. Je répondis à
Gustave que la volonté de son père était qu'en tout
cas nous continuassions notre route. Nous voulions
nous rendre à un poste français, assez peu éloigné,
mais situé du côté par où les Espagnols étaient
venus nous attaquer; en sorte que nous ne pouvions
suivre la route qui y conduisait directement sans
nous exposer à les rencontrer. D'ailleurs, cette route
était entrecoupée de bois et de ravins qui la rendaient fort dangereuse; au lieu qu'en prenant un
détour nous avions à traverser un pays beaucoup
plus ouvert. Ce fut le parti que je m'obstinai à suivre, quoique Laporte m'assurât qu'en allant tout
droit il connaissait des passages ignorés des gens
mêmes du pays, qui d'ailleurs, occupés à l'attaque
ou au pillage de la ville, n'étaient probablement pas
en ce moment répandus sur la route. Au surplus,
il me dit connaître aussi très bien le chemin que je
préférais, et nous marchâmes sous sa conduite.

Nous nous dirigions vers l'est de la ville. A la fin
de la nuit, nous entendîmes sur notre gauche une
suite de coups de feu qui nous parurent provenir
d'une sorte d'engagement. Ils étaient dans la direction de la route que j'avais voulu éviter. En supposant cependant qu'ils vinssent de cette route, nous
en étions plus près que je ne le croyais. Et lorsque
le jour vint à paraître, en examinant le pays que

nous allions parcourir, il me sembla que ce n'était
pas celui que j'avais compté traverser; je ne recon-
naissais pas ces aspects unis et découverts qui pro-
mettaient un voyage moins dangereux : aussi loin,
au contraire, que ma vue pouvait s'étendre, je voyais
les ombrages s'épaissir, les inégalités se multiplier.
Je le dis à Laporte, qui me répondit que nous n'a-
vions qu'un quart de lieue à faire dans ces fourrés,
après quoi nous retrouverions une plaine unie comme
la main. Il me pressa d'avancer pour arriver plus tôt
au lieu où nous serions, dit-il, tout à fait hors de
danger. Il avait en me parlant quelque chose d'inquiet et d'agité, que je ne savais pas bien comment
expliquer; il jetait de temps en temps un coup d'œil
sur Gustave, comme s'il eût voulu l'écarter pour me
parler; puis il se rapprochait de moi, et se trouvait à
quelque distance de lui sans en profiter pour me rien
dire. Gustave commença à se plaindre de la fatigue,
et à demander s'il n'était pas possible de se reposer
un peu. Laporte lui dit qu'il serait plus à l'abri et
plus à couvert sous les arbres. Ce me fut une raison
pour vouloir rester à l'endroit où nous étions. Gustave s'assit, puis se coucha, puis s'endormit; ce fut
l'affaire d'un instant. Alors, pour essayer de faire
parler Laporte, je parus inquiet sur la suite de notre
voyage, mettant en délibération s'il ne valait pas
mieux risquer de se rapprocher de la ville. Il m'en
dissuada. Je lui dis qu'il me paraissait dangereux de
continuer notre route, ignorant si les Espagnols,
vainqueurs ou vaincus, ne s'étaient pas de nouveau
dispersés dans la campagne; il parut partager mes

craintes, et autant jusqu'alors il avait été occupé à
me rassurer, autant il prenait à tâche de m'alarmer.
Je commençai à me montrer extrêmement troublé :
voyant qu'il me voulait effrayer, je m'effrayai autant
que cela pouvait lui être agréable; je le laissai me
diriger du côté qu'il voulut, et le conduisis ainsi à
me faire comprendre qu'il savait que j'avais l'argent
du commandant, et que, si je voulais partager avec
lui, il nous ferait arriver au poste sans aucun danger de la part des Espagnols; bien entendu, ou au
moins sous-entendu qu'il était le maître de nous
livrer à eux. Je ne fis point le difficile; j'avais mené
la chose de telle manière que je pouvais, sans invrai-
semblance, paraître aussi empressé d'accepter la
proposition de Laporte, qu'il l'était de me la faire;
j'objectai seulement l'enfant. Je feignis qu'il était
instruit des volontés de son père; je prétendis que le
commandant m'avait enjoint devant lui de remettre
son argent et son fils aux parents de sa femme en
Allemagne; l'un ne pouvait pas trop arriver sans
qu'on me redemandât l'autre, et je n'étais pas homme
à vouloir compromettre, en le refusant, mon honneur et ma sûreté. Je ne donnai cependant pas à cette
injonction une force insurmontable, et telle qu'elle
ne pût céder à un bon expédient. Il fallait que Laporte me crût absolument livré. L'opinion assez mé-
diocre qu'il avait de la probité en général et de la
mienne en particulier lui rendait la chose fort vraisemblable, et d'ailleurs tout occupé de m'attraper,
il ne songeait pas à regarder si ce n'était pas moi par
hasard qui l'attraperais. Il me proposa plusieurs

moyens de parer à l'inconvénient qui m'arrêtait, et vit aisément que j'étais pour le plus expéditif. Nous nous dîmes, pour la forme, que Gustave à son âge ne courait aucun danger, et qu'il était cependant assez grand pour trouver lui-même son chemin jusqu'au poste où, comme de raison, je déclarai ne vouloir plus me rendre. Nous convînmes donc de nous éloigner au plus vite pendant son sommeil. L'argent partagé, Laporte devait me conduire au chef de la bande la plus voisine, et me faire donner un sauf-conduit, avec lequel je pouvais sortir d'Espagne. Je me levai le premier pour me mettre en marche. « A gauche, » me dit Laporte ; et il ajouta en souriant : « Nous n'aurons pas beaucoup de chemin à faire pour les trouver. »

Je fis quelques pas dans la direction qu'il m'indiquait ; puis, m'arrêtant tout d'un coup : « Il vaudrait mieux, » lui dis-je, « faire un détour ; ce diable de chien peut nous éventer, et si Gustave s'éveille promptement il ne manquera pas de le mettre à notre piste ; il serait bon de lui donner un peu le change. »

Laporte se moqua de moi. J'abandonnai ma proposition, puis j'y revins avec l'opiniâtreté de la crainte. Les détachements français étaient aussi en campagne ; je ne voulais pas, disais-je, tomber entre leurs mains ; j'ajoutai que j'avais vu des choses étonnantes de l'instinct de ces caniches, mais qu'il suffisait d'un rien pour les dérouter ; cinq cents pas seulement sur la droite, puis revenir à gauche sur le même chemin, c'était assez pour que Pédrillo perdît

la voie. Laporte s'impatientait de mon obstination;
mais, à la manière dont il la combattait, je vis bien
qu'il n'était pas encore assez près de ses amis pour
se croire en état de prendre le haut ton. Ainsi je tins
ferme, et tournai à droite; Laporte me suivait en
levant les épaules; je lui avais donné une haute
idée de ma poltronnerie; il ne s'étonnait que de ma
bêtise.

Quand nous eûmes descendu par la droite une
espèce de petite butte sur laquelle nous étions, et
que je l'eus mise entre nous et le fourré qui était à
gauche, je commençai à marcher assez rapidement,
m'éloignant toujours du lieu où était Gustave, que
je ne voulais pas compromettre dans les dangers
de la lutte qui pouvait s'engager. Laporte me suivait, disant : «En voilà assez, en voilà quatre fois
plus qu'il ne faut...; si vous continuez, je m'en retourne, et tirez-vous-en comme vous pourrez. »
Alors, me voyant dans un endroit assez découvert
pour ne craindre aucune embuscade : «Allons, dis-
je, ne vous fâchez pas, je vous suis; » et me retour-
nant, je lui donne dans la poitrine, au moment où
il ne s'y attendait pas, un coup de la crosse de mon
fusil; il fait en chancelant quelques pas en arrière :
il tombe, mais seulement assis, et retenant mon
fusil qu'il avait saisi, pour m'empêcher de lui en
porter un second coup; alors j'abandonne mon fusil
et me jette sur l'homme; mon projet était de le lier
et de le forcer à nous conduire. Ce gredin-là ne valait pas mon coup de fusil; d'ailleurs, nous en
avions besoin pour éviter la rencontre des Espagnols;

mais il était beaucoup plus fort que moi; et tandis
que je cherchais à l'abattre tout à fait pour m'emparer ensuite de ses mains, il avait lâché le fusil et
tiré un poignard caché dans une espèce de ceinture;
il allait probablement me l'enfoncer dans le côté,
quand j'entendis crier : *Pédrillo, pille!* et Pédrillo,
sans se tromper, saisit le bras de mon adversaire, en
même temps que Gustave arrivait en courant, et,
l'arme en joue, me répétait : « Otez-vous, ôtez Pédrillo, que je tue ce coquin-là. »

Pédrillo avait décidé la victoire. Laporte, désar-
mé et renversé, me demandait grâce. « Misérable, »
lui dis-je, « tu vas nous conduire au poste, et si à
cinquante pas de nous seulement j'aperçois un Espagnol, sois sûr que le premier coup est pour toi. »
Je lui donnai en même temps ma parole qu'aussitôt
que nous serions en vue du poste je lui rendrais sa
liberté, dont il ferait bien de profiter pour se sauver
le plus vite qu'il pourrait.

Laporte promit tout ce que je voulus; mais, pour
plus de sûreté, je lui liai les mains derrière le dos;
je lui attachai mon mouchoir sur la bouche pour
l'empêcher de donner aucun signal, et en cet état
nous nous remîmes en marche. J'avais mon fusil en
bandoulière, je tenais Laporte d'une main, et de
l'autre un pistolet, tandis que du côté opposé Gustave tenait son fusil tout armé, et regrettait un peu
que je ne l'eusse pas laissé le décharger sur le coquin qui voulait nous livrer aux Espagnols. Aussi,
comme je craignais de sa part trop d'empressement
à saisir la première occasion d'exercer une justice

Ôtez-vous, ôtez Pédrillo, que je tue ce coquin là !

T. 2 page

militaire, je lui recommandai, au cas de danger, de ne tirer son coup que si je manquais le mien, et de le réserver pour un Espagnol, ce qui au vrai, disait-il, lui plaisait davantage.

Il me raconta que son chien, agité sans doute de me voir m'éloigner sans pouvoir me suivre, l'avait tellement tiré en se plaignant, qu'il avait fini par l'éveiller. Alors, étonné de ne plus nous apercevoir, il s'était levé, et, lâchant Pédrillo, avait suivi la route qu'il lui indiquait; il nous avait aperçus au moment où nous luttions l'un contre l'autre, et comme il avait l'esprit aussi prompt que le coup d'œil, sans en demander davantage, il avait lancé Pédrillo à mon secours. Le mouvement d'une aventure où il avait joué un rôle si brillant avait ranimé pour quelque temps les forces de Gustave. Cependant la fatigue recommença à se faire sentir. Laporte, qui d'abord nous avait égarés à dessein, craignant maintenant pour le moins autant que nous de rencontrer un Espagnol, nous conduisait par une route tout opposée à celle que nous avions suivie, mais qui nous allongeait beaucoup. Gustave ne marchait plus qu'avec peine, ne répondant aux sollicitations que je lui faisais d'avancer que par des soupirs. Enfin il s'arrête, appuyé sur son fusil, et me dit : « Mon ami, je n'en puis plus. » La rougeur et l'abattement de sa figure ne me confirmaient que trop ses paroles; et nous étions encore loin du poste. Je veux l'engager à prendre courage, je n'en obtiens que cette réponse : « Mon ami, je n'en puis plus. » Et il ajoute en s'asseyant à terre :

« Ils me tueront s'ils le veulent, ce sera bientôt fait. —Ils ne vous tueront pas, » lui dis-je, « ils ne tuent pas les enfants; mais ils me tueront, moi qui ne vous abandonnerai pas. »

Alors il se relève avec un effort rapide, comme s'il eût craint que sa volonté ne pût le soutenir long-temps, et se remet à marcher. Mais son visage était contracté, des larmes coulaient de ses yeux. Je n'ai jamais vu la volonté dominer à ce point un être faible. Enfin je commençais à craindre que son courage n'épuisât les forces de sa vie, et je me déterminais à m'arrêter à tout risque, lorsque le visage morne de Gustave se ranime. Il écoute, et d'une voix entrecoupée par la fatigue, l'espérance, la crainte : « J'entends le tambour, » me dit-il, « j'entends une marche française. » J'écoute aussi et reconnais qu'il ne s'est point trompé. Bientôt nous voyons paraître dans l'éloignement un détachement français. Alors la joie épuise le reste de vigueur qui soutenait encore Gustave, il tombe à terre, haletant, prêt à se touver mal. Laporte profite de mon effroi pour s'échapper, et moi de sa fuite pour lui tenir ma promesse. Je ranime Gustave, je le relève, je le soutiens, je le porte; nous avançons comme nous pouvons, aussi rapidement que nous pouvons vers le détachement; on nous aperçoit, on vient au-devant de nous; Gustave est emporté, placé sur le cheval de l'officier qui commandait, et je trouvai encore une fois qu'il y avait de bons moments dans la vie.

Cependant j'appris de mauvaises nouvelles. Les Espagnols, après avoir soutenu quelque temps leur

attaque, avaient feint de céder, et le bon commandant, presque toujours trop brave pour être assez
prudent, trompé d'ailleurs par de faux avis, ayant
voulu, malgré la nuit, se mettre à leur poursuite,
était tombé dans une embuscade où il avait péri
avec un grand nombre de ceux qui l'accompagnaient. La troupe que nous venions de rejoindre
faisait partie du poste où nous avions dessein de
nous rendre. On avait reçu à ce poste, pendant la
nuit, l'avis que les Espagnols étaient embusqués sur
la route : on ignorait dans quelle intention, mais on
jugeait utile de les débusquer; on avait donc envoyé ce détachement, qui, s'il eût pu arriver à
temps, eût fait en effet manquer leur entreprise.
Par malheur, on avait été averti trop tard; le détachement n'était plus qu'à une petite distance du lieu
où se trouvait placée l'embuscade, lorsqu'il entendit
les coups de feu (les mêmes que nous avions enten-
dus). Ils ne durèrent pas longtemps, et le détachement, qui s'avançait toujours, apprit, par un
soldat qui s'était sauvé blessé, le désastre de ses camarades et la mort du commandant; le soldat se
croyait certain que les Espagnols avaient profité de
ce succès pour marcher de nouveau sur la ville, où
sans nul doute ils avaient des intelligences, et qui
devait, selon toute apparence, tomber facilement
en leur pouvoir. Le détachement, d'après ce récit,
n'avait cru devoir continuer sa marche que jusqu'à
l'endroit où avait eu lieu le combat, afin d'emporter
les blessés, s'il y en avait encore sur le champ de
bataille On n'en avait pas trouvé un seul en vie, et

après avoir donné aux morts un peu de terre et quelques regrets, on s'en retournait au poste en emportant le corps du pauvre commandant que je reconnus, mais que Gustave, dans l'état où il était, n'avait heureusement pu apercevoir.

Il se remit promptement et pleura son père de bon cœur; mais il n'éprouva ni trouble ni inquiétude sur son propre avenir; il avait déjà vu le monde et les vicissitudes de la vie, il avait appris à les prévoir et à ne pas les craindre. Seulement il me dit une fois : « Comment vivrons-nous ? » Je lui répondis : « Nous vivrons, » et il attendit tranquillement que je lui eusse fait part de *nos* projets. J'étais pour lui un ami inséparablement lié à sa destinée, un compagnon dont les conseils étaient bons à suivre, dont la raison lui était utile, dont il n'imaginait pas que l'appui lui pût être nécessaire, mais dont la société entrait dans les plans de sa vie. Son parti était pris, il voulait à quinze ans se faire soldat, et disait habituellement : « Quand je serai colonel. » Alors, pour que nous ne nous quittassions pas, il faisait de moi je ne sais quoi, peut-être l'aumônier du régiment. Son caractère, son affection, sa situation, celle où nous nous étions trouvés ensemble, m'attachaient tous les jours plus fortement à lui.

Nous rentrâmes en France avec les restes de l'armée. Je vins à Paris pour y chercher des moyens d'existence; ils ne m'étaient pas aisés à trouver. Les événements de 1814 avaient fermé en Europe la carrière des aventures; les routes régulières ne m'offraient pas beaucoup d'accès, et la vie irrégulière ne

me convenait plus. Gustave était insensiblement devenu pour moi un avenir qui donnait sa couleur à
mes pensées, à mes sentiments, à mes espérances. Je
voulais que Gustave fût un honnête homme, et je
ne voulais pas qu'il le fût sans moi. Je pensais aussi
à vous, mon cher Burkheim. Si jamais vous ren-
contrez mon Gustave, aimez-le, il doit le mériter,
et quand votre ancienne amitié pour moi lui aura
valu de votre part quelque service, dites-lui que
c'est à moi qu'il le doit.

J'essayai beaucoup de moyens de fortune, aucun
ne me réussit ; aucun ne pouvait me réussir. L'argent que j'avais rapporté d'Espagne tirait à sa fin ;
je ne voulais employer celui de Gustave que d'une
manière qui eût pour lui de véritables avantages.
C'était dans cette intention qu'au lieu de le placer
sous son nom, j'en avais voulu conserver la libre
disposition, et par le même motif je ne lui avais
pas dit que je le possédasse. Si Gustave s'était une
fois trouvé une volonté, peut-être n'aurais-je pas
été maître de la mienne. J'avais oublié que c'était
précisément contre les volontés d'un homme comme
moi qu'il fallait prendre des précautions.

Je n'ai pas besoin de vous dire comment je re-
tombai, c'est toujours la même chose. On s'en prend
à une pierre ou à une autre ; mais ce sont toujours
les jarrets qui manquent. Un moment de détresse
entama les mille louis ; je tentai, pour réparer la
brèche, des spéculations qui l'augmentèrent ; le désespoir me prit, je me jetai dans les ressources rui-
neuses, et bientôt, pour faire vivre Gustave, je n'en

eus plus d'autre que le métier de croupier dans une
maison de jeu. Pendant ce temps, je ne le voyais
presque pas. Les premiers moments de notre séjour
à Paris avaient été employés à le lui faire connaître.
Curieux, plein d'esprit et de vivacité, Gustave me
montrait ouverts devant lui tous les trésors de la
vie. Quand je commençai à le laisser plus souvent
seul, à la passion de voir succéda celle de lire. Il
avait fait connaissance avec un libraire logé dans la
même rue que nous. Des faits guerriers et des ro-
mans exaltaient tour à tour sa jeune imagination.
Quand je rentrais dévoré de chagrin, ayant à peine
le courage de jeter les yeux sur lui, et alléguant,
pour excuse de ne l'avoir pas vu tout le jour, les affaires que me donnait l'embarras de notre situation,
il me disait : « Pourquoi, mon ami, ne travaillons-
nous pas? » Il n'estimait réellement que le métier de
soldat; mais il avait trop vu les choses comme elles
sont pour imaginer qu'on pût avoir une objection
contre un emploi quelconque de ses forces; et quand
je lui répondais que c'étaient précisément des moyens
de travail que je cherchais, il ne concevait pas qu'on
pût en ce monde manquer de travail pour des bras
et des jambes. Il aspirait au moment où il pourrait
être soldat et vivre de sa paye. Quelquefois il voulait m'emmener en Amérique pour défricher des
terres, combattre des Sauvages. Je souriais aux
rêves de sa jeune imagination; la mienne se sou-
lageait en parcourant avec lui ces déserts, où du
moins la place ne me manquerait pas comme dans
le monde, où j'avais perdu la mienne. J'étais pres-

que tenté de le suivre ; car c'était à lui à me conduire. Et lorsque, rappelé par la nécessité au milieu
des difficultés qui m'assiégeaient, je sentais mon esprit se refroidir, j'accusais l'expérience de m'avoir
ôté l'imprévoyante énergie de Gustave. Alors j'em-
ployais le besoin de mouvement et de nouveauté
qu'il avait réveillé en moi, à me jeter plus éper-
dument dans les hasards qui nous perdaient ; je
ne rentrais presque plus de la journée, et Gustave
allait avec Pédrillo dîner ou souper chez son ami le
libraire.

Durant le séjour des étrangers à Paris, en 1815,
un grand nombre d'entre eux fréquentaient la maison où je tenais mes assises. Il y vint un jour un
Allemand qui, m'entendant, parut éprouver de la
surprise ; puis, me considérant avec attention, et
enfin s'approchant de moi, me demanda si j'avais
été en Espagne, et dans quelle partie de l'Espagne.
Je satisfis à ses questions. Il me parla du commandant ; je ne fis pas de difficulté de répondre que je
l'avais connu, et que j'avais presque été témoin de
sa mort ; seulement je ne dis rien de son fils. Alors
l'étranger me demanda de lui donner une heure où
il pût m'entretenir. Je lui indiquai le lendemain
matin. Il s'en alla, et je parvins à savoir son nom,
qui ne me laissa plus de doute sur le sujet de sa curiosité et de l'entretien que nous devions avoir. Il
s'appelait le baron de Plohenmarken ; c'était le frère
de la mère de Gustave. Il avait su la mort de son
beau-frère, et savait aussi que son fils avait été remis entre mes mains. Sans s'intéresser beaucoup à

son neveu, il ne croyait cependant ni honnête ni décent de l'abandonner; et, en supposant que ses recherches pour le retrouver n'eussent pas été très actives, du moins ne pensa-t-il pas pouvoir négliger le fil qui se présentait pour le conduire à cette découverte.

J'attendis le lendemain le baron, agité de mille sentiments divers. Gustave était devenu mon supplice, il m'avait fait connaître les tourments d'imagination dans le désordre où je me jetais d'ordinaire pour les éviter. Cependant, l'idée de m'en séparer m'était insupportable, et d'ailleurs le rendre ainsi dépouillé, au lieu de me présenter comme son protecteur, c'était une pensée dont la seule approche faisait tressaillir tous mes membres. J'avais eu soin qu'il ne fût pas présent à l'entretien. Le baron vint avec un officier allemand. Je leur appris tout ce qu'ils voulaient savoir, les mille louis exceptés, cela était impossible. Je m'attendais bien aux questions sur ce point; on m'en fit effectivement, et de manière à me laisser voir qu'on avait au moins des soupçons. J'affirmai positivement que je n'avais rien reçu, et, de ce moment, je me regardai comme traître et lâche envers Gustave, et perdis toute espérance en moi. Jusqu'alors aussi le baron m'avait montré de la politesse, et même de la reconnaissance, autant du moins qu'il était en lui; c'était un homme à la fois embarrassé et maussade, sec et timide, dont le malaise se répandait sur ceux qui l'entretenaient. Les sentiments très naturels que lui inspira ma réponse le rendirent encore plus gau-

che; et l'autre officier, se chargeant de la conversation, déclara que, puisque je n'avais point reçu d'argent du commandant, il n'y avait plus rien à faire
que de donner le compte de ce qu'on me devait pour
le voyage, la nourriture et l'entretien de l'enfant,
et de le remettre entre leurs mains, deux choses
que je refusai positivement. La dispute alors s'é-
chauffa; j'aurais pris plaisir à le pousser aux dernières extrémités pour me venger du mépris que je
m'inspirais moi-même, si je n'eusse songé que le
seul moyen de me donner le temps de prendre un
parti était de prolonger la négociation ; je parus
donc m'adoucir, je parlai seulement de la nécessité
d'avoir les preuves de la parenté, de celle de préparer l'enfant, et proposai de remettre l'entretien à
deux jours de là. On y consentit. Le baron demanda
seulement à voir son neveu. Je l'envoyai avertir chez
le libraire, où je savais qu'il était. Il vint, je lui
nommai son oncle. Malgré sa surprise, Gustave fut
convenable, mais demeura froid et fier; et nous nous
séparâmes les uns des autres, bien convaincus que
nous n'étions guère plus avancés qu'au commencement de l'entretien.

« Que veut mon oncle? » demanda Gustave, d'un
air inquiet et mécontent, aussitôt que le baron eut
fermé la porte. « Il s'est bien passé de nous jusqu'à
présent; nous nous passerions bien de lui. — Il voulait vous voir, mon cher Gustave. — Eh bien! je l'ai
vu, il m'a vu, en voilà assez. »

Je tâchai de lui insinuer qu'il était possible que
son oncle désirât lui procurer une position plus as-

surée, de plus grands moyens d'existence et d'éducation.

« A quoi peut-il m'être bon? » demanda Gustave,
que la colère et la crainte commençaient à agiter.
« Il ne pense pas, j'espère, faire jamais de moi un
Allemand! »

Gustave n'était pas disposé à l'affection pour la famille de sa mère, qui, depuis son mariage, n'avait
jamais voulu entendre parler d'elle ; et en sa qualité
de soldat français, en 1815, excepté moi, il détestait
cordialement tous les étrangers. J'essayai de lui faire
entendre raison ; je ne réussis qu'à l'irriter et à le
troubler davantage. Il tremblait et versait des larmes. « Mon ami, » me disait-il, « si je vous suis un
embarras, laissez-moi me tirer d'affaire tout seul ; il
y a longtemps que j'aurais commencé, si vous ne
m'en aviez pas empêché, et mon oncle ne s'aviserait
pas de venir me chercher dans les forêts où je fen-
drais du bois, ou sur mes chevaux de poste, qu'un
postillon comme moi ferait courir bon train, je vous
en réponds... » Il s'arrêta, puis reprit d'un ton presque menaçant : « Ni dans les rangs où il faudrait bien
qu'un jour je serve comme soldat, quoi qu'on fasse. »

Je ne m'occupai plus que de le calmer, et j'y parvins par les assurances de mon amitié, et par des
promesses que je n'espérais guère lui tenir. Un nouvel incident acheva, dès le soir même, de m'ôter
toutes mes ressources. Un joueur, qui m'avait connu
en Allemagne dans l'un des nombreux métiers que
j'y avais faits, perdant tout son argent, s'en prit à
moi, puis au banquier, qui ne pouvait, disait-il, se

servir de moi que dans des vues très suspectes. Il fut
prouvé que, dans ce cas particulier, j'étais sans reproche; mais, après une pareille scène, le banquier
déclara qu'il devait cesser de m'employer, sous peine
de discréditer son établissement. Je ne dormis presque pas de toute cette nuit; et en me réveillant le
matin de bonne heure après un court sommeil, je
fus étonné de voir que Gustave était déjà sorti, et
sans chapeau, sans sa redingote. Je ne m'en occupai
pourtant pas longtemps, d'autres soins me travaillaient; mais je me préparais moi-même à sortir, lorsque je le vis rentrer en petite veste, sans chapeau,
tout rouge, et l'air à la fois animé et embarrassé.
Pédrillo le suivait, sautant autour de lui avec plus
d'empressement qu'à l'ordinaire.

« Mon ami, » me dit-il, en tâchant de prendre
un ton dégagé, « nous avons déjà presque gagné
notre journée. — Comment? » lui demandai-je avec
étonnement. « J'ai été dans la rue... au coin... On
est venu chercher quelqu'un pour porter un paquet;
il était gros... mais j'avais Pédrillo. » En effet, tandis
que je négligeais l'éducation de Gustave, il s'occupait de celle de Pédrillo; il l'avait dressé à traîner
un petit chariot, dans lequel on promenait les enfants du libraire. Il avait emprunté le chariot pour
faire sa commission, et ne m'en demandait qu'un
pareil pour être en état de gagner sa vie. Me voyant
troublé: « Mon ami, » me dit-il, « ce n'est jamais
qu'en attendant que je puisse me faire soldat... Si
vous aimez mieux pour moi quelque autre état...
dites... Pédrillo et moi nous sommes forts... Nous

avons bien su, en Espagne, vous aider et vous défendre contre ce coquin de Laporte. » Et en disant ces mots, il m'embrassait, semblait vouloir me séduire, m'entraîner dans ses projets; et j'étais prêt à lui dire : « Viens, cher enfant; Pédrillo, toi et moi, nous travaillerons, et les embarras du monde ne nous seront plus rien. »

Le baron de Plohenmarken entra, plus sec et plus embarrassé que jamais. Il avait reconnu avec étonnement son neveu faisant le métier de commissionnaire; sans Pédrillo il aurait cru se tromper. Il les avait suivis de loin pour n'en être pas aperçu. Le premier regard qu'il jeta sur eux lui confirma ce qu'il avait cru voir, et me fit comprendre ce qui l'occupait. « C'est, » lui dis-je en m'efforçant de sourire, « un enfantillage de Gustave, qui ne se renouvellera plus. »

Indigné et déconcerté, Gustave s'était détourné pour éviter de répondre, et s'occupait de son chien. Je fis un signe au baron; nous sortîmes ensemble.

« Monsieur le baron, » lui dis-je, « votre neveu ne fera plus de commissions, je vous en réponds. »

Le baron avait bien envie de me répondre que le plus sûr était de le lui remettre sur-le-champ entre les mains; mais comme il ne trouvait pas les paroles pour me faire un compliment aussi positif, j'évitai de comprendre ce qu'il tâchait de mettre à la place, et renvoyai au lendemain. Nous étions arrivés au bas de l'escalier; l'embarras de trouver un moyen de continuer l'entretien, passé la dernière marche, obligea le baron à prendre son parti.

En remontant, je trouvai Gustave profondément blessé. « Puisque ni vous ni mon oncle, » me dit-il avec fierté, « ne pouvez prendre votre parti de me rencontrer dans les rues gagnant ma vie à faire des commissions, ayez donc la bonté de me trouver un autre état. Il y a longtemps que je vous ai demandé de me faire entrer comme tambour dans un régiment ; occupez-vous-en, je vous en prie, ou il faudra moi-même que je cherche quelque chose. »

Il me fallut de nouveau faire ma paix ; je lui dis qu'à l'instant même j'allais travailler à remplir ses désirs, et sortis dans la plus cruelle angoisse que j'eusse éprouvée de ma vie ; j'appris par mon hôtesse, qui avait de l'affection pour moi, qu'on me faisait observer ; je ne pouvais douter qu'avec tous les moyens qu'avaient alors les étrangers à Paris, le baron ne fût parfaitement le maître de me forcer à ce qu'il voulait. Le lendemain matin je dis à Gustave que j'allais le conduire chez l'officier qui devait le faire recevoir tambour.

« Un officier français, à ce que j'imagine bien ? » me demanda vivement Gustave. Cette question était la seule à laquelle je ne me fusse pas préparé ; je n'y pus répondre que par un signe. Nous arrivâmes chez le baron ; Gustave, l'apercevant, changea de visage et me regarda sans pouvoir proférer une seule parole. Je dis au baron : « Voilà votre neveu, monsieur le baron ; vous avez exigé que je le remisse entre vos mains ; Gustave doit savoir ou saura quelque jour que je n'avais aucun moyen de vous le refuser. »

Je ne me souviens plus comment je sortis de la chambre, si je regardai Gustave, s'il me regarda. En rentrant chez moi je trouvai Pédrillo, dont les yeux me demandaient son maître. Le soir il me quitta, et j'espère qu'il aura été rejoindre mon cher Gustave.

De ce moment, je dis au sort : Fais de moi ce que tu voudras. Il a voulu me conduire ici; je cherche en cela quelles ont été ses intentions, et je crois m'apercevoir qu'elles sont les mêmes que lorsqu'il m'offrit pour la première fois les moyens de me ranger en recourant aux coups de bâton de mon père; au lieu des coups de bâton que je pouvais demander, il me donne les galères que je ne demandais pas; cela est tout simple, dès que je n'ai pas voulu me charger de faire moi-même mon marché. Il est évident que ce pouvoir, dont je ne sais ni le nom ni la figure, mais qui met la main à tous les événements, a, je ne sais par quelle fantaisie, le goût, ou plutôt la manie de l'ordre, tant il se rend incommode à ceux qui en manquent. Il m'a cent fois conseillé d'y rentrer; enfin, voyant que je n'en faisais rien, il prend son parti, et se charge lui-même de mes affaires. J'y ai bien pensé; puisqu'il est décidément le plus fort, je veux vivre en bonne intelligence avec lui : ce qui lui paraît juste et raisonnable; je lui dirai : J'en tombe d'accord; la seule chose qu'il ait en moi laissée de libre, ma pensée, je la rangerai de son parti; je me ferai des opinions à sa guise, et je prendrai les sentiments d'un ami de l'ordre, pour considérer tranquillement les choses remises à leur place et un vaurien aux galères. Mon ami, avez-vous jamais réfléchi sur les moyens d'être aux galères le moins possible quand on s'y trouve logé? c'est d'y être honnête homme. On demeure ainsi étranger au pays. Je veux donc être honnête homme aux galères pour m'en distraire, c'est là ma dernière tentation. Adieu.

P. S. Mon cher ami, mes comptes avec celui qui fait désormais mes affaires en ce monde seront, je crois, réglés plus tôt que je ne l'espérais. M'aurait-il remis une partie de ses arrérages? je l'ignore. Adieu, encore plus adieu.

Ces dernières lignes étaient écrites d'une main tremblante, et évidemment depuis que Spalberg s'était senti frappé du mal qui le conduisait au tombeau.

Raoul, ayant fini sa lecture, posa sa tête dans ses mains et tomba dans une profonde rêverie, qui ne cessa qu'à l'arrivée de Victor.

XXXI

GE QUI SE PASSAIT AU CHATEAU DE FOLIGNY

—

Sept jours s'étaient écoulés depuis que M. de Foligny avait appris la fuite de son fils. Il attendait avec inquiétude le résultat des démarches qu'il avait faites pour le retrouver. Bien qu'irrité contre Raoul, il avait été touché de ses lettres, de son testament, où il voyait plus d'enfantillage que de rébellion et de mauvais sentiments. Il n'était pas sans embarras sur la conduite qu'il aurait à tenir envers son fils à son retour, et sur les moyens de concilier la punition due à une faute si grave avec les ménagements qu'il commençait à croire nécessaires pour ramener un caractère aigri. Il était loin de se représenter Raoul tel que l'avait fait une courte mais dure expérience.

Il entend tout d'un coup des pas précipités, et Adrienne, qui depuis sept jours n'avait cessé de pleurer, entre rouge et tremblante en s'écriant : « Mon frère ! voilà mon frère ! » On ne savait si la crainte ou la joie l'agitait davantage. Au même instant, Raoul paraît à la porte du cabinet, suivi des domestiques qui n'osaient entrer, mais que l'étonnement et la curiosité avaient réunis sur ses pas dans la pièce précédente.

Raoul s'avance vers son père de l'air le plus soumis. « Mon père, » lui dit-il, « j'ai commis une grande faute; je viens vous en demander pardon, et en recevoir la punition qu'il vous plaira de m'imposer. »

Ému de l'apparition de son fils, de la manière tout à fait inattendue dont il se présentait à lui, M. de Foligny fut quelques instants sans répondre; il regardait avec étonnement Raoul, dont le maintien était tellement changé, qu'il lui paraissait presque avoir passé de l'enfance à l'âge d'homme. Debout devant lui, les yeux baissés, il attendait modestement ses ordres. Enfin, M. de Foligny fit signe à Adrienne de fermer la porte, et s'adressant à son fils d'un ton sévère : « Qui vous a ramené, monsieur? — Personne, mon père, je suis revenu de moi-même. — Pourrais-je savoir ce qui vous a fait partir, ce qui vous fait revenir? — Il me serait difficile, mon père, de vous donner les motifs de mon départ; ils me paraissent maintenant à moi-même si absurdes, que j'ai peine à les comprendre. Quant à mon retour, j'ai senti que j'avais eu tort de partir; je reviens, voilà tout. — Et vous ne pensez pas apparemment que vous en serez quitte pour être parti et pour revenir? — Je vous ai dit, mon père, que je revenais me soumettre à ce que vous m'ordonneriez, et je vous promets d'obéir sans le moindre murmure. » En même temps Raoul tira de sa poche une

bourse et un papier, et les posant sur le bureau de
M. de Foligny : «Mon père,» dit-il, «je n'ai conservé ceci que pour vous bien prouver que c'est le
repentir qui me ramène. Avec cet argent et ce passe-
port, je pouvais sortir de France.»

M. de Foligny fronça le sourcil, et lui dit avec
beaucoup de sévérité : «Comment, monsieur, êtes-
vous parvenu à vous procurer de pareils moyens? —
L'argent, mon père, m'a été prêté par l'ami dont les
conseils et les nobles exemples m'ont donné le courage de faire mon devoir. — Un ami... qui favorisait
votre rébellion! — Mon père,» reprit Raoul, un peu
ému d'entendre inculper Victor, «il a compté assez
sur moi pour me laiser tout le mérite du retour. Je
ne sais pas s'il a eu tort, mais je serais tenté de croire
que la Providence a pensé de même. J'ai par hasard
trouvé un passe-port.»

M. de Foligny réfléchit un instant, puis dit à son
fils : «Vous me donnerez l'adresse où je dois renvoyer cet argent. — La somme n'est pas complète,»
répondit Raoul, «j'ai eu à faire quelques dépenses
dont je vous rendrai compte. Mon ami désire que
cet emprunt ne soit acquitté que lorsque je pourrai
l'acquitter moi-même : je le désire aussi; mais sur
cela comme sur tout le reste, j'ai cru devoir ne vous
laisser rien ignorer et me soumettre à votre volonté.
— Avez-vous réservé quelque chose de cet argent?
demanda M. de Foligny. — Non, mon père; en venant me remettre sous votre dépendance, je n'ai pas
imaginé qu'il me fût permis de m'y soustraire en
quoi que ce soit. — C'est bien! » ne put s'empêcher

de dire M. de Foligny; et Raoul dut remarquer un
adoucissement sensible dans la manière dont il lui
dit : « Allez dans votre chambre, je vous y ferai savoir mes intentions. » Et sonnant Laforêt : « Appor-
tez à mon fils la clef de sa chambre. » C'était aux
yeux de Raoul effacer la trace des derniers traite-
ments qu'il avait reçus chez son père.

Il sortit ; Adrienne resta immobile, fixant sur son
père des yeux remplis à la fois d'espérance et de larmes ; elle ne pouvait concevoir qu'on ne pardonnât
pas sur-le-champ à Raoul ; il fallut pourtant s'en
tenir à ces paroles de M. de Foligny : « Votre frère
se conduit mieux que je ne l'attendais ; s'il persévère,
je crois que j'aurai tout lieu d'être content de lui. »
Et aussitôt Adrienne ayant demandé si elle ne pourrait pas aller voir Raoul dans sa chambre, M. de
Foligny le lui permit en souriant.

Raoul embrassa sa sœur avec plus de joie et de
tendresse qu'il ne l'avait fait de sa vie ; car la raison ajoute beaucoup de force aux affections. Il était
d'ailleurs heureux de la retrouver, heureux de se
revoir sous le toit paternel, de se sentir sous l'autorité de son père. Sa situation, maintenant conforme
à l'ordre, le pénétrait d'un sentiment de calme que
ne troublait point l'attente des sévérités qu'il pouvait avoir à subir ; car il sentait que sa conduite et
sa raison le mettaient au-dessus des punitions que
pouvaient exiger le mécontentement de son père et
les droits de l'autorité offensée, mais dont lui-même
n'avait plus besoin pour réparer ses torts ; il savait
que ce qu'il y avait maintenant pour lui d'impor-

tant dans sa destinée, le soin de regagner l'estime
et la confiance, dépendait absolument de lui, et cette
possession de son avenir donnait à ses manières une
tranquillité, un aplomb dont Adrienne ne pouvait
s'étonner assez. Involontairement elle ne lui parlait
plus qu'avec une sorte de considération.

Une servante vint faire son lit : « Eh bien ! monsieur Raoul, » dit-elle, « vous voilà donc revenu !
Est-ce pour repartir encore ? c'est que ce ne serait
pas la peine de faire votre lit. — Faites toujours,
Babet, » dit Raoul en souriant; « il sera bien temps
de vous inquiéter du reste, quand ce sera votre affaire. — Ma foi, monsieur Raoul, c'est l'affaire de
tout le monde; car vous nous avez tous mis sens
dessus dessous. — Eh bien ! Babet, à présent tout le
monde se trouve comme il doit être, occupons-nous
chacun de ce qui nous regarde. » Et Laforêt étant
entré dans ce moment, comme il voulait à la fois
donner une marque d'égard à ce vieux serviteur, et
s'expliquer sur sa faute de manière à ce qu'on ne
crût plus avoir à lui en parler : « Laforêt, » lui dit-il,
« j'ai donné ici un grand scandale, mais je ne re-
commencerai pas, je vous en réponds; il n'y a rien
de tel qu'une folie pour apprendre à devenir sage. »

Laforêt répondit quelques mots sur ce qu'il était
bien à désirer que Raoul ne leur donnât plus ce
chagrin-là, et à monsieur en particulier; mais les
domestiques comprirent qu'à l'avenir ils ne devaient
plus traiter Raoul, devenu homme, comme Raoul
enfant.

Raoul passa la journée dans sa chambre, excepté

.es moments où il se promena dans le jardin; son père lui avait fait dire par Adrienne qu'il en était le maître. Il lui avait aussi fait demander un précis de ce qui lui était arrivé depuis son départ du collége; Raoul s'occupa à l'écrire sans rien dissimuler. Il éprouva quelque peine à raconter l'histoire du Grand-val, et ne s'en tira qu'en exprimant toute la honte du pitoyable rôle qu'il avait joué. Le lendemain, M. de Foligny se rendit au collége, et à son retour il écrivit à son fils la lettre suivante :

« Je désirais vivement que vous pussiez rentrer au
« collége pour y achever vos études, et en même
« temps pour que vous eussiez l'occasion de vous
« relever aux yeux de vos camarades : on a d'abord
« refusé d'y consentir ; mais je l'ai enfin obtenu, et
« je ne veux pas vous cacher que votre retour vo-
« lontaire, et la satisfaction que j'ai exprimée sur la
« manière dont vous vous êtes présenté à moi, ont
« beaucoup contribué à déterminer ce consente-
« ment ; mais on exige qu'en y rentrant vous subis-
« siez une punition, elle est due à l'exemple ; et,
« de plus, que vous exprimiez publiquement votre
« repentir, afin que vos camarades sachent bien que
« c'est par là seulement que vous avez pu mériter
« d'être de nouveau admis parmi eux. J'attends de
« l'obéissance que vous m'avez promise une entière
« soumission à ce qu'on vous demande.

« Je vous préviens qu'une fois rentré au collége,
« vous n'en sortirez plus que vous n'ayez réparé
« vos fautes par une conduite soutenue, qui me ré-

« ponde pleinement de l'avenir; pendant tout ce
« temps, vous y serez sans aucune correspondance
« au dehors, si ce n'est avec votre sœur et moi. »

Raoul n'hésita pas un instant, sa résolution étant
prise; il éprouva cependant une émotion désagréable en songeant qu'après avoir joui de sa liberté,
après en avoir fait même en plusieurs occasions un
usage honorable, il allait reprendre les devoirs d'un
écolier et la sujétion d'un enfant. Mais il s'était promis de ne pas perdre Victor un instant de vue; il se
dit : C'est encore un acte de ma raison, de ma liberté, de ma volonté, et il éloigna ce sentiment pénible, ou du moins il n'y céda en aucune manière.
Il répondit à son père qu'il était prêt à lui obéir en
tout.

M. de Foligny le conduisit le lendemain au collége. Raoul lui demanda en route s'il ne lui serait
pas permis d'écrire une fois à ses amis, pour les
instruire de son arrivée, et au curé du Grandval,
pour s'excuser envers lui de la manière dont il
s'était introduit dans sa maison. « Je me charge
d'écrire à vos amis, » lui répondit son père; « quant
au curé du Grandval, vous avez à vous relever à ses
yeux; vous seul pouvez le faire : écrivez-lui. »

Raoul apprit à son père qu'il avait refusé l'inter-
cession de M. de Revolles auprès de lui, ne voulant
pas que les égards qu'il aurait cru devoir à la prière
de M. de Revolles gênassent en aucune manière son
autorité. M. de Foligny lui en marqua son approbation; et comme il avait lu son récit abrégé des

aventures des jours précédents, il le questionna sur
les différents détails de ces aventures. Il ne craignit
pas de lui témoigner la satisfaction qu'il ressentait
de sa conduite en diverses occasions, et Raoul lui
épargna la peine de le blâmer en quelques autres.
En tout, les manières de M. de Foligny furent,
durant ce voyage, graves et sérieuses, plutôt que
sévères.

En arrivant au collége, Raoul éprouva un certain
malaise, qu'il surmonta en se disant à lui-même :
« Je fais mon devoir, ce n'est pas maintenant que
je dois me laisser dominer par la honte. » Les écoliers et les maîtres se rassemblèrent dans une des
salles du collége, et M. de Foligny, s'adressant au
principal, lui dit : « Après la faute qu'a faite mon
fils, monsieur, je n'oserais pas vous le ramener, si je
n'avais à vous assurer en même temps qu'il a commencé à la réparer d'une manière qui mérite mon
approbation. Je vous prie donc de le recevoir pour
prix de son repentir, et comme un encouragement à
sa persévérance. »

Le principal répondit que, d'après les assurances
de M. de Foligny, il était très disposé à recevoir Raoul,
pourvu que lui-même confirmât la promesse d'une
meilleure conduite ; mais que cependant il ne pouvait
le dispenser d'une punition sévère.

« Je m'y soumets, » dit Raoul, « puisque vous la
jugez nécessaire ; mais j'espère, monsieur le principal,
que vous verrez, par la manière dont je la supporterai,
à quel point mes dispositions sont changées, et combien est sincère mon désir de réparer mes fautes pas-

sées.» Malgré la modestie de Raoul, on voyait que sa fierté était émue.

« J'espère bien qu'il en est ainsi, répondit le principal, car sans cela je ne pourrais compter sur vous.» Et se tournant vers les écoliers : « Mes amis, » leur dit-il, «pensez-vous que nous ayons de la meilleure conduite de M. de Foligny une garantie suffisante, pour que je puisse convenablement le recevoir de nouveau parmi vous ? — Oui, oui !... » s'écrièrent à la fois tous les écoliers. «Foligny est un garçon d'honneur... nous en répondons pour lui. » Et il se manifesta dans toute la salle un mouvement d'affection dont Raoul fut vivement ému. Le principal les avait déjà instruits de la noble résolution avec laquelle il était revenu volontairement se soumettre à son devoir. Il fit alors cesser une scène à laquelle il avait cru nécessaire de donner quelque solennité. M. de Foligny se retira, et Raoul fut conduit dans la prison du collége. Mais il n'y arriva pas sans avoir rencontré Henri de Terville qui, les yeux pleins de larmes, lui dit : « Te voilà donc, Foligny ! — Oui, mon ami, » répondit Raoul, «et nullement découragé; sois tranquille, on ne me prendra plus à être faible. »

Il demeura quinze jours dans la prison, n'en sortant que pour l'heure des études. Ces quinze jours lui furent pénibles ; mais il se disait : Marie prétend que ceux qui font mal doivent être punis; je ne le serais pas si je jouissais de ma liberté. Je suis sûr que mon repentir et ma soumission me vaudront plus d'estime que je n'en ai jamais obtenu. Où serait donc pour moi le mal, et comment se pourrait-il qu'il n'y

eût que de l'avantage à avoir fait une folie? Aux heures de l'étude, Raoul, sans marquer aucun abattement, se montrait sérieux. Il trouvait qu'il n'y a pas
de dignité à se moquer de la situation qu'on est obligé
de subir, car on ne peut le faire sans se moquer de
soi-même. Les quinze jours expirés, Raoul sortit de
la prison, et son père vint aussitôt le voir.

« Je sais, » lui dit-il, « qu'on n'a eu qu'à se louer
de la manière dont vous avez supporté la peine qui
vous était imposée. Vous voilà rétabli au collége, je
ne veux pas que votre situation y soit désagréable ;
vous recevrez votre pension comme à l'ordinaire ;
mais il faut plus de temps pour vous rendre la confiance qui doit tout effacer entre nous. Vous demeu-
rerez éloigné de chez moi jusqu'à ce que je puisse
vous l'accorder entièrement. Continuez de la mériter ;
et quand je croirai pouvoir vous rappeler, soyez sûr
que vous n'aurez pas à me le demander. »

Six mois se passèrent de cette manière. M. de Foligny venait très souvent voir son fils avec Adrienne,
et la manière dont il le traitait ôtait tout à fait à l'exil
qu'il lui faisait subir les apparences de l'humiliation ;
d'ailleurs, personne dans le collége n'eût pu songer
à humilier Raoul ; la supériorité toujours croissante
de son travail et de sa raison lui avait acquis, tant
auprès des maîtres qu'auprès des élèves, une considération véritablement au-dessus de son âge. Joseph
Malitort n'était heureusement plus au collége ; madame Malitort avait profité du danger qu'il y avait
couru pour engager son mari à l'en retirer ; sans cette
circonstance, peut-être eût-il été impossible d'y re-

cevoir de nouveau Raoul. Joseph était venu plusieurs
fois visiter ses camarades ; il voulait se donner encore le plaisir de faire enrager Raoul ; mais le calme
un peu dédaigneux de celui-ci amortit facilement ses
plaisanteries ; bientôt d'ailleurs il s'aperçut qu'on
n'en riait plus. Tout le collége se croyait intéressé
d'honneur à faire corps avec Raoul ; aussi y avait-il un
murmure général contre la sévérité de M. de Foligny ;
on ne croyait pouvoir l'attribuer qu'à un caprice ;
Raoul commençait aussi à la trouver un peu prolon-
gée, et n'aimait pas qu'on lui en parlât.

Enfin, la veille du dimanche gras, où commençaient pour les écoliers trois jours de vacances, il reçut
de son père la lettre suivante :

« Vous avez dû trouver longue, mon fils, l'épreuve
« à laquelle je vous avais soumis. J'étais impatient
« moi-même de la voir finir, mais je la voulais com-
« plète. En vous recevant plus tôt, je vous aurais
« traité comme un enfant à qui l'on pardonne, et
« de qui l'on espère, et non pas comme un homme
« sur qui l'on compte. Je crois maintenant pouvoir
« compter sur vous ; je me flatte que cette confiance
« vous est assez précieuse pour ne pas trouver que
« vous l'ayez achetée trop cher. Vous devez demain
« rentrer en possession de vos droits ; ce m'est une
« véritable joie que de vous attendre.

« Je serai fort aise si M. de Terville veut venir avec
« vous passer ces trois jours à Foligny, comme j'en
« ai la permission de son père.

« Laforêt n'ira point vous prendre, vous n'en avez

« plus besoin, et j'écris à M. le principal pour le prier
« de vous accorder dorénavant toute la liberté com-
« patible avec le régime de la maison. »

Raoul fut en même temps mandé chez le principal,
où il trouva assemblée une partie de ses camarades,
à qui le principal, selon la prière de M. de Foligny,
faisait part de la lettre qu'il venait de recevoir. Cette
lettre était infiniment honorable pour Raoul ; et,
comme l'avait fort bien jugé M. de Foligny, cette
déclaration si complète fit beaucoup plus d'effet que
n'en aurait pu produire un pardon accordé plus tôt.
Raoul reçut affectueusement les félicitations de tous
ses camarades ; mais ce ne fut qu'avec son cher Henri
qu'il se livra à toute l'effusion de la joie. Il allait donc
sortir enfin des lois de contrainte qu'il s'était impo-
sées à lui-même ; le courage, la vertu qui l'avaient
soutenu depuis six mois avec une résolution quelquefois difficile, allaient donc enfin lui procurer les
plus douces récompenses !

Avec quelle joie ils partirent le lendemain par une
belle matinée de la fin de février ! Malgré l'hiver qui
régnait encore sur la terre, comme le ciel leur parut
serein et riant ! Ils auraient volontiers prolongé leur
promenade, si Raoul n'avait voulu donner à son père
une marque de son empressement ; ils arrivèrent
comme il venait de se lever, et Raoul en fut reçu avec
toutes les marques d'affection que comportait la dignité de M. de Foligny. L'accueil qu'il fit à Henri fut
extrêmement gracieux et alla au cœur de Raoul. Mais
Adrienne, cette pauvre Adrienne, qui depuis six mois
ne voyait Raoul qu'en présence de son père, qui n'a-

vait pu l'instruire une seule fois des progrès qu'il faisait dans son affection et son estime, et qui ne s'en
était un peu consolée que par le plaisir de lui causer
une douce surprise, pourquoi donc, au milieu de ses
transports de joie, paraissait-elle agitée? pourquoi
semblait-il lui manquer encore quelque chose? pour
qui tenait-elle si souvent, d'un air mystérieux, les
yeux tournés vers l'avenue?

On finissait de déjeuner lorsque des chevaux et des
voitures se firent entendre dans la cour; la porte s'ouvrit: c'était M. de Revolles, avec sa femme et sa mère:
c'était Victor avec Hélène! Raoul fut saisi d'une joie
indicible; il regarda son père avec reconnaissance,
et vit briller sur son visage toute l'affection paternelle dans la satisfaction que lui causait le bonheur
qu'il allait procurer à son fils.

En renvoyant à Victor l'argent que lui avait emprunté Raoul, M. de Foligny était entré en correspondance avec lui. Instruit par M. de Revolles de
plusieurs des particularités qui le concernaient, il
avait désiré le connaître davantage, et Victor, à la
sollicitation de M. de Revolles, n'avait point hésité à
lui communiquer son histoire. Frappé, comme il le
devait, du noble caractère de Victor, et désirant aussi,
de son côté, conserver à Raoul une pareille liaison,
M. de Foligny avait appris avec joie que Victor venait
de se décider à élever une manufacture dans les environs de la terre de M. de Revolles, et à peu de distance de Foligny. Victor était arrivé depuis un mois
dans le pays; M. de Foligny l'avait vu plusieurs fois.
Ces deux hommes s'étaient convenus, parce que,

malgré la différence des caractères et des manières
de voir, ils se touchaient par le point important, l'é-
lévation de l'âme et l'amour du bien. Victor, ainsi
que M. de Revolles, qui, après avoir passé l'hiver à
Dijon, allait s'établir définitivement dans la terre
qu'il avait achetée aux environs, s'étaient prêtés avec
plaisir à concourir au projet de M. de Foligny, pour
célébrer son entière réconciliation avec son fils. M. et
madame de Revolles avaient préféré cette fète aux
plaisirs du carnaval à Dijon; et Victor, dont Raoul
ignorait l'arrivée, avait attendu avec une impatience
véritable le moment de revoir son jeune ami, devenu
digne de tout l'intérêt qu'il lui avait inspiré.

Ces premiers moments furent pour Raoul remplis
de trouble; c'était une situation si nouvelle, il avait
tant de choses à savoir, à comprendre! Adrienne,
ivre de joie, lui expliquait tout et brouillait tout,
embrassait Hélène qu'elle aimait déjà à la folie, et
racontait à Henri ce que Raoul n'écoutait pas. La
gaieté de M. de Revolles ôtait à tout ce mouvement
ce que les émotions dont il était mêlé auraient pu lui
donner de trop sérieux, et la bonne madame de Revolles la mère, qui savait comme on aime son fils,
parlait à M. de Foligny de la joie que devait lui donner le sien.

Le calme se rétablit, on ne s'occupa plus que du
plaisir de se trouver réunis. Le temps était superbe,
la campagne magnifique. Pour la première fois depuis
longtemps, Victor se permettait de laisser voir qu'il
n'avait pas usé la vivacité de sa jeunesse. M. de Revolles se plaisait à essayer les jeux d'adresse les plus

difficiles pour un aveugle ; Raoul et Henri y excel-
laient. Louise, Hélène, Adrienne étaient musiciennes.
La journée fut charmante ; M. de Foligny chargea ses
enfants d'en faire les honneurs, et prit, des plaisirs
communs, ce que lui permettait sa santé.

Le soir en famille, après le départ des étrangers,
les aventures de Raoul, celles de Victor, d'Augustin,
fournirent à la conversation cet aliment qui manque
quelquefois entre des personnes d'un âge différent,
et qui est le plus doux lien d'une amitié soutenue.

Les deux jours suivants, Raoul jouit de la plus
grande liberté, parcourant la campagne avec son
cher Henri, sans négliger de revenir tenir compagnie
à son père, dont l'affectueuse bonté s'appliquait à le
mettre à l'aise, et dont les manières un peu graves ne
faisaient que rendre plus marquante encore l'espèce
de considération qu'il témoignait à son fils.

Raoul, qu'on avait jugé trop fort pour achever de
doubler sa seconde, avait passé au mois de janvier
en rhétorique. A la fin de l'année scolaire, il apprit
avec joie qu'il allait finir son éducation à Paris, où
M. de Foligny avait dessein de rester quelque temps
pour perfectionner les talents d'Adrienne. Henri y fut
appelé par son père, qui était entré dans la garde.

Avec l'ardeur et les dispositions qui lui sont natu-
relles et la force de caractère qu'il a acquise, Raoul a
employé ses deux ans de séjour à Paris à se mettre en
état de parcourir avec distinction la carrière qu'il
voudra suivre ; il vient de subir d'une manière brillante ses examens à l'École polytechnique, d'où il
désire sortir officier du génie. Il était allé auparavant

passer quelques jours à Foligny. Son père y est revenu depuis six mois, et se trouve si heureux de la
société qui s'y réunit souvent autour de lui, qu'il a
lieu de croire qu'elle a contribué, pour le moins
autant que le régime qui lui a été conseillé à Paris, à
l'amélioration très sensible qui se fait sentir dans sa
santé. Raoul est traité chez son père et au milieu de
ses amis comme un homme qui compte dans la société.

La confiance que témoigne à son fils M. de Foligny
n'est pas seulement celle d'un père, mais celle d'un
ami qui aime à communiquer avec son ami, à discuter
avec lui ses opinions. Si la différence d'âge, d'éducation, d'habitudes, ne leur permet guère de penser de
même sur tous les points, la justice de M. de Foligny,
qui veut que tous les esprits soient libres comme le
sien, la déférence de Raoul, et cette modestie facile à
celui qui sait, ôtent à leurs dissentiments cette vivacité qui empêche qu'on ne s'entende au moins quelquefois. Ils discutaient un soir sur l'éducation : Raoul
se tut, parce qu'il sentit que ses objections allaient
attaquer trop directement le système suivi par son
père à son égard ; et après quelques instants de silence, M. de Foligny reprit :

« Il est possible, mon fils, que je me sois trompé
sur quelques points de votre éducation. — Quoi
donc ! mon père, » répondit en souriant Raoul, « suis-
je mal élevé ? » Et il ajouta : « Est-ce que vous ne seriez pas content de moi ? »

M. de Foligny fut touché de cette réponse de son
fils, lui tendit la main, et lui dit d'une voix émue :

« Je suis content, Raoul. Mes enfants, je suis plus heureux maintenant que je ne l'ai été, que je ne croyais l'être de ma vie, et je le suis par vous. » Ses enfants inclinèrent leurs têtes sur ses mains, qu'ils baisèrent avec attendrissement, et il les bénit dans son cœur.

Henri était là ; il avait accompagné Raoul à Foligny. Il les regardait avec émotion. L'instant d'après, Raoul se tourna vers lui, et lui frappant gaiement sur l'épaule pour le tirer de sa rêverie : « N'est-ce pas, Terville, » lui dit-il, « qu'il fait bon ici ? »

M. de Foligny sourit, Henri rougit, Adrienne rougit aussi un peu ; car elle avait entendu dire, ou peut-être deviné, pendant son séjour à Paris, que les rapports établis alors entre la famille de Henri et la sienne pourraient bien en amener un jour de plus intimes entre elle et l'aimable ami de son frère.

Raoul a profité de son voyage à Foligny pour aller au Grandval faire une visite au digne curé. Il lui avait écrit, à son retour au collége, pour lui dire que si sa conduite passée lui inspirait des regrets, il n'éprouvait pas du moins celui d'avoir cessé un seul instant de lui porter le plus profond respect. Il en avait reçu une réponse remplie d'exhortations paternelles et de sages conseils. Le curé fut ravi de revoir Raoul, et se félicita de l'intérêt qu'il avait pris à lui.

M. Leblanc, cédant aux pressantes sollicitations de Victor, est venu passer quelques jours chez lui. Raoul l'a revu avec ce plaisir qu'on éprouve avec ceux dont on sait avoir mérité l'estime.

Abel n'avait été arrêté que comme déserteur.

Assez heureux pour que sa maladie l'eût empêché de prendre part aux dernières entreprises des contrebandiers, il n'a été que légèrement impliqué dans leur affaire, et en est sorti absous. Il est rentré dans son régiment, où, par sa conduite, il a tout à fait effacé les préventions défavorables qu'on avait pu conserver contre lui. On vient de lui accorder la permission de se marier, et, son engagement fini, il ira cultiver, avec sa chère Marie, le petit bien où elle goûtera le bonheur de voir son Abel honnête et heureux.

Des autres contrebandiers, Pascal seul s'est échappé pour aller se faire tuer, à ce qu'on croit, quelque temps après, dans une rixe de cabaret.

FIN.

TABLE DES CHAPITRES

FIN

PARIS. — IMPRIMERIE E. MARTINET, RUE MIGNON, 2

BIBLIOTHÈQUE D'ÉDUCATION MORALE.

Nouvelle Collection in-12

A 2 fr. le vol. broché, et 3 fr. le vol. relié

GUIZOT (Mme).

L'Écolier, ou Raoul et Victor, *ouvrage couronné par l'Académie française.* 12e édit. 2 vol. 8 jolies vignettes.

Une Famille, ouvrage continué par Mme A. Tastu. 7e édit. 2 vol. 8 vign.

Les Enfants, contes pour la Jeunesse. 10e édit. 2 vol. 8 vignettes.

Nouveaux Contes pour la Jeunesse. 9e édit 2 vol. 8 vignettes.

Récréations morales, contes pour la Jeunesse. 10e édit. 1 vol. 4 vignettes.

F. RICHOMME (Mme).

Julien et Alphonse, ou le Nouveau Mentor, *ouvrage couronné par l'Académie française.* 1 vol. 6 lithog.

C. DELEYRE (Mlle).

Contes pour les enfants de 5 a 7 ans. Nouvelle édition, revue par Mme F. Richomme. 1 vol., avec jolies lithographies.

Contes pour les enfants de 7 a 10 ans. Nouvelle édition, revue par Mme Richomme. 1 vol., avec jolies lithographies.

ULLIAC-TRÉMADEURE (Mlle).

Les Jeunes Naturalistes, entretiens familiers sur les *animaux,* les *végétaux* et les *minéraux.* 5e édit. 2 vol. 32 vign.

Le même ouvrage, avec vignettes coloriées, 6 fr.

Claude, ou le Gagne-Petit, *ouvr. cour. par l'Acad. franç.* 1 vol. 4 vignettes.

Etienne et Valentin, ou Mensonge et probité, *ouvrage couronné.* 3e édition. 1 vol. 4 vignettes.

Contes aux Jeunes Naturalistes. 5e éd. 1 vol. 4 vignettes.

Les Jeunes Artistes, contes sur les beaux-arts. 3e édit. 1 vol., vignettes.

Émilie, ou la Jeune Fille auteur. 1 vol. in-12, vignettes.

LAURE BERNARD (Mme).

Les Mythologies de tous les peuples racontées à la Jeunesse. 1 vol., orné de 60 vignettes gravées sur acier.

A. TASTU (Mme).

Les Enfants de la vallée d'Andlau ou Notions familières sur la *Religion,* la *Morale,* les *Merveilles* de la nature. 2 vol. 8 vignettes.

Lectures pour les jeunes filles, modèles de littérature en *prose* et en *vers* extraits des meilleurs écrivains. 2 forts volumes.

Album poétique des jeunes personnes, ou Choix de poésies. 1 vol., portraits.

Les Récits du maître d'école, lectures pour l'enfance et l'adolescence, imités de C. Cantu. 1 vol. 4 vignettes.

L'Honnête Homme, lectures pour la jeunesse, imité de C. Cantu. 1 vol. 4 vign.

DELAFAYE-BRÉHIER (Mme).

Les Petits Béarnais. Leçons de morale. 9e édit. 2 vol. 8 vignettes.

Les Enfants de la Providence, ou Aventures de trois jeunes orphelins, 7e édit. 2 vol. 8 vignettes.

Le Collège incendié, ou les Écoliers en voyage. 7e édit. 1 vol. 4 vignettes.

E. GAGNE-MOREAU (Mme).

Voyages et Aventures d'un jeune Missionnaire. 1 vol. avec 6 lithographies.

BERQUIN.

L'Ami des Enfants. Edition complète. 2 vol. avec 32 figures sur acier.

ERNEST FOUINET.

Souvenirs de voyage en Suisse, en Grèce, en Espagne, etc., ou Récits du capitaine Kernoël, destinés à la jeunesse. 1 vol. avec 6 lithographies.

DE GENLIS (Mme).

Les Veillées du Château. 2 vol. ornés de 12 vignettes.

Théâtre d'éducation. 2 vol. avec vign.

Les Petits Emigrés. 1 vol. avec vign.

Paris. — Impr. de Pillet fils aîné, rue des Grands-Augustins, 5

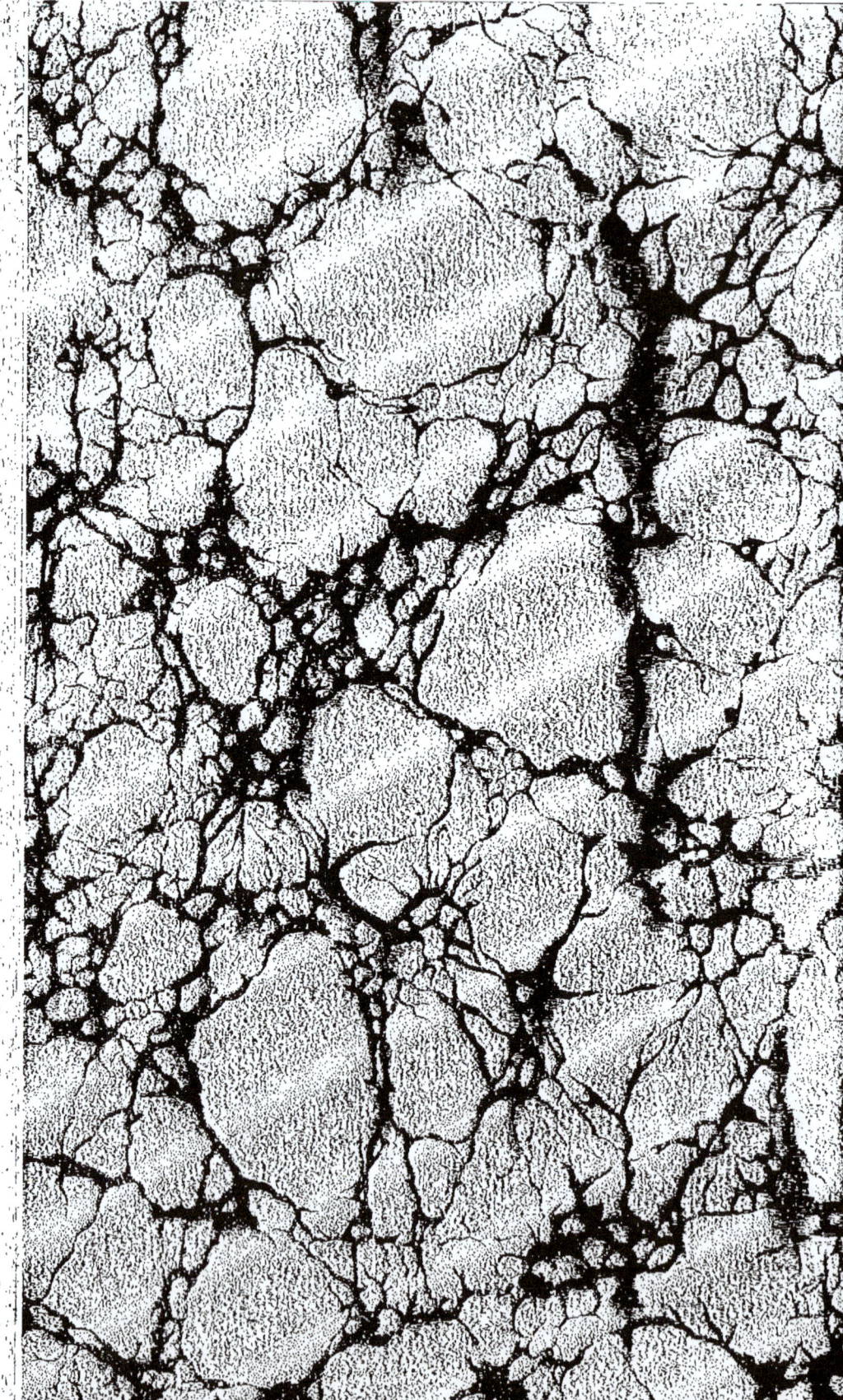

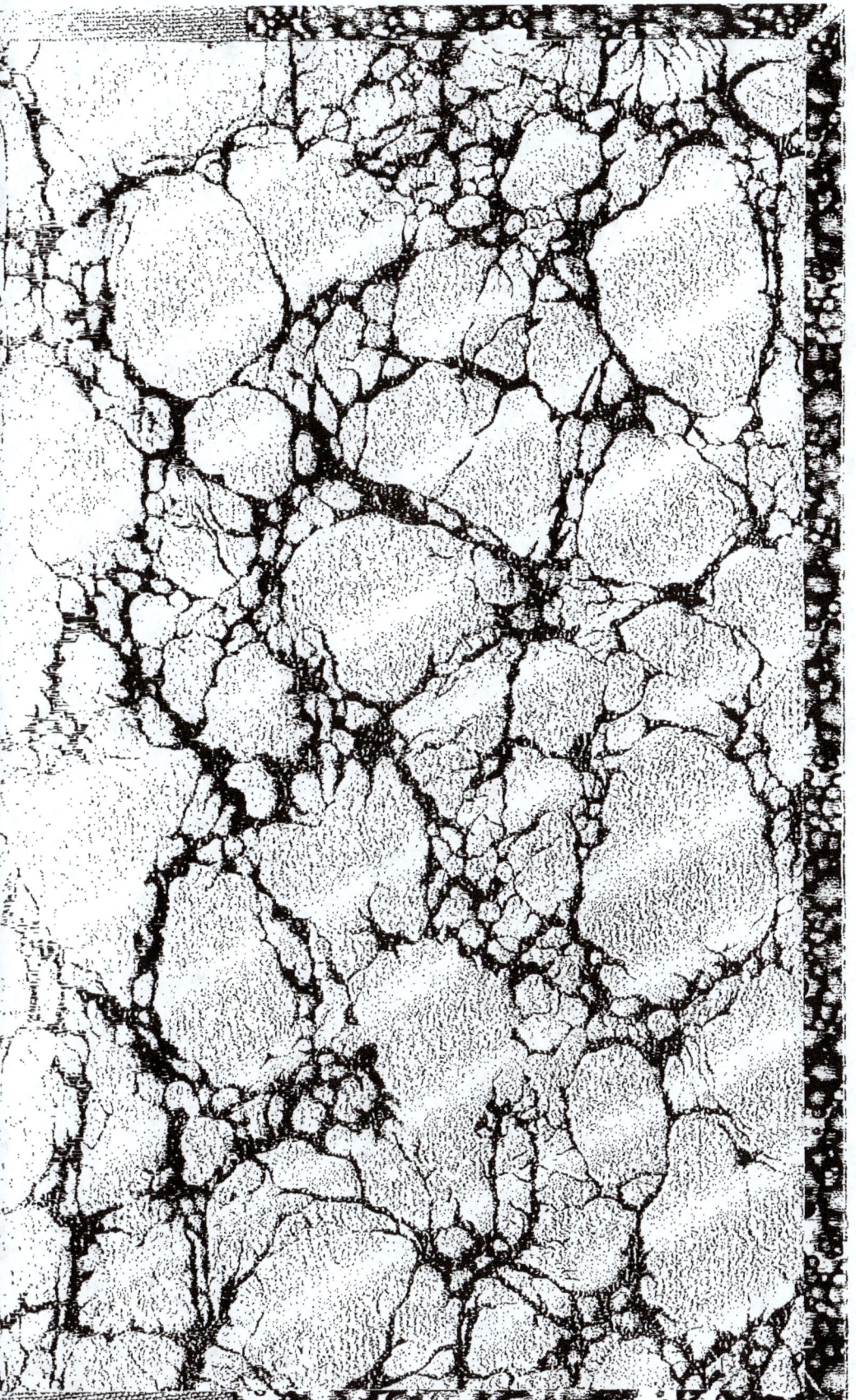